高村資本
SHIHON TAKAMURA

[插畫]
あるみっく

1

KOI WA FUTAGO DE
WARIKIRENAI

雙生戀情密不可分

Kadokawa Fantastic Novels

姊
畢竟我們從小就認識，
選你當我男友也很讓人放心嘛。
神宮寺琉實
[Jinguji Rumi]

神宮寺家的雙胞胎姊姊。致力於社團活動，活潑的運動型少女，也是會全力參與班級活動的類型。喜歡隔壁鄰居、同年級的純，對兩人的關係感到著急並於國中三年級時告白。

妹
姊姊總是領先我一步。
不過我是我，
我有屬於我的取勝方式。
神宮寺那織
[Jinguji Naori]
神宮寺家的雙胞胎妹妹。喜歡貫徹自我的道理又彆扭，討厭人潮、屬於週末會窩在家的類型。喜歡純，兩人擁有相同興趣。就在她沉浸於作為朋友相處的安心感時，便被姊姊搶先告白。

我和隔壁鄰居神宮寺姊妹，
是宛如家人般一起長大的摯友。
性格呈對比的雙胞胎，
姊姊琉實與妹妹那織，
再加上我，白崎純，
小學開始總是
玩在一起的
三人組……

學年第一，博學多聞、運動一竅不通。喜歡閱讀，休息時間也總在看書。總是和興趣相似的那織熱衷於聊御宅話題。接受了琉實的告白後開始交往，不過在高中入學前分手，現正因失戀治療情傷中。
白崎純
[Shirosaki Jhun]

CHARACTERS
【登場人物】
KOI WA FUTAGO DE WARIKIRENAI
前男友・前女友
雙胞胎姊妹
神宮寺那織
【Jinguji Naori】
神宮寺琉實
【Jinguji Rumi】
白崎純
【Shirosaki Jhun】
意氣相投的朋友

龜嵩璃璃須
[Kamedake Ririsu]
和那織感情很好的嬌小眼鏡女孩。隸屬美術社。雖然看起來一副模範生的樣子，不過也時常和毒舌的那織進行激烈口水戰。綽號是「社長」。
淺野麗良
[Asano Reira]
琉實的摯友，從國中時期就一起打籃球至今。在戀愛方面經驗豐富，有男友。有點不擅長與那織相處。
森脇豐茂
[Moriwaki Toyoshige]
好女色的輕浮男，有在意的女生便會立即告白。只要和純、那織三人湊在一起，就會口沫橫飛地談論起御宅相關話題。綽號「教授」。

KOI WA FUTAGO DE WARIKIRENAI

TABLE OF CONTENTS

雙生戀情密不可分

KOI WA FUTAGO DE WARIKIRENAI

高村資本
SHIHON TAKAMURA

[插畫]
あるみっく

Kadokawa Fantastic Novels

序章1

TITLE

〈神宮寺琉實的獨白〉

一直以來，我的生活方式總是錯誤百出。

我所犯下的一大錯誤，就是向純告白，以及和他交往。

白崎純是我的青梅竹馬。

小學的時候，我和妹妹那織時常遊玩的住家隔壁空地，建起了一棟家宅。純的家取代了我們的遊樂場，矗立於此。

第一次見到純，我便墜入了情網——也就是所謂的一見鐘情。當時我因為太過緊張，嘴不禁粗魯地說了一句「多指教」，不過其實我在心裡握拳叫好。我當時心想，這樣就算失去我們的遊樂場我也完全可以接受。

純非常帥，完全是我喜歡的類型。

他有著高挺的鼻梁和一雙細長的丹鳳眼，不過眼神沒有不善的感覺。我不禁沉迷於這氣質有點臭屁的少年。

他的性格和外貌一樣沉穩，讓人覺得無論發生什麼事，他都會用悠然的聲調毫無芥蒂地詢問「妳怎麼了？」。現在仔細想想，當時的他大概只是裝出成熟的樣子吧，不過對小時候的我來說，這讓我產生「他好成熟又好帥」的想法。畢竟他不管做什麼我都覺得帥氣，所以這也是當然的。我想不管是誰，少女的初戀都是這樣的。會對他撩起瀏海的動作怦然心動，望著他滑過頰畔的汗水或是脖子浮起的血管便會不禁入迷。當他被老師點到名時，看起來輕易地回答出正確答案的模樣也很帥氣。也會對他蹲下時露出的白色鎖骨、或是托著腮幫子望著窗外景色那帶有些微憂鬱的臉龐感到心動……總之，有很多迷人的地方啦……嗯。

硬要說的話，我是屬於比較活潑的類型，所以這是第一次和純這樣的男孩子有交流。

回想起小時候，純的身邊總是擺放著書籍。純非常喜歡閱讀，我記得就算是僅有十分鐘的休息時間，他似乎也總是在閱讀。當然，我們不可能六年都在同個班級，所以我也不是很清楚他是不是時時刻刻都是這樣，不過他在我心中留下了這種印象。順帶一提，純這項興趣之後也會成為一項折磨我的要點，不過現在就先不提。

誠如上述，總之純就是非常博學，教了我們姊妹很多事情。比如天空看起來為什麼這麼藍、飛機飛翔的原理、為什麼會出現所謂的雙胞胎——

不過啊……

我覺得毫不害羞地對小學女生說什麼卵子、精子這種話題，果然還是不太對吧。事到如今再回頭仔細想想，他當時大概覺得能夠若無其事地說出這種話的人很成熟吧。年幼的我只是很單純地覺得純什麼都知道，睜著一雙大眼閃閃發光地認為他好厲害。我真覺得自己傻。

「雙胞胎」。

那就是我和那織。

我有一位妹妹叫那織。小時候，我們的長相相似到甚至有人懷疑我們是同卵雙胞胎。畢竟我們的髮型一樣，也總是穿同款不同色的服裝，所以很常被搞錯。我們也覺得這樣很有趣，所以會故意捉弄大人玩。

不過，卻騙不過雙親和純。

畢竟我們不是同卵雙胞胎，因此外貌並非完全一樣。長相當然相似，不過並沒有像到無法辨識，端看第三者能不能發現不同之處而已。到了高中生的現在，我們的髮型不同、體格也不同，已經沒辦法互換身分來玩了。

雖然我也不會想要互換身分就是了。

和外貌一樣，我們的性格並不相像，且從小就有很明顯的差異。我喜歡混在男生群裡運動，也喜歡全心全力致力於活動。和這樣的我相反，那織總是露出嫌麻煩的表情，屬於會碎唸著抱怨的類型，她諷刺人的技能簡直可說是千錘百鍊。

然後……她比純更喜歡閱讀。不限閱讀書籍，那織非常喜歡電影、動畫等類型的休閒，這方面肯定是受到爸爸的影響。再加上她的腦袋也非常聰慧。我想不需要我說明，大家應該也都知道了吧？

比起我，純和那織更合拍。

而且不服輸的純，不只是充實書籍、電影等知識，就連課業也為了不輸那織而拚命努力。雖然他並不是功課不好——應該說純的成績比我還要好，不過就是差那織一步。那織堆滿笑容拿出滿分的考卷時，純望著她的神情看起來真的非常不甘心。

接著不知不覺中，我們在一起玩的次數減少了。我詢問理由時他矇混了說詞，不過我很快地就知道了原因，因為下一次的考試，純考了滿分。沒錯，純當時致力於課業。

經過了這樣的小學時期，純現在毫無疑問地是處於成績較好的一方，畢竟他從國中部時期便一直維持全年級第一名。他就是這麼地不服輸……雖然我也想這麼說，不過我知道他其實有別的理由——有個讓我非常不甘心的理由。

這就不提了。總之，我和那織的性格和思考方式就是這樣，完全不同。

不過我們的喜好很相似。應該說，小時候我們同樣喜歡某些東西。

比如因為我們喜歡一樣的點心，所以會爭奪剩下的最後一個點心；最喜歡的衣服也一樣，時常爭論哪一件才是自己的。也因此，同樣的東西開始雙雙增加。我想，我們可能看不順眼彼此擁有不一樣的東西吧。

就像這樣，小的時候我們喜歡的食物、喜歡的衣服、喜歡的玩具都是一樣的。

還有喜歡的人也是。

那織究竟是從什麼時候，開始用那種眼光看待純……我並不知道她的契機。不過我們是雙胞胎姊妹，我沒花多久時間就發現那織喜歡純了。我想，至少在上國中之前她就已經是如此了。

說到我的話，升上國中之後因為進入青春期，這讓我和純說話時感到越來越害羞，也開始萌生出難為情的感覺；但是那織卻和小時候一樣，總是和樂融融地和純談笑風生。

對此我感到很嫉妒、很不甘心。

我也想和純聊更多事情。

我不知道當我致力於社團活動時，他們兩人究竟都在做些什麼。純隸屬弓道社，我想他大概也很常去參加社團活動，不過那織幾乎等同於回家社。但是我卻曾經在結束社團活動時，目擊到他們兩人一起回家的身影，而且還不只一兩次。看著他們兩人感情融洽走在路上的身影，讓我莫名覺得難以搭話，只能遠遠地眺望著他們的背影。我甚至曾經為了不被他們發現，故意錯開一班電車。

所以，我——

序章1 〈神宮寺琉實的獨白〉

明明知道那織的心意，卻假裝自己沒有發現。所有一切，我全部都當沒有看到。

升上二年級後，我和純被分到了同個班級。一年級時我們不同班，在學校裡沒有那麼多機會意識到純。

不過被分到同班後，我們開始會在教室裡聊天，我便有了自覺。我的視線果然還是離不開純，也發現自己很討厭看到純和其他女生說話。

而下課時間，我也時常看到那織出現在純的身邊。

啊啊，原來那織從一年級開始就會像這樣跑來找純啊。我完全不知道。

那織和純的朋友也很要好，她確立了自己的容身之處。

就算被拒絕也沒關係。一點點就好，我希望他能多少在意我這個人。

不知不覺中我開始會這樣想。

於是我決定要向純告白。無論會迎來什麼樣的結局，我都想對自己的心意、煩惱做一個了斷。也說不定我只是想要解脫吧。就算是這樣也好。

在升上三年級前的春假夜晚，我把純叫了出來。我沖過澡，洗去在社團活動流的汗水，整理好頭髮，塗上淡色的唇膏，並留意不要誇張打扮，選擇穿上略精緻的衣服，接著傳送「我要去超商，陪我一起去」的文字訊息給他。

雖說我會感到害羞和難為情，不過我們還是維持在能夠輕易說出這種要求的關係。畢竟我們是青梅竹馬，又是鄰居。

在傳送訊息的時候，我緊張到不能自已，甚至不知道手指停在傳送按鍵上多久。我至今仍然記得，當時因為太過恐懼，按下發送按鍵時根本不敢看手機畫面。

那個時候的我還真是純真又可愛呢。

我看準那織去洗澡的時候邀請了他。不過默默跑出去還是讓我覺得有些愧疚，於是我隔著浴室的門開口問她：「我要去便利商店，妳有要買什麼嗎？」

毫不知情的那織天真地回答：「幫我買布丁！」

她純真的聲音，刺入存在於我心中漆黑又醜陋的情緒。

出了家門，我便看到一臉嫌麻煩的純就站在我面前。

他真的很適合這種表情呢。真是令人困擾。

我非常緊張，甚至不記得我們在到便利商店之前聊了些什麼、走過了什麼路。我什麼時候要說？該怎麼說出口？啊啊，乾脆一鼓作氣——就在我心中思考這些事情的時候，我們來到了便利商店。我不管三七二十一地買了兩個布丁和飲料。

「好久沒去那座公園了，我們順便去看看吧。」回程時，我這麼邀請純。

不斷錯失向純告白的時機，我在心裡決定今天一定要說出口——我要在這座公園告白。這是我們小時候時常一起來玩的小小公園，雖然遊樂器材僅有溜滑梯和盪鞦韆，不過對小孩來說，這裡寬敞到足以讓我們到處奔跑，還有座出色的涼亭——和回憶如出一轍的公園。

我認為這座充滿回憶的公園，正是適合告白的地方。

但是……我明明都做好覺悟了，一坐到長椅上就變得非常不安，一直煩惱著到底該怎麼開口才好。要是他拒絕我怎麼辦？應該說他當然會拒絕吧。

畢竟我又不像那織那麼可愛。

而且純喜歡那織。

沒錯，我遲遲無法告白的最大理由就是——純喜歡那織。

大概是小學五年級左右的時候，純有事沒事就會問關於那織的事情。他明明很常和那織聊天，對我卻又開口閉口一直提到那織。像是「那織在家都會讀多久書？」或者「那織現在在讀什麼樣的書？」等等。那傢伙就在將那織當作勁敵看待的狀態下，漸漸對她認真了起來——我原先的懷疑在不知不覺之間，轉變成確信。

無論誰來看，都會覺得他在意那織在意得不得了。

即使如此，我不是都已經決定要告白了嗎！

我甚至記不清自己鼓勵自己過幾次。

就算在心裡下定如此決心，一想到可能會被拒絕，我還是無可救藥地感到害怕。以下繼續循環。

啊啊，原來向我告白的男生們當時也是這種心情。我的心底某處也存在想著這不合時宜的事、莫名冷靜的自己，開始搞不清楚東南西北了。雖然現在不是想這種事情的時候，不過——大家都好厲害。他們成功跨越了需要如此龐大勇氣的挑戰。

不行，別退縮啊！做得到……我做得到。

……要是現在不說，我會後悔的。

我說得出口。嗯，不要緊。在不知第幾次循環後，我做好了覺悟。

這是我人生中最緊張的時刻。

雖然在心裡表現得很有決心，但是膽小的我覺得認真告白實在太羞恥，於是便用一時興起的感覺說「要不要和我交往看看？」。光是這種告白便已經耗費了我的全力，我這樣可也鼓起了相當大的勇氣。事先想好的台詞早就飛到九霄雲外，我還以為我要死了。我的心跳太過劇烈，膽戰心驚地擔心會不會被純聽到。

一陣沉默。接著是寂靜。

「妳怎麼突然這麼說？」

純好不容易說出了這句話。他的陳述方式帶著「妳這麼對我說會讓我困擾」的意涵在內。

序章1 〈神宮寺琉實的獨白〉

我很想告訴他，這根本一點也不突然。

我很想告訴他，我一直很喜歡他。

但是我卻沒能說出口。

我很害怕氣氛變嚴肅起來。

「畢竟從四月開始我們就升上三年級了，大家在上高中之前都會想先累積這方面的經驗吧？而且我們又不用考試，這樣不是正好？再加上我身邊不少朋友都有男朋友，就當作試用期如何呢？」

開口問他要不要交往，隨後又脫口說出試試看的人就是我。我總是沒辦法說出真正的心意。明明都做了如此覺悟，卻又老是馬上逃避。唉……

我害怕沉默，為了不讓純陷入深思而不斷追擊：

「你想，畢竟我們從小就認識，選你當我男友也很讓人放心嘛。而且我們又那麼了解彼此……對你來說也是，選我當女友剛好吧？還是說你不想和我交往？」

因為太過焦急，我不小心把自己塑造成招之即來、揮之即去的女人了。

不行了……我已經不行了，超級丟臉。明明是我自己說的，卻覺得自己好悲哀。

純當然不是聽到這樣的話就會點頭的人，這種事情我是最清楚的。但是純很溫柔，所以我認為他應該察覺到我究竟想表達什麼了吧。

不，不是應該。純確確實實察覺到我的心意了。因為他靜靜地盯著我的臉，並再次詢問我：「妳真的想和我交往嗎？」

因為純這麼問我，我才終於有辦法坦率地回答：「嗯。」

「我知道了。好啊。」

那是我人生最高興的瞬間。在回覆純「請多關照」時，真不知道我多麼努力壓抑自己想大叫的心情。如果此刻只有我一人，我一定放聲尖叫了。

因為、因為——我的初戀開花結果了啊！

回到家後，我告訴那織這件事情，她便說「這樣妳就有男友了耶！恭喜妳！哎呀，真令人感慨……妳的初戀開花結果了呢」並祝福了我。不過在她瞪大的雙眼深處，湧現的絕不是祝福的情感。看到那織這種表情，我感覺到自己做了多麼殘酷的事，胸口一陣疼痛。

罪惡感——還有優越感不斷襲來。

回到房間後我用棉被蓋住頭，在被窩中一邊回味和純的聊天記錄，一邊看著我們小時候的照片幻想許多未來，罪惡感便漸漸消逝了。

我認為我們是很登對的情侶。雖然這話自己說有點自戀，不過喜歡運動又開朗的女生搭配學年第一的秀才，這種組合十分恰當，沒錯吧？而且雖然純可能沒有注意到，不過偷偷暗戀他的女生不算少數。每當我聽到這方面的消息，就會有一股有點開心卻又不甘心的複雜心情。我

序章1 〈神宮寺琉實的獨白〉

多想要到處炫耀，是我先發現這個人的。

但是我已經沒有必要說這種話了。

因為純可是我的男朋友。

男朋友——還有女朋友。

這甜美的詞語讓我高興得忘乎所以。

我忘了那織的事，興高采烈的連自己都覺得好笑——最一開始是如此。

只屬於我的純。

那不會在那織面前露出來的害羞表情。

夾雜著呼吸，在我耳邊呢喃的溫柔聲音。

接吻時會托住我腦袋的纖長手指。

在這些片刻，純的心中只有我的存在。沒有一點那織的影子。

所以我不知不覺間，便忘了那織悲傷的表情。不，是我想要忘卻她。

一開始我還會顧慮，留意著不讓自己在那織面前提起純的話題，不過漸漸地我開始會想要立即分享兩人一起去約會的事情，便在不自覺間開始會對那織報告這些事情。事到如今客氣也無濟於事吧？我這麼對自己找藉口。

她雖然抱持一如往常的態度來面對我，但是現在回想起來，我真的太差勁了。

是態度不明確的那織不對。誰教她要拖拖拉拉的，純才會被我搶走——為了抹去罪惡感，我開始正當化自我、正當化自己做的事情……真的太差勁了。

我是個壞姊姊、討人厭的姊姊、壞心眼的姊姊。

我是個失職的姊姊。

所以……

因為我是如此貪婪的姊姊。

我沒辦法忍受這一點，便和純分手了。在交往剛好滿一年的時候分手了。

然後，我硬是把那織推給了純。

為了隱藏自己的醜陋……為了償還自己的罪過。

過去，我的初戀曾散發隱微光輝；如今卻變得暗沉且雜亂。不管再怎麼用力擦拭，都不會再散發出光芒，並且至今……仍滾落在胸口深處汙濁的心池之中。

序章2

TITLE

〈白崎純的獨白〉

接下來，我想針對這個世上不太有相似例子，關於我和那對雙胞胎的關係，盡可能老實並坦率地說出最真實的事實。

我是在小學一年級的時候認識了住在隔壁的雙胞胎姊妹。

父母購入了新宅，於是我們搬了家。

然後隔壁家裡剛剛好住著一對與我同齡的雙胞胎姊妹。

講白了，就只是這樣而已。就算拿機率論、命定論那種理論出來參考，在這件事情上也沒有多大的意義。畢竟眾人眼中的現實就擺在眼前。

雖然講得似乎頭頭是道，不過當時的我簡直樂不可支。我稍微耍了點酷，用「還算不錯」這種評價矇混自我的興奮。

一對可愛的雙胞胎姊妹就住在自家隔壁，多麼受上天眷顧。

那對雙胞胎——琉實和那織，是一致獲得街坊鄰居口中可愛評價的姊妹。年幼的她們真的非常可愛，周遭人時常稱讚她們：「妳們未來大概會是偶像或女演員吧！」

這樣的兩人十分親近我，沒有比這還要更令人開心的了。我甚至感到有些驕傲。

和女生感情好這種事，在小學低年級階段雖然還可以，不過隨著成長漸漸會被當作揶揄對象，因此我開始對男生主動找女生說話這件事感到抗拒。

縱使如此，她們兩人還是會主動來找我說話，也因此我才能和她們自然交談。

現在的琉實身材纖瘦，剪了一頭短髮；那織則綁著雙馬尾，擁有頗具女人味的身材……我不多加贅述，總之現在的兩人外貌雖然有顯著的不同，不過當時的她們猶如一個模子印出來的。

我想大概是在小學高年級左右時，兩人開始展現出現了明顯差異。

我還記得自己當初看到琉實剪了一頭相當短的髮型時感到很訝異。當時年幼的我甚至出現「她該不會是失戀了？」這種完全錯誤的想法。畢竟我那時候還是個孩子，不懂事到會將「女孩子之所以會剪頭髮是因為失戀」這句話照單全收，而且我也不記得自己有深入追問琉實為什麼要把頭髮剪掉。

要問為什麼，是因為當時的我腦中全都是那織。

我想大概從那個時候開始，我就喜歡上那織了。

神宮寺那織是我認識的所有女生中，頭腦最機靈的一個。從小就喜歡閱讀的我成績還算不錯，也自認自己知道很多知識。

然而，那織在這所有領域上卻都略勝我一籌。

我體會到這一點，是在認識她們後過了一段時間之後。

那天，我也得意洋洋地說著在書上看到的知識。當時是在聊「演化」那類的話題。

原本和琉實一起說「你真是博學多聞」的那織，在離開的時候湊到我耳邊輕輕說——

「『恐龍演化成鳥後存活下來』這個說法，我覺得有點不對喔。在被稱為『恐龍』的生物中，存在著『之後會演化成鳥類』的物種，而那個物種倖存下來之後分歧演化，到了現在才稱牠們為『鳥類』罷了，也就是所謂的方向性天擇。嗯……換個說法，也就說『恐龍』是滅絕的物種，『鳥類』則是倖存下來的物種，這樣講比較明白吧？所以我覺得，你剛剛說恐龍演化成鳥類才存活下來的說法，有點不太對。所謂的『演化』並不是指身形某天突然變化，而是跨越了世代的群體變化喔。單一個體的形狀產生變化叫做『變態』。還有，你說暴龍身上有羽毛而且很茂盛，這一點我也覺得不太對。體型巨大的動物不怎麼有茂密的毛髮吧？像是大象或犀牛就沒有濃密的毛髮，對吧？身體越大，要降低體溫越是辛苦。像爬蟲類不會流汗，所以牠們要降溫就更辛苦了。」她連珠炮地這麼說。

這傢伙是怎樣？我當時這麼想。雖然她沒有在琉實面前給我難堪這一點很令人感激，不過我打從心底覺得她是自以為是的女生，感到很火大。

那織在考試上的成績也比我好，完全無懈可擊，總是拿滿分。

無論是書中的知識、冷門知識、課業……我全都輸給了那織。

我心想：怎麼能輸給那織？於是讀了非常多的書，在課業上也很努力。雖然那織沒有瞧不起我，不過我擅自對她燃起了競爭意識。

從那個恐龍的話題之後，那織在我心中便成為了必須打倒的存在。

我當然是想贏過那織，不過這時候的我更想讓那織認同我。我想要向她強調：我可是很厲害的。

不過我想，那織根本一點也不在意這種事。畢竟那傢伙就是這種人。

某天，我聽聞到那織說自己喜歡什麼樣的對象。正確來說並不是我問的，而是放學後有幾個人聚集在教室裡，並聊起這種話題罷了。

她說：「比我優秀的人。」

「就是這個！可以讓那織刮目相看！」聞言，我這麼想。若想讓那織感到不甘心，只要不斷贏下去就好了，這麼一來就能讓她注意到我的存在。

與其說是想接近她的理想類型，不如說在我心中，這比較像是要挖苦她。

當時我的用功獲得了回報，和那織有了不錯的對抗，不過那織還是略勝一籌。說明白一點，我偶爾會取勝這種說法比較精確。

如果讓那織將我視為理想類型，真不知道該有多麼暢快。當時的我對她沒有那個意思。還有比這更愉快的事情嗎？

只要將那織完全碾壓就行了。就是這樣。好，我還有可能性。

不過到了現在我能明白，這就是我的初戀。

當時的我沒有成熟到能夠坦率承認這一點。

我並不是喜歡那織，只是想要贏過她、想讓她感到不甘心而已。

我越是這樣虛張聲勢，越是裝作自己對她沒有興趣，就越是在意那織。路過那織班級外的走廊時，我會若無其事地偷看裡面；全年級集合時，我總會不經意尋找那織的身影。但是不知為何，我卻難以踏入神宮寺家。

就在這樣的某天，男生朋友們問我：「你有在意的女生嗎？」

在意？那是什麼意思？若是照字面上的意思來看，我在意的人就是那織吧。但是這種時候提起的「在意」指的是「有好感」，那麼就不是那織了吧。

我對這個問題做出了「沒有」的回答。

真的？我對那織應該不是那種感覺……吧？是吧？

嗯？既然這樣，我是以什麼情感看待那織的？

難道說，我就是以那種情感在意著那織……嗎？

這件事情發生在小學六年級的夏天。

我終於觀察到被稱為「初戀」的現象。

然而我觀察到的「初戀」，在幼稚到不願承認這一點的我，以及總是以諷刺態度談論事物的那織面前，沒能強調自己的存在，只能在我的漠視之中緩滿而靜謐地漸漸失去光輝。

不過，我那因為對那織產生競爭意識而培養的學力，在以私大附屬聞名的完全中學入學考試中，完美發揮了威力。我以榜首成績錄取，並一直保持學年第一名的成績，直到高中部一年級的現在。

這不過是我的頑固。不過是我想維持比那織優秀的固執意念罷了。沒辦法主動告白的我，只能用這個方法對那織彰顯自己的存在。雖然我也覺得自己很沒出息，不過多虧有這個成績，整個學年除了那織以外，都對我有高評價，能稱為朋友的人也變多了。

而那織本人也沒有挫敗，總是徘徊在五名之內。我沒有和她爭奪過第一名，她最高只有到第三名。她這麼聰慧，我認為她若想超過我的成績，大概並非不可能（雖然這樣我也會感到困擾），所以在國中部二年級最後一次段考前，我曾問過她：「妳不想考全年級第一嗎？」

聽到這個問題後那織的回答，我認為完全展現了她的本質。

「嗯～也不是不想，不過我現在替自己立了規定。跟你說喔，我是絕對不會檢查考卷的，從入學考的時候開始就是這樣。我想比任何人還要早放下筆，一直睡到考試結束。若是這樣還能考到第一名的話，不覺得很帥氣嗎？若是這樣頂多到第三名，感覺也還可以，雖然會有點不甘心啦。不過我的速度比考試考到一半決定放棄的人還要快，不覺得很厲害嗎？若要問誰比較快，我可是第一名喔。」

面對我的提問，那織若無其事地這麼說。這就是我的初戀對象，神宮寺那織。

——真的假的？

我忍不住這麼說。我完全沒有想過這種事。她只對比任何人都還要早解開答案有興趣？而且這樣還能拿高分？還能擠身在前幾名？我根本達不到這種境界。

「如果再多花點時間……應該說，如果有回頭檢查的話，應該就能考第一名了，還有就是應該要好好閱讀問題之類的吧？不過啊，這種結果很明顯的勝負很無趣嘛。我沒有要宣戰的意思——噢，我沒有要宣布的對象，所以宣戰或許不是正確的表現方式吧——我想說的不是這個。嗯，簡單來說，就算你是學年第一也不能掉以輕心。啊，你該不會以為自己贏我了？」

……什麼跟什麼啊？意思是我一直被她玩弄於股掌之間？

能夠用這種做法讓排名一直保持在全年級五名以內的人，肯定就只有那織了吧。若是那織放棄了競速遊戲，我很輕易會被篡位，這是再清楚不過的事。

「這就代表整個學年沒有比我還優秀的人了吧。唔，這樣會不會太傲慢？」

我深信的事物崩潰塌陷。這就是敗北。

坦白說，那天我失去了自信。

我原以為自己比她厲害，原以為自己終於獲得折服那織的實力，那傢伙卻早已獨自一人展開了別的戰鬥[遊戲]。

這個舉動就意味著我沒能成為她心中「比我優秀的人」。

根本沒辦法告白。我實在無法將心意告訴她。

認輸，也就等同失去對那織傳達心意的資格。

就這樣，我的初戀化為了小小的火種，只能盤據在心底乾冒著黑煙。

看不見耀眼的火焰，只是因為裊裊升起的黑煙，才能隱約察覺原來火還燒著。

然而我卻在這次的黃金週假期，和那織開始交往。

儘管一個月前我才剛和琉實分手。

若只陳述這段事實的話，大家會認為我是非常不誠實的男人吧。這一點就某種意義上來說是正確的，所以很遺憾地我不得不承認。不過事情為什麼會變成這樣，我想要行使我的權利，至少進行一下說明。

升上國中三年級之前的春假，琉實問我：「要不要和我交往看看？」

交往提議發生在我問了那織考試細節後不久，也就是我澈底體會到自己贏不了那織的時候。

那是我嘗到了挫敗感，並體認到自己擁有想要超越那織這種想法，是多麼天真的時期。

也就是說，那是我沒能向初戀告白，並想轉移注意力的時候。

這並不是我第一次被女生告白。我曾看過這種死盯著自己的雙手，猶豫忸怩的模樣。也因此，當我坐在熟悉的公園長椅上，看到琉實沉默不語，我的心中閃過一絲懷疑。只不過，自從升上國中後我感覺到和她之間有莫名的隔閡，所以當下也否認了自己的猜想。我不想隨口胡說後被她戲弄自己太自戀，便等待著她開口。

聽到琉實說「要不要和我交往看看？」的時候，我一邊心想「她果然要說這句話」，另一方面也訝異地想著「琉實現在是在向我告白對吧……」，兩種感情交織後，有段時間還無法理解現況的我，首先開口說了一句「妳怎麼突然這麼說？」來探詢她的真心話。要是我太認真回答，她反而說「怎麼？你當真了？」的話，那可就太慘了，肯定有陣子會被拿來當笑料。老實說，雖然現在不是那種氣氛，不過要是我不先觀察情況，有可能會演變成無可挽回的局面。

結果琉實接著又說「就當作試用期如何呢？」還有「對你來說也是，選我當女友剛好吧？」這種話，害我更加無法分辨她的告白究竟是認真還是玩笑。

當我為了搞清楚她的真心而望進她的雙眼時，發現琉實的眼神相當認真。她露出了和社團比賽前相同的眼神，不過和比賽前有些微的不同，她現在的眼中隱約蘊藏著膽怯。

琉實是認真的。我終於理解。

「妳真的想和我交往嗎？」

以防萬一，我詢問她的真心。雖然我看出琉實並不是在開玩笑，不過我想要一個明確的回答。就算這樣會被人瞧不起，覺得我太膽小，但我還是想好好確認這一點。

隔了一段時間後，琉實紅著臉回應我：「嗯。」

我們從那天起便成了戀人。

隨著與琉實的交往，我要將盤據心中冒著煙的初戀視為過去，並與它訣別。我在心裡這麼決定。

雖然我的初戀對象是她的雙胞胎妹妹，不過我並沒有在琉實身上尋找那織的身影。琉實和我也是從小一起長大的關係，就客觀角度來看，我也很喜歡琉實的為人。儘管交往會讓我感到難為情，也沒有抗拒的感覺。對於放棄了那織的我來說——我無論怎麼努力，都無法成為配得上那織的男人——面對這樣的我，琉實隱晦地傳達著、她喜歡我。

現在回想起來，這件事對被挫敗感折磨的我來說，或許是一種救贖吧。讓我產生至今為止的努力獲得回報的感覺，使我的心情變輕鬆。

雖然說了這麼多理由，不過我也很單純地因為交到了女友而感到開心。心中充滿欣喜——只用這兩個字還無法形容。我在床上打滾，並與快要失守的嘴角進行格鬥。雖然連自己都覺得丟臉……不過畢竟我當時還是國中生，希望大家能多多寬待。

於是就這樣展開交往的我們，最大限度地運用完全中學的恩惠，在國中三年級這個一般來說要泡在書堆裡的重要時期，免於被入學考試追著跑，並將時間花在兩人共度的時光上。我沉浸在這符合國中生的小小祕密，以及細小的冒險裡。

就在季節的輪轉之中，我漸漸喜歡上了琉實。

和老是想太多的我相反，琉實從小便總是積極向上，凡事都會先採取行動。比如說，我和她商量事情——像是在社團遇到挫折，或是人際關係的煩惱時——她總會說「你想這麼多也無濟於事，首先要做出行動」或是「別在意那些小細節，你就照你自己認為是對的去試試看」等話語來鼓勵我。

我不知道自己被她這一點幫了多少次——拯救過多少次。

琉實總是很開朗，雖然也有點易怒，不過和她在一起讓我覺得很快樂。並不是青梅竹馬，而是作為自己的女友，我非常重視她。

所以我也盡自己努力，想為琉實做到她期望我做的事情。

「我想享受一下反差，平常你就改戴隱形眼鏡吧。」因為琉實這麼對我說，所以外出時我開始會戴隱形眼鏡，也開始會在意外出服裝。

雖然看到我漸漸有這樣的變化，那織開玩笑地說過「那是姊姊的品味？該不會你都會乖乖聽話吧？因為被她控管比較輕鬆嗎？」這種話，不過包含周遭人在內，畢竟我也到了處於會在意外表的年齡——也就是青春期，因此其他人並沒有過多深究。

這也是當然的。雖然我有告訴要好的朋友我和琉實之間的事情，不過沒有大張旗鼓地宣傳。也因為交往期間我們在不同班，所以周遭人並不知道我們之間的關係。

而且別說宣傳了，我甚至沒有告訴母親。老實說，雖然我覺得她似乎有察覺，不過我沒有清楚澄清過這件事，單純只是因為害羞而說不出口。

我不知道琉實那邊的情況，於是我詢問過她，而她回答我：「我也沒有告知。應該說沒必要說吧？」

話雖如此，當時我們還是國中生。先不論父母，我當然還是有想炫耀女友的心情。

對於保密這件事感到有些難耐的我，曾提議過在學校大肆宣揚，應該也沒有關係。然而，「不覺得暗中交往比較有趣嗎？」聽到琉實這麼說，「說得也是。」我也以並非全然不同意的態度回應。事實上，避人耳目偷偷幽會這件事情，對於喜歡推理小說和間諜小說的我來說，的確是一種樂趣。

我當時非常得意忘形，甚至想也沒多想，直接把她的話當真了。

一直到快要升上高中部的春假，我才理解琉實為什麼沒有把我們的關係告訴大家。那是在交往快要滿一年的時候。

琉實突然向我提出了分手。

和她告白的時候一樣，在春假的夜晚，我被琉實叫了出去。

琉實沒有哭也沒有笑，用一如往常的表情說：「我們交往到今天吧。」

就算她這麼說我當然也無法接受，便不斷反覆逼問她原因。我緊緊抓著琉實，模樣沒出息到家。我們當然有過爭吵，也有過失敗。我越是回憶，越覺得有很多可能的原因。我一個勁地追問琉實問題到底出在哪裡。

但是琉實只是靜靜地搖了搖頭，「我突然這麼說你也嚇了一跳吧？但是這在我心中並非突如其來的想法，我早就決定要結束一切了，所以不管你說什麼都不可能阻止。不過你放心吧，我並不是討厭你了。硬要說的話，這是我的問題……吧。對不起，我這麼任性。不過能夠和純交往，我覺得非常快樂。謝謝你至今為止的照顧。」語畢，她露出了寂寞的表情。

我望著琉實的臉，拚了命思考自己該說些什麼才好。

我完全沒有想過分手。我已經離不開她了。

因為琉實是我重要的第一位女友。

我非常、非常喜歡琉實。

而琉實看著默不吭聲的我說出來的話，至今仍然緊緊束縛著我。

「最後有件事情，我想拜託你。這是我作為女友最後的請求。

拜託你和那織交往吧……現在馬上和那織交往。

憑我沒有辦法滿足純。在這方面那織也一樣，她非純不可……」

說完，琉實深深地低下了頭。她用不符合自己作風的說話方式，請求般地說著：「拜託你了。」

那並不是什麼訣別的話語，而是施加在我身上的詛咒。

我則是無法違抗那詛咒的悲哀男人。

於是我，便和我初戀的女孩交往了。

序章
3

TITLE

〈神宮寺那織的獨白〉

KOI WA FUTAGO DE WARIKIRENAI

我真是醜陋的人類。

我說的並不是外觀的美醜，而是心靈層面。畢竟我一聽到姊姊和純分手的消息後，嘴巴上雖然說「真是遺憾」，但是心裡其實想著：這下我就可以不用顧慮姊姊，用我的方式展開進攻了。畢竟忍耐對身體不好。

活該啦——我是沒有誇張到會這麼想，畢竟我的個性沒有扭曲成這樣。

他們兩人開始交往時，我哭了整整一晚。如字面所示，我哭了一整晚。為了避免被睡在隔壁房的姊姊聽見我的哭聲，我用力地把臉壓在枕頭裡面哭泣。我當時還想過，所謂的一把鼻涕一把眼淚，說的就是我這個樣子吧？不過恐怕一把還不夠我流。我那時候第一次知道，原來人類可以流這麼多眼淚。

哭完就會心曠神怡。

只要讓淚流出來，心裡就會感到舒坦。

這都是騙人的！胡說八道！

Eli, Eli, Lema Sabachthani（神啊、神啊，祢為何離棄我）！

當我以為我的心情已平復後，淚水又沒出息地潰堤。

序章3 〈神宮寺那織的獨白〉

那天晚上，我一直處於這種狀態。天亮時，我心想不能頂著這張哭腫的臉見姊姊和爸媽，於是我小心翼翼不發出聲音地開門，悄悄地經過姊姊房門前，將體重壓在樓梯扶手上，一邊看著腳邊並一階一階地走下階梯，沾濕毛巾之後回到了房間。我將臉朝上，把沾濕的毛巾敷在眼皮上消腫。

經過這番努力後獨自待在狹小的房間裡，這讓我覺得自己實在太過滑稽，不禁發出乾笑。這是對拖拖拉拉的我降下的處罰。

所以我必須要像這樣忍受恥辱。

我早就知道姊姊喜歡純了。雖然知道這一點，不過看到對我燃起競爭意識後，勤於閱讀、用心學習的純，我不禁感到愉悅。啊啊，我存在他心中呢。只不過，就算真是如此，我也沒有純喜歡我的證據。

因為在和姊姊起爭執的純，看起來是如此地生氣勃勃。

知道這一點的我，根本沒辦法傳達我的心意。

但是我好想說、我好想告訴他。不是姊姊，我希望他只看著我一人。

可是——如果我說出這種話，因為三人自小混在一起玩，才誕生的這種曖昧舒適的美好關係就會因此崩塌。正因為什麼都不選——因為沒有做選擇，才能有如此輕鬆的關係。

我們是比鄰而居的青梅竹馬，雙方父母也相處融洽。在這樣的距離下，就算我們感到尷尬也沒有辦法不打照面，更不可能搬家離開。

在理智與感情的夾縫中，我將判斷委於他人。

於是我決定進行某項有條件的許願。

比較常見的是「如果這次考試第一就能實現願望」這種條件，但是這樣實在太無趣了。

因為只要我認真絞盡腦汁，當然能拿第一名。這樣根本稱不上是許願的條件。

就在這個時候，我看到電視上的問答節目想到了這個點子。我找到了許願的要素。

許願的要素就是——搶答。還有這個方法啊！這樣的話就能稱得上是許願條件了。

要比任何人還要快速解開問題，目標是獲得第一名，且不能檢查考卷。

就是這個。這在運氣和實力上取得了良好的平衡。

若是能夠成功獲得第一名，我就去表白我的心意。就這麼辦。

但是實際上，我根本沒有閒情逸致做這種事情。

我這種行為不過是百年待河清，徒勞的等待。

再更直白一點，我不過只是在找各種理由拖延問題而已。這一切都是藉口。

也就是說，我只是——太過膽小罷了。

考試結果和興趣的話題能夠攻略他，也不過是我的幻想。我的自大以及誤以為，還有微小的戀慕，被純選擇了和某某坂團員一樣，留著短髮的姊姊這個事實給吞噬。它張著宛如鯨魚般的大口，將一切全部吞下肚。

怎麼能聽自制力（斯達巴克）的話！要把魚叉刺進白鯨（莫比·迪克）體內才行！

於是我等待著時機。總不能一直失落下去。

守得雲開見月明。咦？本來好像是等待普降甘霖來著？算了，總之——

這就是我在升上國中三年級之前的春假，發生的最大事件。

接著，另外一項事件大事件，則在高一的黃金週發生了。

那對我來說可說是驚天動地、前所未有的事件。

竟然來這招。我的天啊，現在他竟然主動來找我？

沒想到那個純竟然來向我告白。

這可真是ＥＵＲＥＫＡ！

若這事情發生在浴室裡，我可能會狂奔出浴室這麼大叫。雖然我並沒有什麼偉大發現，不過這種事情竟然會發生，在這個層面上對我來說簡直是ＥＵＲＥＫＡ。這是希臘語的感嘆詞，阿基米德當時口中大叫的話語。

英語的讀法是「尤里卡」！這裡會考要注意。好吧，不會考。

四年級……也就是高中一年級的黃金週，純向我告白。

我也不是傻瓜，所以大概能推測出為什麼會變成這樣。我先是歡欣鼓舞個一輪後，怒火中燒之間仍帶有冷靜。純來向我告白我固然高興，不過這肯定是姊姊設計好的。

若不是這樣的話，也實在太奇怪了吧？

剛和姊姊分手的純，怎麼可能會來向我告白？

因為純喜歡姊姊啊。

交往的他們之間，根本沒有任何我可以介入的餘地。

反正一定是姊姊偷跑後感到有罪惡感，才逼純告白的。

在剛滿一年的時期分手，這一點也很符合姊姊的作風。真的……好浪費。

真的是多管閒事。這個舉動真的是前所未有的多管閒事。

真是的，被我們姊妹耍得團團轉，純實在太讓人覺得可憐了。

不過，這些內情就先擱置一旁不管它。若是純粹只考慮自己的心情，結論大概就是……

嗯，真拿你沒轍，我就和你交往吧。既然他人給與我機會，那麼我就有意義地使用吧。

按順序下來終於輪到我了。我轉念這麼思考。

我就扮演一個察覺不到姊姊意圖、楚楚可憐的妹妹吧。姑且先這麼做。

God's in his heaven（若神居於天國）——All's right with the world.（這世間便平安依舊）

話說回來，對純來說，我似乎被歸類在次文化女子之中。不不不，我可也喜歡主流文化

序章3 〈神宮寺那織的獨白〉

喔。為什麼會變這樣？總之，我在他心中似乎是這種形象。我完完全全無法接受。

這麼認為的純可也是同類啊。他最喜歡小說、電影、漫畫、動畫等等休閒，也是個會與我、有時與朋友一同爭論的辯論家……不，是分享者。雖然我也喜歡像這樣進行各種議論，不過我並不是為了議論而攝取故事，只是想沉浸其中而已。

我從小就閱讀許多書籍，看各式電影、聽各種音樂長大。

就直截了當地說吧，我的爸爸就是這種類型。爸爸將喜歡繪本和電影的我放在十字瞄準鏡的正中央，並且實施了菁英教育……他本人是這麼想的。

誰要乖乖照你說的做啊，你這個科幻狂熱粉（星艦迷）。

我假裝自己受騙，並從頭一一吸收了父親的藏書、ＤＶＤ和ＣＤ。

對女兒來說，要瞞騙父親簡直輕而易舉。吾父啊，可別小看女兒。

被我拒絕的爸爸轉而將目標放到了純身上。純認真聽著爸爸遠遠不及薰陶程度的話，日復一日、日復一日地聽著。

其結果就是誕生出一位繼承了爸爸濃厚色彩志趣的徒弟（學徒）。

純就這樣墮落到原力的黑暗面去了。吾父實在不可原諒，可惡的西斯之黑暗尊主（達斯·維達）。

所以我要在此澄清，純才是個次文化小鬼。

他明明是個在和姊姊交往時，會提出要去參加宇宙航空研究開發機構（JAXA）座談會當作約會、感覺有點不妙的人；他明明是個在聊到宇宙話題時，會露出認真的表情說「太空可是人類的終極邊疆」的人；他明明是個在聊到喜歡的音樂時，會若無其事地說「電力站樂團是經典」的人……真希望有人能告訴我，他哪裡有資格稱我為次文化女孩？純遠遠比我還要像是次文化的綜合體。

儘管如此，純仍不會被周遭人用次文化來稱呼。真的是非常、極其遺憾。

這是說服力的差距？因為純一直都是學年第一嗎？

不不不，敝人在年級排名中也沒有掉出五名之外喔？這可是我的驕傲。

要我再次重申，純果然是出色的次文化臭小鬼。

啊，現在可是在談我的初戀之人喔。

不過就算不提初戀之類的事，對我來說，純也是屬於夥伴啊、戰友啊、同好等類型的人。所以我和純待在一起時，從來沒有感到無趣過。

正因為如此，我才會感到好奇。

姊姊到底都和純聊些什麼事呢？

他們都是怎麼溝通往來的？

她和那個簡直像是把冷知識當衣服穿在身上行走的男生，究竟是如何約會？又如何濃情蜜意呢？那是我無法理解的、只屬於他們兩人的時光。

序章3 〈神宮寺那織的獨白〉

雖然我隱約能想像出來，然而那僅僅只是我的想像。

姊姊總是領先我一步。

無論是交朋友、第一個長大到衣服變小穿不下，還是穿胸罩也是。

還有交男友也是。接吻也是。

姊姊全部都領先了我一步。

我只是循著先人走過的道路前行而已。身為妹妹的我，只能走在企鵝公路上。

不過，我並不會有卑劣感。我是我。

我有我的取勝方式。

考試的排名我超越她許多。就連胸部也是，現在的我要大得多了。

我有我自己的做法。正所謂術業有專攻，等著看我最後的成品吧。

企鵝？不不不，我才不是不會飛的動物。

我可是夜鷹。醜陋只有一開始，最後可是會成星的。對吧？

你們就瞇眼凝望我的光輝吧。從高處可是能看盡一切的喔，兩位。

就算你們想躲，也是徒勞無功。

不可分

高村資本
SHIHON TAKAMURA

[插畫]
あるみっく

KOI WA FUTAGO DE WARIKIRENAI

第一章

TITLE

這點程度不算是變態……吧？

KOI WA FUTAGO DE WARIKIRENAI

（白崎純）

炫目的陽光叫醒了我。肯定是媽媽一如往常擅自進入了我的房間，拉開了窗簾。就算只有假日也好，我想以自己的步調起床。今天這樣醒來真不舒服。

睡醒後感覺不適還有另一個理由，那就是夢。

我作了還在和琉實交往時期的夢——雖然有人說夢是在進行記憶的整理，不過我們都已經分手過一個多月了，看來那段記憶還繼續影響著我。就在以為自己終於適應的時候，便會因為不經意的契機而回想起當時的事情。

真是的，這都第幾次了。

抬起臉，看到有個人坐在床邊。縱使視線模糊，我仍然馬上辨認出對方是誰。是夢的延續——不。在我眼前的人是青梅竹馬，而她已不再是我女友。

「一大清早的妳想幹嘛？」

我一邊戴上眼鏡，用還沒完全清醒的腦袋對琉實說道。

「一大清早？這個房間裡沒有時鐘嗎？都已經中午了。」

「反正今天是假日，要幾點起床是我的自由吧……所以有何貴幹？妳有事才會來吧？既然妳穿著制服，就表示等等要去社團？還是妳已經去過了？」

「我等等才要去社團，然後我才剛到你房間。我只是看著你的臉，覺得你真的只有睡臉像小孩一樣呢。」

「……妳的嗜好太奇特了吧。」我起身，一邊避開琉實，搖搖晃晃又無力地坐上了椅子。

我覺得兩人並肩坐在床邊不太對。我們已經不是那種關係了，在這方面不應該模糊界線。

「這不重要，單獨一人跑到自己甩了的男人房裡，她到底想做什麼？

「謝謝稱讚。不過話說回來，你的頭髮睡翹得很誇張呢。簡直像是龍捲風集中在一個點上。」

「我才剛睡醒，這也沒辦法吧……所以妳有什麼事？既然獨自一人專程跑到自己甩掉的男人家裡，就表示妳有算是重要的事情要說吧？」

我一邊用手梳理頭髮，語氣帶了點尖銳。

和至今仍無法好好消化分手的我不同，站在拒絕我這個立場上的琉實，對待我的態度一如往常。

不過，我們的距離和交往前相比稍微變遠了一點。雖然我也說不上來，不過這種距離是充斥在對話每一處的距離，也是物理上的距離。當然不到被迴避的程度，不過感覺存在著一條看不見的界線，而琉實則是站在那條界線的後面來接觸我。我的心底某處對於她這樣的態度感到安心，另一方面也存在著有些無法忍受的情感。也就是說，我的心思還沒有完全整理好。

「總之你先去洗把臉吧？要我看著你那顆頭談話，實在太困難了。」

就我剛剛自己觸摸的感覺來看，翹得很嚴重似乎是事實……不過，若是我照做的話，感覺所有事情都照琉實所想的發展，這讓我無法釋懷。雖然睡翹的頭髮我還是會整理，不過也包含這一點在內，我不想讓她看到我剛睡醒的樣子。而且還在交往的時候我也說過很多次了。

我到洗臉台洗過臉、刷了牙，並整理好睡翹的頭髮。

我覺得莫名安靜，往客廳一瞄才發現沒有任何人在。

只有我和那傢伙兩個人啊……不，別想些多餘的事。

應該說我家爸媽跑去哪了？就算是青梅竹馬，也不可能有我家的備用鑰匙……難道在隔壁家，也就是琉實家裡嗎？

我回到房間後，琉實還坐在床邊翹著腳滑手機，制服的裙襬下可看到一雙緊緻的小腿。我一邊觀察著琉實的神色，一邊坐到椅子上面向她。我向後靠到椅背上，椅子便發出「嘰嘰」的摩擦聲。

「妳過來的時候，我家父母已經不在了嗎？」

「還在喔。我來的時候，阿姨說：『琉實，妳來得正好，我們現在正準備要出門。那隻愛睡豬還在睡覺，妳能順便幫我們叫他起床嗎？』然後就和叔叔出門了。」

「拜託別學我媽了，妳的口吻像得很絕妙……唉，我們都已經這麼大了，真希望她別這麼隨意拜託妳做這種事。真是的。」

「我們雙方的家長都沒有那種心眼吧？怎麼？你有點在意我？」

「才沒有。我講的是正常的理論。所以？妳有什麼事？」

「你那是什麼無趣的反應？不過算了。」琉實把手上的手機放到了床上。

「唔……我要進入正題了——你打算什麼時候和那織交往？你不會要說你忘了……應該不會吧？畢竟你對自己的記憶力很有自信嘛。」

「我怎麼可能忘記……在分手的時候突然提出這麼沒頭沒尾的要求，我怎麼忘得了。不過就算是這樣……那句話，妳到底有多認真？」

琉實在我們交往正好滿一年後立即提出分手，隨後馬上要我和妹妹那織交往。她甚至沒有告知分手理由，直接這麼要求我。

是喔？這樣啊，我知道了——我怎麼可能會說這種話。

以一般常理來思考，我不可能會乖乖聽從這種要求。不，根本不需要思考。

結果我那位第一任女友，竟然叫我去和我的初戀女孩交往。

「多認真……？全部都是認真的。我怎麼可能會開這種玩笑？你是傻瓜嗎？」

「一大清早的少叫別人傻瓜。真是的，這就代表妳提出的要求聽起來就像是在開玩笑，妳難道沒有自覺嗎？」

「這種事我當然知道！我知道你突然聽到我說這種話會感到困惑，但正因為是你……我只能拜託純了，所以才會像這樣過來求你啊。」

琉實說完這些話後，用稍縱即逝的聲音嘀咕著「要不然分手就沒有意義了」。

若是我沒有豎耳聆聽琉實說話，大概就聽不見她呢喃了些什麼吧。接著她斂下眼，用依然微弱的聲音繼續說：「那織可是一直喜歡著純啊。」

聽到琉實說「那織也非純不可」的時候，我不可能不去思索話語的意涵。但是我讓自己不去思索這句話的意義，因為若是不這麼做，會有種我和琉實之間的一切被否定的感覺，於是我假裝沒有發現——嘗試用別的意涵去解釋它。

我放棄了那織，和琉實交往。這是事實，不過我也越來越喜歡琉實。若要說我完全不會想起那織是騙人的，但是比起那織，琉實在我心中占據的區塊更大。非常、非常大。

事到如今，就算她說我和那織之前是兩情相悅，那又如何？不都過去了嗎？

「就算是這樣……就算妳這麼說……」

「你不也對那織——不，這就算了。這是我提出的請求。拜託你把我的定位變回那織的姊姊，這一點只有你辦得到。我只想得到這種方法了。」

她睜大水潤的桃花眼，直直地望進我的眼裡，隨後視線往下落去。琉實像是要矇混什麼似的撩起了瀏海，柔順的秀髮滑落她的指間。

這樣啊，原來如此。琉實很久之前就發現了我的初戀，她一直都知道我的情感。她原本要說出口卻硬生生吞回去的話語，恐怕就接著這樣的後續。

就算是遲鈍的我也能理解了。她口中的「憑我沒有辦法滿足純」，原來是這個意思。

真的太傻了。

過去的情感我早就已經整理好了。

不過話說回來，她之所以會說要我把她變回姊姊……所謂「我的問題」就是指這件事嗎？

——所以妳才會向我提分手嗎？就為了這一點？

若真是如此，妳真的是傻瓜。真的是大傻瓜。

妳知道這樣對那織來說，到底有多麼不誠實、失禮，又多麼瞧不起她嗎？

「……我沒辦法那麼快轉換心情。而且帶著這種心情和那織交往，對她實在太失禮了。」

「你不討厭那織吧？」

「當然。」

「那不就好了？」

「才不好！我說妳啊，嘴巴上講得很簡單，但這不是那麼單純的事情，這點道理妳也懂吧？而且……我還對妳——」

「——別說了！你別再說下去了！不管你說什麼，我都不會和你復合！」

琉實這麼喊著。那撕心裂肺般大喊出來的聲音帶著無助。

琉實的聲音貫穿了我的耳膜。

潛藏在對話中的寂寞聲音、不經意動作中隱微的意圖、偶爾展現帶有陰霾的笑容……每當找到這般跡象，我便會探尋復合的可能性。

我一直在思考，自己該怎麼做才能重來？

面對忸忸怩怩、膚淺又無法振作起來的我，琉實說出了明確的拒絕。不管我怎麼掙扎，只要我不和那織交往，妳就不接受嗎？

妳真的要我這麼做？

「這麼做妳真的不會後悔？只要我和那織交往，妳就滿意了？」

「……嗯。」琉實緩緩地點頭。

……琉實。妳真的是傻瓜。無可救藥的傻瓜。

為了那織的戀愛。

為了我的初戀。

妳選擇抽身離開。是這樣對吧？為了遵守姊姊的尊嚴。

至今為止的一切都是南柯一夢……將我們的過去做出這種總結，妳就滿意了？

真的太傻了。這種事情簡直愚蠢到家。

「簡單來說，妳和我分手的理由就是……不，算了。」說到這裡，我沒有繼續說下去。

最愚蠢的人就是我不會有錯。誰教我現在竟然還想聽從琉實最後的願望。

「不過，就是這麼回事吧？」

※※※

（神宮寺那織）

蕤賓初，如此美好而惹人憐愛的日子（黃金週假期）。

這是段讀小說直至深夜，甚至看電影看到天亮，也不會被罵的親愛假期。

來攝取吧！攝取故事！單身至上，我要盡情使用天賜的時間。

我遵從了心靈的聲音，從第一天開始便過上極其不規律的生活。正確來說，是從前一天晚上開始。

在黃金週前一天的晚餐飯桌上，口中唸著「連假人很多，真不想出門」的爸爸，久違地如此帥氣。這讓我從他身上感到了些許父親的威嚴。

最喜歡待在家裡的爸爸和我，對上最喜歡出門的媽媽和姊姊。

這就是根深蒂固蟠踞我家的對立結構。資本主義（馬歇爾計畫）對上共產主義（莫洛托夫計畫）。要小心祕密警察（史塔西）！

嗯？你問哪邊是資本主義陣營？

囉唆！我就是想待在家裡！我不想要去人擠人！我要保護好柏林圍牆！

以下是我沒有參與的對話。

媽媽說：「就算你這麼說，我也想在這難得的假日出門走走。」接著姊姊趁機火上澆油地說：「學校同學都吵著說要去國外或是泡溫泉呢。」

「話雖如此，黃金週到處都是人啊。我可不想要出了遠門後在回程路上還被捲入塞車陣，要開車的人可是我。」

「我也開車嘛，只要我輪流和你開就好了吧？」

「這麼說起來，前陣子電視上有播採櫻桃的特輯！」

「哎呀，感覺不錯耶，可是櫻桃的季節還要過一陣子才到吧？」

「應該是溫室栽培？」

父親啊！給我壓抑你想展現知識的慾望！現在這個時候應該要附和媽媽吧！

「就選這個活動吧。」

「可是感覺參加的人會很多。」

沒錯沒錯！再多說一點！

「我覺得應該多少會有點擠，不過反正沒有那麼遠，沒關係吧？」

「好吧，既然如此就去吧。」

毫無威嚴、一點都不帥。隨意點頭可是會失去女兒信賴的，你給我記好。

我們家總是這樣。婦唱夫隨、公雞隨母雞啼。小心我砍掉你的雞冠。

「那織覺得怎麼樣？採櫻桃。不覺得好像很好玩嗎？」

姊姊總是會像這樣問我……不過——

這個走向幾乎都確定要去了吧？肯定會去吧？根本就沒有否決權嘛！總是像這樣先決定好事情後，才擺出這種「我有好好向每個人做過確認喔」的姿態也太狡猾了！狡猾程度簡直和推理劇的犯人是個只稍微出現在畫面過的路人一樣！

總而言之，現在輪到我的回合……但是照這個走向來看，我也只能同意了。

「嗯，我覺得不錯。」

我知道了啦，給你們一天總行了吧？這也是為了保持家庭安定，我可是懂得看臉色的，你們可不能小看我喔。雖然我不想去！

還有，父親啊。麻煩你對威嚴消逝要有自覺，快自我反省吧。我是不會原諒你的。

「那就這麼定了。」

既然能看到姊姊開心的表情就算了。就當是好事。

「這麼說起來，白崎太太家的爸爸已經回來了吧？」

「喔喔，是啊。偶爾要不要在庭院辦個烤肉會？」

你這不是還會說好話嗎？父親啊。麻煩你好好致力於恢復女兒的信賴。

「不錯耶，我想吃肉。總之你們去問問看。」對此，我也積極地給出意見。

畢竟很久沒和純的家人烤肉了，在庭院烤肉不算是外出，和人潮擁擠也沒有關係。完全沒有問題喔，一點異議也沒有。

而且最重要的是肉。噴發的油花、籠罩四處的煙、沾到醬汁那瞬間的滋滋聲——

「我等等去問問。」

母親啊，萬事拜託了。我想吃肉肉，我想吃肉肉吃到飽。

我不經意地看向姊姊的臉。她露出了有些為難的神色。

確實會感到複雜吧？雖然爸爸不知道，不過對方畢竟是剛分手不久的前男友嘛。

但是現在就請妳稍微忍耐一下吧。畢竟我也答應要去採櫻桃，那麼接下來就輪到我的回合了。小肉肉，等等我喔，我馬上就去接你們。

這樣就公平了。只有覺悟被殺之人，才有資格開槍喔，姊姊。

魯路修？雖然確實沒錯，不過最初的源頭可是馬羅的台詞喔。

還請各位千萬不要誤會！大家都應該要去閱讀瑞蒙・錢德勒的作品。

黃金週假期第二天，過了中午之後我醒了。

我澈底消耗了第一天的夜晚，這可稱為完全勝利吧。

我可是等到四周都亮起時才睡，若是吸血鬼的話早就死了。

我一邊搔著頭一邊走到客廳。爸爸一個人在看電影，除了爸爸以外沒有其他人在。這些資本主義的走狗，難道是出門買東西了？想表示消費是美德？

不，姊姊是去社團（籃球）了吧。自從和純分手後，她變得比之前還要熱衷於社團（籃球）。

不知道爸爸在看什麼？在我的視線移向電視的瞬間，我完全醒了。

我的睡意全被轟飛了。

又在看《Star Trek》！這個星艦迷！在房間裡乖乖看個本格推理小說（puzzler）（註：日本推理小說的流派之一）不就好了！為什麼我剛睡醒就非得看《Star Trek》不可！

把純變成星艦迷的犯人！不可饒恕。

「你都看第幾次了？」

「不知道。但是寇克和畢凱共同演出的場景看幾次都行。順帶一提，這一幕的馬可是威廉・薛特納自掏腰包喔。」

就算你想暢談我也沒興趣。快住嘴吧，很給人添麻煩。我不想聽。

宇宙類的影片，還是《星際大戰》比較有趣啦！給我看看票房！

我將「我一丁點的興趣也沒有」這個意念注入嘴中，釋放出一聲慵懶至極的「是哦」之後，從冰箱拿出茶倒進玻璃杯，接著坐到了餐桌旁。

桌上的盤子蓋著廚房紙巾，我猜是午餐便掀開了廚房紙巾，盤子上只剩下切下來的一片鬆餅。只剩下切下來的一片。

要我說幾次都行。只剩下切下來的一片。

切過的？我的午餐只有這一片小小的鬆餅？什麼跟什麼！

根本不用問Who done it（犯人是誰）！我帶著懷疑的目光轉頭，看向了爸爸。

肯定是這樣，因為這裡除了爸爸之外沒別人了。

喂，那邊的！別無意識之中摩擦大拇指和食指！

你吃了吧？因為嘴饞就吃了吧！DATURA！還有茶壺用完要收起來！你老是放在桌上不收拾！而且是福爾摩斯迷的話就給我喝咖啡！

所以我才討厭同是星艦迷又是福爾摩斯迷的男人！

身為神宮寺家災害中心的吾父，是科幻影集《Star Trek》的影迷，同時也是「夏洛克・福爾摩斯」的書迷。《Star Trek》的狂熱粉絲叫做星艦迷（Trekkie），而夏洛克・福爾摩斯的狂熱書迷則稱福爾摩斯迷（Sherlockian）。

科幻迷和懸疑迷的混合體，不管誰來看都會覺得他是這個世上最棘手的人種。真想叫他用量子力學來挑戰後期昆恩問題。感覺能讓他安靜下來。

真是的，竟然瞧不起《星際大戰》，我可不會忘記這份仇恨。ＤＡＴＵＲＡ！

順帶一提，姊姊以前差一點成為哈利波特迷（Potterian）。

這個家到底是怎麼了？

對了對了，不可以隨意靠近星艦迷和福爾摩斯迷，還請各位銘記在心。要是你帶著輕鬆隨意的心情詢問「這是部什麼樣的作品？」，對方可是會永無止境、永無止境地向你暢談作品，這一點不會有錯。不管你露出多麼厭惡的表情，對他們都沒有用。

別靠近喜歡重複討論道理，還有喜歡玩文字遊戲的傢伙！小心襯衫的袖口被惡意塗鴉喔！要不然就是像純這種孩子會被吸收成一員！

所以我今天也依然無視父親的話。這就是我家流之生存訓。

好了，這些事情怎麼樣都好，總之現下有個問題。這才是大事件。

我的午餐只有切下來的一小塊鬆餅，這是怎麼回事？實在太蠻橫了。雖然我想全力責備那位父親，但是我不想剛睡醒就和他有牽扯。單純覺得麻煩。

必須確保補給來源。再這樣下去，我會因為過於飢餓而墮入餓鬼道。

唉，別說蠢話了，來備點料吧。我好歹也是前烹飪社的呀。

打開廚房的壁櫃，我開始尋找解決之道。看到櫃子就開，這可是基本。

我從壁櫃中找到我的目標物，一邊大聲地關上櫃子的門，以表示我的煩躁，接著粗魯地扯壞包裝後，用熱水壺注入熱水。該死，為什麼我要做這種事——

在泡麵泡好之前無事可做的我，回到房間去拿我的手機。必須連這三分鐘都要有意義地消耗才行。怎麼能輸呢？快消耗！

嗯？料理？我怎麼可能會做？麻煩你別擅自誤導別人。

只要有電子微波爐和泡麵我就活得下去。

下廚太浪費時間了，當然要讓會做的人來做。這世界是由分工合作成立，要是你太小看被稱為前烹飪社專吃代表的我，我可會傷透腦筋。而且千萬不要小看泡麵。淺間山莊事件都不知道有多少泡麵——

在手機重回我手的瞬間、那個剎那，嗚動。震動加上電子音。是純傳了訊息給我。

「如果妳有空，要不要出去走走？」

喔喔，真是難得。沒想到那個家裡蹲竟然會傳這種訊息給我。別說是雪了，今天八成還會下鯊魚吧？要是下起鯊魚，只靠傘根本保護不了自己。根本就是風飛鯊。

自從他和姊姊分手之後，很明顯地變脆弱了。雖然我問了分手理由他也沒說，不過那兩個人這麼笨拙，肯定是因為芝麻小事吧。

算了，這也沒辦法，我就陪陪你吧。同為單身人士，我和你好好相處。反正我們早就無須對彼此客氣了，應該說我可不會客氣喔？畢竟你之前可是一直被獨占著，才這麼一下下沒關係吧？我等這回合可是等了挺長的呢，說真的。

一邊想著這些事，我心中的煩躁漸漸增加。因為感到莫名不甘心，我點進去已讀之後放置不管。你就好好期盼我尊貴的回覆吧。

好了，話雖如此我也不知道怎麼回覆。就在我煩惱的時候，我忽然想到泡麵的三分鐘已經過了，趕緊慌忙翻開蓋子，不出所料麵已經泡爛了。

喂喂喂，那豔美的金色湯汁跑哪兒去了？

「哦？妳在吃泡麵啊？我也來吃吧。放在哪裡？」

雖然星艦迷的聲音遠遠傳來，不過我在太空，位於遠在天邊的另一個銀河系。

真空狀態是聽不見聲音的。父親啊，你可得好好記住。

嗯？是不是有人剛剛說，在《星際大戰》裡聽得到聲音？

那是盧卡斯的腦中宇宙，所以沒關係啦。我討厭斤斤計較的人。

（白崎純）

玄關的門鈴響了。

打開門，便看到那織站在眼前。她穿著白色輕薄針織上衣，淡粉色迷你百褶裙，並搭配黑色膝上襪。或許有的人看了會說這身打扮很做作，卻十分適合那織。應該說那織無論穿什麼都合適。

可愛得令人不甘心。

「明明是我邀妳還讓妳過來，真不好意思。」

「我家現在只有我爸在，要是你進來就完蛋了。順帶一提，他剛剛在看《Star Trek》。」

手環在背後的那織視線由下往上看著我，她的唇上帶著一點淡淡的色彩。

「啊～真不錯。他在看哪一季？」

「寇克和畢凱見面的那部。」

「《日換星移》啊……那一部史巴克沒有出來，可以說是寇克主場……」

「別聊《Star Trek》！所以你要去哪？」

「我想說去看場電影。妳覺得呢？」

「討厭人潮的純在黃金週要看電影？你認真？你該不會吸了笑氣吧？」（註：日文的「認真」和「笑氣」同音）

「喂，若是的話我的意識可會完全模糊啦！那麼那織有想看的電影嗎？」

「現在沒特別想看的～應該問你這個邀請人又如何呢？」

那織輕輕戳了戳我的肩膀。

「也不是沒有。」

「那麼就去看電影吧。不過今天我們彼此都別去都內比較好，肯定就連殖民地都充滿了人潮。」

「只要沒有想要的書就不會去池袋的妳還真敢說。」

「彼此彼此吧？」

我們一邊這樣聊著天，一邊往最近的車站走去，並搭上了和東京反方向的電車。我們的目的地是郊外LaLaport附設的電影院。

進入月台的電車中，乘客雖然比往都心方向少，不過果然是黃金週假期，就算不至於人山人海，不過人潮確實比平時還要多。換作是平常還算坐得到位子的電車，今天卻沒這麼順利。

因為背負著要向那織告白這個炸彈，心情本來就很沉重的我，一邊感受著精神和體力漸漸被磨損，一邊隨著電車搖動。受了這麼多苦，若到了目的地後發現沒有空位……要是發生這種事可不好玩，於是我用手機確認電影院的空位狀況。還沒有滿到需要驚慌，這樣的話不用先訂票應該也不要緊。

這麼一來，問題果然還是……告白。

說到底，到底要怎麼告白？要有什麼契機才好說出來？要怎麼樣帶到類似話題上？關於該怎麼告白這一點，我當然針對琉實當時告白的感覺進行了多方思考，但是追根究柢，我可是個當初沒能向那織告白的男人喔？啊啊……真的沒有自信能做到。

現在就暫且將問題延後，等到看完電影再煩惱吧。反正不管怎麼想都搞不懂。

專心享受電影吧。雖然我剛剛嘴巴上說也不是沒有，不過我還挺期待某部電影的。那是僅在科幻迷之間獲得好評的穿越時空系電影。人不管到了幾歲，果然還是不能缺少穿越時空系。我從以前就很常看那位導演的電影，隱約能猜出為什麼無法獲得科幻迷之外的大眾好評——雖然設定和道具頗具真實感，但是故事太老套了。

不過科幻設定即是命。只要能享受到這一點，我就滿足了。

「我們要看什麼？」

我一說出電影名稱後，那織便哼了幾聲。

「果然是這部，你很喜歡這種類型呢。不過時空穿越的電影中，到頭來還是《回到未來》最棒吧？我可不知道有什麼電影能超越它。」

「關於這一點我也有同感，畢竟這部電影可是電影迷要列舉喜歡的電影時，最終會回歸的最愛電影代名詞。」

「沒錯！這比隨便舉一部小眾電影還要來得加分。」

「畢竟這部電影就連那織這種喜歡非主流文化的人都很喜歡嘛。」

「我個人是覺得你比我還要像次文化臭小鬼就是了。」

「喂，妳再毒舌也該有個限度。再者，自以為是秋牡丹，去撈了金魚後還幫金魚取名為格列佛的人，才沒資格說我。」

「你說什麼？《寄物櫃的嬰孩》是真正的正典，若你說那不是最高傑作，那還有什麼書可讚揚？」那織雙手環胸皺起眉頭，扭曲了唇角。

「我沒有在苛責書，況且我也喜歡那本著作。我只是覺得自以為是秋牡丹的妳很——」

「DATURA！」

「喂！我就是在說妳這一點不好！」

以防萬一，我來說明一下。所謂的「DATURA」是小說《寄物櫃的嬰孩》登場的毒、兵器，也就是破壞的象徵。那織有時候會掛在嘴邊。

「囉唆，星艦迷！小心我拿滅星者號撞你，前面尖尖的地方直接刺上你腦袋。」

那織綁在耳下的兩條馬尾，若依日本雙馬尾協會的分類來看，叫做慵懶低雙馬尾，那蓬鬆的髮尾在胸部一帶舞動著。

琉實剪頭髮之前，若要綁頭髮的話最常綁馬尾；不過那織從小就喜歡綁雙馬尾。這樣的髮型很適合那織，帶點可愛的孩子氣，我很喜歡。

而我從以前就最喜歡像現在這樣，和那織聊無謂的話題。

明明彼此都會接觸相似的小說、電影和動畫，卻很難喜歡上同一部作品。我們從以前就是這樣，到了現在這一點仍然沒有改變。

不過也多虧於此，我們才能像這樣進行無謂的爭鬥。

剛剛那織口中的滅星號，就是在《星際大戰》中登場的敵軍大型戰艦名稱，形狀像是切好的披薩。那織是《星際大戰》的影迷。

所以我要迎擊。以原作者（羅登貝瑞）還原作者（盧卡斯）。這就是我們的無意義爭執（星戰粉絲團）。

「這種東西，在我們企業號光子魚雷面前不足為懼。而且我們還有傳送裝置。」

「唉，所以我才受不了你們星艦迷。不管提到什麼都想拿光子魚雷和傳送裝置……我才不管你們什麼重力波，根本就跟小孩子說『這是我想到最強的科幻武器！』一樣。為什麼你這一點會像到我家老爸呢……明明沒有血緣關係。」

要是我說出這種話那織會生氣，所以我不會真的說出口，不過就我的角度來看，那織和叔叔才像，不管怎麼看都是父女。只是感受、志趣不同，喜好的傾向和類型幾乎一致。

而且讓我對《Star Trek》產生興趣的契機不是叔叔，而是那織才對，不過本人似乎沒有發現。畢竟那麼久以前的事，她不可能會記得吧。

「我真的很感謝叔叔，他教導了我許多美好事物……最後我要說一句，只有依賴原力的那織沒資格說我。」

叔叔和阿姨把我當親兒子一樣疼愛。

我的父母也把琉實和那織當作親女兒一樣疼愛。

擁有同年齡的孩子，父母之間至今仍然持續著交流。

我的父親隻身外派至今已是第二年，雖然週末會回家，不過平日基本上不在。我的母親在大學醫院擔任護理師，理所當然也會值大夜班。連料理的料字都沒一撇的我，自然而然時常被叫去神宮寺家共進晚餐。雖然現在不像小時候，能帶著隨意的心情去叨擾琉實和那織的家，不過縱使到了這個年齡，我也不會排斥因為這個理由前去打擾神宮寺家。

對此最感到喜悅的，說不定就是叔叔了吧。對叔叔來說，我是他的最佳討論對象；對我來說，那也是段接收新刺激的重要時光。

就在我們嚷嚷之中，電車抵達車站，我們轉乘公車。

從這個距離坐公車過去，不用花上十分鐘。

黃金週的LaLaport理所當然非常擁擠。我認真覺得看完電影之後一定要馬上回家，恐怕那織也是——我這麼想著並轉頭，看到她一臉嫌惡地皺起了整張臉。

在電影院大廳取票後，我們找了個長椅總算安頓了下來。不過要放心還太早了。雖說距離電影開演還有段時間，倘若去逛雜貨或書店，大概就會趕不上開演時間。

「今天姊姊有聯絡你嗎？」

坐到長椅上不久，那織突然問出這句話。我的心跳漏了一拍。

「怎麼這麼問？」

「我起床之後她就不在家了，爸爸也說不知道她去哪裡。」

「反正肯定是社團吧。」

「也是，我也這麼想。」那織看著自己的指尖這麼說著，聲調毫無起伏。

我無法捉摸她的心思，不知道她為何會突然問我這種事。

接著，我們也沒特別說什麼話，就那樣坐在長椅上。我拿出手機開始滑，那織便從包包中取出小說翻閱。我想知道她在讀什麼書便看了一眼，作者欄寫著福永武彥，書名是《廢棄都市‧飛翔的男人》。福永武彥啊……我記得好像是池澤夏樹的父親，他好像也有參與《摩斯拉》的製作來著？關於這位作者，我只有這一丁點知識。

——我沒有讀過呢。

那織讀的書籍不會僅限於一種類別。無論是小說、電影還是動畫，只要有在意的作品，她就會從頭接觸，貪婪地想要吸收各種知識。

過去的我總是在讀推理小說。自從會和那織聊各種事情後，我開始變得會去接觸各種類型的作品。我想追上那織，便和叔叔借了許多書籍來閱讀；我想贏過那織，甚至還時常去市立圖書館。縱使如此，那織仍然像現在這樣，讀著許多我還沒看過的小說。不管過了多久，我始終追不上那織的腳步。

這樣的卑劣感和成績一同封印了我的初戀。

我逕自對她產生競爭意識、逕自落敗、逕自放棄了一切。

我想，那織恐怕沒有把我當作競爭對手，她只把我看做同好。

也因此，我為了引起她的注意，才會一直和她比拚。雖然到頭來也只是我的獨角戲。

確實如琉實所說，如果那織對我抱有好感的話，我至今為止的行動或許都不是白費的。或許她當時真的有在意過我。

既然如此不就夠了嗎？我還有什麼好猶豫的？

「你不就是喜歡那織、想要她在意自己，才會有現在的你嗎？」

我的腦中響起了這樣的聲音。明明之前都已經做過了斷，事到如今根本不需要迷惘才對。

然而這是是兩碼子事。

那天看的電影劇情確實十分老套，儘管如此我的視線仍然一秒都沒有移開銀幕過。簡直像是椅子和身體融為了一體般，我甚至動彈不得。設定和道具的品質都非常棒，不過讓我沉迷的反倒是這老套又廉價的故事。故事情節講述一位開發了時光機的男子，過去曾喜歡一位女性，而他流離於在未來等待自己的妻子，以及這位過去的女性之間。

回過神來，我不自覺將琉實和那織的身影，重疊在那兩位女子身上。

我把誰重疊在哪個角色身上，而主角又做了什麼選擇……這部分我就不談了。

我一邊反覆咀嚼故事並離開了電影院。購物中心內仍然被喧囂包圍著，我甚至覺得人似乎變多了。正好到了傍晚時刻，這也莫可奈何。看來還是早早退場比較好。

「哎呀呀，這可真是一部執著於設定的狂粉會喜歡的電影。不過他好像以為只要在黑板上寫滿了算式，看起來就會很有說服力。這位導演是不是知道在《星際效應》之後，拉高了科幻電影的門檻，才會故意拍出那一幕？」那織靠在二樓的扶手，開始談論自己的感想。

我也和她一樣，後背靠向扶手。

「確實，真的讓物理學家去計算四次元和五次元重力的克里斯多福．諾蘭才是性情中人。對於想看這種細節的觀眾來說，可沒有比這種畫面更細緻的提示了。雖然我看不懂上面寫了些什麼，不過光是看到導演滴水不漏的態度，就會越有說服力。說到黑板，《竊取太陽的男人》也是這樣呢。」

「你是說原子彈算式的那一幕吧？雖然不是黑板，不過說到日本電影的話《正宗哥吉拉》也很真實。」

「畢竟那部電影是導演將怪獸電影迷很常討論的『如果有一天怪物真的來了該怎麼應

對？』這種意象訓練情境，拿去和自衛隊討論、交換意見後，貫徹真實情境所拍攝的電影。就是這一點好，我就是想看這種電影，所以含蓄點評價這部電影就是——棒透頂！」

「最後完全跳脫真實性，貫徹怪獸電影作風那種乾脆的感覺也很棒！特攝迷們，吃我一記在來線炸彈！那種彷彿在說『就算前面有人一臉跩樣長篇大論進行講解，你們最後還是喜歡這種場景吧！』的表現方法超棒！就這個層面來說的話，這次的電影稍嫌熱量不足呢。」

「我同意這一點。雖然很細心，不過我想要更熱血一點的劇情。」

「對吧？既然要編這種劇情，真希望能讓觀眾品嚐一下淨化心靈的感覺。不過這就算了，差不多換個地點吧？我到極限了，這裡人多到我都要暈了，充滿了人類的臭味。」

「對此我毫無異議，全面同意妳的言論。老實說光是有人潮就讓我感到疲憊，得找個安靜的地方恢復體力才行。順帶一提，妳說的人類臭味是來自史密斯（駭客任務）來著？」

「你說的沒錯，安德森老弟。真是的，要是姊姊的體力能分一點給你就好了。」

「妳才是吧？我可比妳好，別把我們混為一談。」

——我是這麼想的，畢竟我的體適能測驗成績沒有那麼差。話雖如此，作為一位被「不需要跑動」這句宣傳吸引，進而加入弓道社的人來說，我對自己的體力沒有信心，這一點我當然有自覺。

「我是女生，才不需要有肌肉，只要擰得開寶特瓶的蓋子就夠了。你才是，既然憧憬福爾摩斯就要從鍛鍊身體開始做起吧？給我去習得巴單術（Baritsu）。」

那織夾緊腋下，做出拳的動作。

「妳那不是巴頓術（Baritsu）而是拳擊。不管誰來看都是拳擊。」

「你要吞噬閃電、擰碎雷霆！成為令人畏懼的男人吧，白崎純！」

那織口中的台詞是拳擊手《洛基》的台詞。真是的，虧她能馬上脫口而出，真令人佩服。

令人畏懼的男人……啊。真是和我相差甚遠的評價。

「還有，我先聲明我可沒有憧憬福爾摩斯喔。是小時候憧憬過吧？」

「嘴上這麼說，你不用逞強啦。明明直到現在你還對名偵探這個詞還抱著非同小可的嚮往。我可是知道的，最近你甚至還加上了間諜要素來著？」

「住口！妳別隨隨便便就說出那種事！」

「這麼說起來還在國中部的時候，你很常說話時還加上一句『可以再問一個問題嗎？』，那是在模仿可倫坡吧？不過就算有人發現這一點，對方大概也會誤會成是杉下右京。這個年代要國中生懂可倫坡太困難了啦。啊，該不會你不希望被發現你在模仿可倫坡？這樣啊、這樣啊。是這麼一回事，原來如此，我明白了喵。不過畢竟致敬可倫坡的電視劇比原作還要有名，這也莫可奈何。」

快住口……拜託別深究這部分的事了……

拜託妳別再繼續攻擊我國中生時期那思慮不周的心靈……

「……那織，能麻煩妳就此打住嗎？」

「哎呀哎呀，回想起來就如坐針氈嗎？不過你意外地容易受影響呢。你自己看，你不懂Ｘ的自我介紹欄上寫著『live long and prosper（生生不息，繁榮昌盛）』這種《Star Trek》的台詞，ＬＩＮＥ的大頭貼還是００７的標誌呢。」

那織笑瞇瞇地凝視著我。

「我……我就是喜歡，有什麼關係！妳有什麼想說的嗎？」

「我沒什麼想說的啊。啊，說到００７，你在自我介紹的時候應該沒有學詹姆士・龐德那樣說『我是純，白崎純』吧？我想我不說你應該也知道，龐德是姓氏喔？咦……你那個表情，該不會是有什麼頭緒吧？」

我差不多快斃命了，乾脆給我個痛快吧……

「喂，你沒事嗎？臉很紅耶？是怎麼了啊？是不是身體不舒——」

「我知道了，是我不好。算我拜託妳，不要再繼續——」

「知道就好。好了，既然已經狠狠磨損過你的心靈一頓，那麼我們就稍微往泰晤士河下游滑一點吧。這邊看得到ＭＩ６的本部嗎？」

「……我還是第一次看到有人把荒川叫成泰晤士河。」這句話耗盡了我所有精力。

所謂「男人永遠敵不過初戀對象」，應該不是指這麼一回事吧？

從最近的車站回家的路上，有一間我們常去的咖啡廳。當我們漫無目的時，總是會在那裡消磨時間。不過現在已經是傍晚六點，爸爸大概已經回家了，考慮到要回家吃晚餐，那麼在這裡填飽肚子就不是好主意。

如果可以的話，我想和那織再多聊一點無謂的話題，緩和我的緊張。

莫可奈何的我邁步走向常去的公園。那是一切開始的地點，也是結束的場所。

雖然我不想順從琉實的建議，不過若要有個新的開始，我也認為這裡是最佳地點。

抵達公園時，這附近已經暗了下來，四周的界線開始變得模糊不清，唯有被街燈照亮的地方保有清晰的輪廓。空氣僵硬，帶著些微涼意。

我們三人曾在這座公園遊玩過無數次，到了現在則感覺整體有些小。我坐上了長椅，那織落座在我隔壁。她伸直雙腿，球鞋鞋尖互撞著開開合合，每撞一下就會發出「噠、噠」的聲音。雖然知道不可能，不過這聲音卻讓我有種她在催促些什麼的感覺。

「會不會冷？」

「你今天格外溫柔耶。怎麼？是有什麼事想拜託我嗎？錢我是不會借的。」

那織彎了彎身。

「不是啦，那個……我只是在想妳的腿會不會冷。」

坐下來之後視線高度變低，眼睛便會不禁被坐在我身旁，那織短裙下伸出來的腿吸引。我的視線落在橫跨短裙和膝上襪之間，讓人覺得是在誘導視線的膚色。

要是用那織風來說的話，女生毫無遮掩的腿對男高中生來說，簡直太DATURA了。

「可笑！你可別小看冬天也要露大腿到最後一刻的女高中生，我們可是連判斷什麼時候要開始穿褲襪都拚上了性命——那可是一種拉鋸戰。」

「經妳這麼一說確實是。應該說，女生的這份意念真的很值得稱讚。我真覺得不可思議，為什麼大家都能這麼大方地露出腿？明明就很冷。」

「你難道沒有看過在教室裡蓋小毛毯的女生嗎？我認為再沒有觀察力也該有個限度喔，這方面你怎麼說呢？偵探小弟？」

「拜託妳別那樣叫我……不過妳這麼一說，的確有人在用小毛毯。」

「對吧？冬天的小毛毯可是神，沒了小毛毯就活不下去了。」

「照常理來看，只要冬天穿長一點的裙子——」

「你不懂耶，才不是那種問題。動畫角色的裙子不也是一整年下來都沒變嗎？她們的長度沒有因應季節變化而產生改變吧？這就代表這東西就是這麼一回事，可愛可是凌駕於一切優先度的。說到裙子，最近的角色腿都胖軟胖軟的，真的很棒呢，甚至讓我有股安心感。這簡直可說是輪到我的回合了也不為過。」

「原來妳在想這種事……我看動畫從來沒有過這種想法……」

「要是人物角色畫出那種骨頭都快斷掉的纖細腳踝，大家可是會被動畫和現實的反差壓垮的！不過你也覺得，我這被膝上襪的鬆緊帶勒出來的大腿部分很有魅力吧？你看。」

那織一邊說著，一邊稍微撩起短裙的裙襬，展現出自己的大腿給我看。

「所謂的戀物癖就是指這種事吧？你看仔細了，這就是現實。和虛構不同，有血有肉的大腿就長這樣！現在就是這種現實受到追捧的時代了！你就好好膜拜我吧！」

快住手！妳那樣子破壞力真的很強！別把我特地遮遮掩掩偷看的部分，那麼大方地炫耀給我看……不過老實說，非常養眼。嗯。

「我知道了！我知道了，快把裙子蓋回去！我輸了，那織果真是艾琳。」

「你個蠢蛋！別把我比喻成福爾摩斯的登場人物！」

「我自認自己說出了至高無上的稱讚。」

「你這個愛挖苦人的傢伙……竟然會列舉一個和我相差甚遠的人物……不可原諒。」

那織鼓起了雙頰，皺起鼻頭。真是個孩子氣的傢伙。

「……欸。」

「嗯？」

「……要不要和我交往？」

我自己也不知道為什麼會選在這個時機提出來。可能是因為我腦中一直在想著這件事，回過神來就已經脫口而出。

「咦？你那句話是在指……男女之情的交往？」

「……嗯。」

那織露出了簡直可以加上「嘿嘿嘿」三個字的傻笑臉，接著竟然給我說出「抱歉，我沒聽到。你剛剛說了什麼？」這句話。

「喂，妳剛剛肯定聽到了吧！而且現在我們不是在對話嗎？只有後宮類型的故事才允許重說一次，這可是不成文的規定！」

「對不起喔，我天生聽力就不好。你看，旁邊的路上剛好有台改裝閃亮卡車開過嘛。叭叭叭叭叭地真的好大聲喔。」

「才沒有咧！我根本沒在現實中看過改裝閃亮卡車！」

「是在拍《卡車野郎》嗎？重製版？」

「別揪著改裝閃亮卡車的話題不放！而且我根本沒聽說要拍重製版！」

「……再一次就好，好嗎？拜託你。求求你了。」

那織一邊說著，對我雙手合十。

真的很打亂人的步調。

「那個……和我交往吧。」

「……對不起。」那織一邊說著，一邊低下頭。

「咦？」

我完全沒有料想到這個走向。

怪了？琉實小姐，怎麼跟我們說好的不一樣？這和我聽到的情報不同耶。

我們的主題不就是在探討那織的心意什麼的嗎？

原來只有要祭祀我的初戀而已？

「對不起喔，純。我從小就被媽媽教導，不要和星艦迷跟福爾摩斯迷有牽扯，而且阿卡西紀錄上也這麼記載，所以不可以。雖然我很高興你有這份心，但是我無法回應你。對不起。」

「什麼？」

看到我目瞪口呆的臉，那織拍了拍我的肩膀。

「哎呀，你這表情不錯，實在不錯，我想就連黑澤明都會一鏡給過，你可以有自信一點喔。哎呀呀，這段台詞我已經準備了好幾年，心想若是有朝一日被純告白，我一定要這麼說，沒想到竟然會成真。謝謝你實現了我的夢想！」

「呃……也就是說……」

「說笑的啦！我怎麼可能會因為這種理由拒絕你？不懂察言觀色的假偵探先生。」

她這麼說著並露出笑容。這恐怕是至今為止我看過最可愛的那織了。

「我說妳啊……害我真的慌了……唉，對心臟真不好。」

「原來還有對心臟溫柔的告白？告解室？要不要試著全部說出來，讓自己變輕鬆點？」

「……那是不一樣的告白。總之就是這樣，今後請妳多多關照。」

雖然有點太走形式，不過我用衣服擦去手汗後，對她伸出了手。

「麻煩你繼續陪我嘍。」

那織說完握住了我的手，接著笑道：「明明擦過手汗卻還是濕濕的。」

「囉唆。就算發現這種細節也別說出來。話說回來，妳的手真冰。」

「那你來溫暖我吧。」冷冰冰的纖長手指滑進了我的指間。

「嗳……你也可以順便溫暖我受寒的大腿喔？」

「別說蠢話了，就算我們已經開始交往，但要我在夕陽西下的公園觸碰女生的大腿也太不妙了吧？要是被附近的人看到怎麼辦？」

「哪裡不妙？是夕陽西下的公園不妙？還是女生的大腿不妙？那如果是白天的公園就可以

了嗎？嗳～哪裡不妙啦？」

那織倚偎著我。

「不管怎麼辯解，看起來都像是準備要做下流的事情吧？」

「下流的事情是指什麼？我聽不懂，你告訴我吧。我的腿冷到好像快死了……唉，我好可憐喔，你超級冷淡，我大概都冷到有負四五九．六七℉。」

「到底有多冷！而且那是絕對零度吧。話說回來，妳別用華氏，害我有瞬間聽不懂妳在說什麼，正常點用攝氏溫度！還有，腿再冷都不會死的。」

我按開那織，放開牽起的手站了起來。

「來，起來吧，我們回家。」

「喏。這樣就不下流了吧？」那隻張開了雙臂，露出想撒嬌的眼神。

真是的——我雙手抱住了女友，並讓她站了起來。

（神宮寺琉實）

※　※　※

明天黃金週假期就結束了，今天大家要在我們家庭院辦烤肉會。

烤著肉和蔬菜，大家聊著休假期間發生的事還有我們小時候的事情，聊得不亦樂乎。雖然爸爸和媽媽聊得開心就好，不過為什麼每次都要拿我們小時候的事情出來說呢？這讓我有點難為情。但是小時候掉到池塘裡的純有段時間會怕泡澡，還有那織的屁股卡在垃圾桶裡出不來的事情，不管聽幾次都很有趣。

話說回來，客廳有一張小時候我和那織兩個人穿著藍色連身裙拍的照片，過了大概十年後的今天才揭露，原來那是在玩恐怖電影的角色扮演。虧我還滿喜歡那張照片的，讓我有點受到打擊。我忍不住對爸爸說「真希望你沒說」的時候，純和那織異口同聲地說：「誰都看得出那張照片是在角色扮演。」

不不不，一般來說才看不出來啦。

我們就這樣開開心心地聊著天，在吃飽的時候，喝了酒的大人們便漸漸地不顧孩子們開始聊起了自己的話題。這一點也一如往常。

反正到了這個年紀，我也不會想要大人搭理我，所以無所謂。

完全喝醉的爸爸和叔叔開始聊起飛機的事。什麼梅塞施密特和噴火戰鬥機之類的？雖然我不是很懂，反正他們在聊這兩架飛機哪一邊比較強。看著這兩個人就能體認到，男生不管到了幾歲都是小孩。

媽媽和阿姨則聊起住進單人病房要花多少錢、哪裡的溫泉是〇〇水系，酸鹼值（是指pH值對吧？）是多少對皮膚很好、定存的利息怎麼樣之類的話題，聊得不亦樂乎。她們的話題和男人們比起來有種成熟的感覺。

我不禁感慨，這四個人以往是毫無關係的人，就因為家住在隔壁，竟然能夠變得這麼要好。連大人都能變成朋友，我們這種同年齡的小孩不變好也難。每當我看到他們便會產生這種感覺。

我忽然想到不知道純在做什麼，便轉頭看向他的方向，結果他一臉認真地一直盯著燃燒的木炭。假日版的純，他的眼鏡上映照著晃動的火焰。若是他維持不動，畫面簡直會像在拍什麼廣告似的唯美，然而每當炭發出炸裂聲他便會退一下的模樣有點蠢。

不過他這種會露出破綻的地方很可愛，我並不討厭。

他的舉止總是俐落聰慧——應該說他明明愛耍帥，卻意外有少根筋的地方。

約會的時候他說自己從家裡帶了飲料，結果拿出來的竟然是寶特瓶裝的醬油——就是大家說能保有新鮮度的那種包裝。純當時的表情現在想起來還是會讓我發笑，而且他當然不可能中途丟掉，所以那天他的包包裡一直放著一瓶醬油。

「純你怎麼看？是梅塞施密特？還是噴火戰鬥機？」

我們家爸爸向純搭話。爸爸雖然喜歡電影和小說那類的東西，不過他也很喜歡戰車和飛機，書房裡裝飾著幾個塑膠模型。那些東西對那織來說似乎也在守備範圍外（她最近都不理爸爸，讓爸爸更黏純），所以爸爸從以前就很疼愛能夠和自己聊這些事情的純……應該說，爸爸教會了純許多知識，他非常喜歡純。

也就是說，純之所以會變成那個樣子，肯定都是我們家爸爸的錯。

……不過，大部分的契機都是那織。

「我比較想推P—51野馬式戰鬥機。可以說美國作為工業國家的等級果然不同凡響，若考慮到大量生產和操縱性的標準化、規格化，這是合理的——」

「喂，純，小心我跟你斷絕父子關係喔！我當然知道那些道理，但是野馬式戰鬥機沒有美學，失去了美學的機器可是不會有靈魂的！你沒有仔細端詳過梅塞施密特機身吧？那就和女人的身體一樣。所以才說你這種死腦筋的人不知變通，你這樣可是交不到女友的喔。你懂嗎？」

叔叔被點燃了鬥火。叔叔一喝醉就會變得很多話，這也是一如既往的光景。

叔叔，純有女朋友喔。我實在說不出這種話。

還有……死腦筋這一點我非常認同，請再多教訓他一下吧！

「雖然我難以認同白崎先生說梅塞是女體的這種意見，不過我非常同意失去美學的機器沒有靈魂的說法。野馬式戰鬥機就是沒有靈魂。而且野馬式戰鬥機的性能提升是在裝了梅林發動機之後吧。梅林發動機不是英國的（勞斯萊斯）引擎嗎？你推這種沒有辦法靠自國引擎發揮出十足性能的戰鬥機，讓人無法苟同。至少也要說個零戰吧。我可不許你用一種很了解戰鬥機的表情推什麼野馬式戰鬥機！」

「不不不，這我可有話要說。既然戰鬥機是兵器，人們追求的就不會是特殊化的性能。高水準又面面俱到的性能才是——」

啊啊，完全被捲入爭鬥了。應該說他是自投羅網吧。

我已經能預見未來慘狀。

接下來男人們將會花上幾個小時，進行互不相讓永無止境的爭論。我看得見媽媽和阿姨破口大罵「你們給我適可而止！現在都幾點了！」的未來。

果然都是孩子。只要辦烤肉會或是露營，總是會變成這樣。都不知道看幾次了。

男生若不惹女生生氣，就是不知節制的生物。

「開始了呢。」

那織來和我咬耳朵。

「看來直到他們醉倒為止都不會停下來。」

「要不然就是談到一個段落，滿意了就換談戰艦，接下來還會輪到戰車。」

「啊～確實會，肯定會這樣。真的好幼稚，虧他們能這麼熱血，真讓人佩服。」

「純也真辛苦。今天似乎會是漫漫長夜呢。」

「反正那傢伙屬於很享受這種互動的類型，沒差吧？」

「我說姊姊妳……」

「嗯？」

「和媽媽像到令人不甘心呢。」

那織的臉因為四周流竄的熱氣染上淡淡粉紅，明明五官大致上都和我相似，卻看起來有些成熟。

我不是很確定那織的這句話蘊含著什麼樣的意圖。

幾天前，那織和純開始交往了。就在黃金週假期的第二天。

除了和家人出門和今天的烤肉會之外，每年都致力於社團（籃球）的我，並不知道他們兩人怎麼度過這次的連假。

雖然不知道，不過既然他們進展順利也就夠了，我也不會硬是想要了解。

純和那織開始交往那一晚，那織吃完晚飯後，拍了拍正在看電視的我，說了「妳睡前來我房間一下」，便離開了客廳。

我當時想：啊啊，她成功和純交往了啊，不枉費我專程跑去純的房裡一趟。

我根本不想去純的房間。因為到了純的房裡，肯定會想起交往時期的事情，讓我感到痛苦。而我也不想聽那織的報告。

不，這樣講就錯了。雖然我想聽到這個消息，但是同時也並存著不想聽到的心情。

怎麼說呢？雖然確實會讓我放下心，不過又讓我有點難受。

啊——我已經不知道自己在想什麼了，總之這樣就行了。

那一天，我有好好地向那織說「恭喜妳」。

黃金週假期第二天。

因為純一直不向那織告白，等到不耐煩的我，去參加下午的社團練習之前想說要來督促他一下，便順道來到純的房間。對於進他的房間這件事我當然感到抗拒，但是我無法接受純和那織沒有進行交往。

話雖如此，進了房間看到還在睡的純，我果然還是無法叫醒他，只得端詳著他天真的睡臉好一陣子。畢竟我喜歡純的長相，看多久都行。所以，看到有時似乎露出不舒服的表情窸窸窣窣地翻身，過了一陣子又一臉安心熟睡的純，我根本就興不起叫醒他的意欲。實在沒辦法打擾這張睡臉。

我並不是討厭純才和他分手。

直到現在，我仍然喜歡純。

從他微張的嘴露出了均勻的呼吸聲、上下起伏的胸膛、因汗水緊貼額頭的瀏海。

我不行了！這是什麼酷刑？

喜歡的人睡在自己面前，用毫無防備的睡臉面對我。

明明直到不久前，我只要伸手便能輕易觸及他，現在他卻離我好遙遠。

啊———討厭！

多想像戀愛電影一樣吻醒他……不能有這種想法。冷靜點。

我明明一直說服自己，卻止不住幻想。當他感到窒息而醒來時，若看到我的臉近在咫尺，他會有什麼反應？我用那種方式甩了他，他還會在意我嗎……竟然還在想這些事情，簡直像個蠢蛋。

這種事情———如果他真的還喜歡我的話，雖然我很高興，卻會讓我產生動搖。

我的決心會產生動搖。與其說會動搖，我也許會當沒分手過吧？我肯定忍不下去。

畢竟我還有很多事情想和他一起做。

好了，你快點起床，不然我要吻你了喔？我可也是在忍耐的。

話雖如此，我果然還是親不下去。我做不到。雖然很想付諸行動，但是怎麼可能做得到？

既然這樣，至少———產生想把鼻子湊到純頸邊慾望的我，心想這點程度應該能獲得原諒，手便輕輕地放在純的肩膀一帶，接著緩緩將體重壓了上去。棉被漸漸下陷，當我的臉靠近他的脖頸時，一股熟悉的氣味充斥了我的鼻腔。

啊啊，就是這個氣味。我和純的回憶鮮明地復甦。

我抱住純的時候，總是會把臉湊到他的脖子汲取他的味道。

真想要永遠維持這個姿勢。

純「唔嗯」地低吟。糟糕，得離開他。要是他看到我做這種事，會覺得噁心的。這攸關作為神宮寺家長女的尊嚴，而且最重要的是，這樣我沒臉面對那織。

不過，他真的完全不醒呢。

我開始感到不甘心，不禁拉開了紗簾。只要這麼做，他就會醒了吧。

我一邊壓抑著想要觸碰他的慾望，重新坐到床的邊緣，俯視著日光灑在純的眼睛上。

純彷彿嘗試逃離陽光般，蜷曲了身體低吟了一下後，醒了過來。

我要自首一件事。

我催促純去整理睡翹的頭髮，並在他離開房間後，忍不住撲上了純的床。

一直唸他頭髮睡得很翹，根本就是混淆視聽。我自己都覺得自己的誘導很自然。

在這主人離開的房間裡，我的臉狠狠蹭上枕頭，用力地深吸一口氣。我把他的涼被捲成一團，狠狠地汲取他的氣味。純，這點程度就原諒我吧。其實更想要他代替睡衣穿在身上的T恤。早知道會這樣，分手的時候就應該先和他要過來。

姑且先聲明，我可不是變態。

這點程度不算是變態……吧？喜歡男友脫下來的衣服氣味很正常吧？女生會同意我的說法吧？不是只有我這麼做吧？應該是前男友才對。一說出「前男友」這個詞，瞬間充滿了不妙的跟蹤狂感。雖然很不妙，但我可不是跟蹤狂，所以不要緊。

唉，我果然不想分手。但是也只能這麼做，要是不這麼做的話，那織——我想到這裡便停止了思考。我現在不想思考那種事。像現在這樣躺在純的床上，被純的氣味包覆，交往的回憶便襲來。

我稍微沉浸一下也沒關係吧？我可也是忍了很久。

——嗯……唔！笨蛋笨蛋！我真是的，在做些什麼啊？

不，我沒做。嗯，我什麼都還沒有做。不對不對，這也實在太……我慌張地回過神，接著便聽見踩踏階梯的聲音。糟糕！啊啊，真是的！

我趕緊起身，隨意地攤平揉成一團的涼被，想辦法掩蓋痕跡。我拿出手機——此時門被打了開來。我的手機還維持在鎖定畫面。

真危險……要是被他看到那種樣子，我就只能離家出走了！

純慵懶地說著什麼「妳過來的時候，我家父母已經不在了嗎？」，一臉無趣地坐到了我的正前方。

等……不要正面啦。我沒辦法直視你的眼睛，應該說你也別看我。

他沒有發現……沒有發現吧？安全上壘？應該說也沒什麼好上不上壘的，我又沒有做什麼。

「還在喔。我來的時候，阿姨說：『琉實，妳來得正好，我們現在正準備要出門，那隻愛睡豬還在睡覺，妳能順便幫我們叫他起床嗎？』然後就和叔叔出門了。」

我模仿阿姨的語氣，進行轉移純注意力的作戰。

「拜託別學我媽了，妳的口吻像得很絕妙……唉，我們都已經這麼大了，真希望她別這麼隨意拜託妳做這種事。真是的。」

「我們雙方的家長都沒有那種心眼吧？怎麼？你有點在意我？」

我逞強地對純這麼說，看到他一臉若無其事，讓我覺得很不甘心，感覺好像都只有我在忍耐，心情還隨之七上八下。我自己一個人手忙腳亂的也實在太蠢了。這個臭傢伙！

話雖如此，甩掉他的人明明就是我。

不過純也是勉為其難和我交往的，這也沒辦法吧。

儘管如此，在交往的時候我也有過幾個瞬間，感覺和純心意相通了。當時的純是注視著我本身的。不過，我打從一開始就知道了。

純是個溫柔的人，所以他只是在配合我罷了，因為純喜歡的可是那織啊。

一想到這一點，我就覺得越來越對不起純。

我瞞著那織先告白，純也配合著和我交往，只有我一個人享受到快樂。

所以我下定決心。

我只和純交往到剛剛好滿一年的時候。要不然我會太過仰賴純的溫柔，一直拖拖拉拉到最後，所以才會設下期限。

雖然並不認為這樣就能彌補那織，也不認為這對配合著和我交往的純盡到誠實義務，但是我無法不這麼做。

「才沒有咧。我講的是正常的理論。所以？妳有什麼事？」

「你那是什麼無趣的反應？不過算了。唔……我要進入正題了——你打算什麼時候和那織交往？你不會要說你忘了……應該不會吧？畢竟你對自己的記憶力很有自信嘛。」

「我怎麼可能忘記……在分手的時候突然提出這麼沒頭沒尾的要求，我怎麼忘得了。不過就算是這樣……那句話，妳到底有多認真？」

「多認真……？全部都是認真的。我怎麼可能會開這種玩笑？你是傻瓜嗎？」

「一大清早的少叫別人傻瓜。真是的，這就代表妳提出的要求聽起來就像是在開玩笑，妳難道沒有自覺嗎？」

「這種事我當然知道！我知道你突然聽到我說這種話會感到困惑，但正因為是你……我只能拜託純了，所以才會像這樣過來求你。」

不然這樣就沒有意義了。諒解我啊，你這個笨蛋。雖然我不想說，不過因為純很遲鈍，我才會清楚明白地告訴他：「那織可是一直喜歡著純啊。」

聽到這句話，純露出為難的臉色並沉默了下來。

我告訴了純，他和那織原本就是兩情相悅。也就是說，我的出場就到此結束了。

「就算是這樣……就算妳這麼說……」

「你不也對那織——不，這就算了。這是我提出的請求。拜託你把我的定位變回那織的姊姊，這一點只有你辦得到。我只想得到這種方法了。」

我差點說出「純不也對那織抱有戀愛情感？」，趕緊閉上了嘴巴。

沒有必要說這麼多。我不應該干涉這方面。

「……我沒辦法那麼快轉換心情。而且帶著這種心情和那織交往，對她實在太失禮了。」

「你不討厭那織吧？」

「當然。」

聽到他強而有力的話語，縱使我早已明白，心情卻還是有點複雜。

「那不就好了？」

「才不好！我說妳啊，嘴巴上講得很簡單，但這不是那麼單純的事情，這點道理妳也懂吧？而且……我還對妳……」

「——別說了！你別再說下去了！不管你說什麼，我都不會和你復合！」

我忍不住尖叫。我認為我不能聽到這句話。

可是……等等……他說對我怎麼樣？後續是什麼？喜歡我？是「抱有戀愛情感」對吧？

他真的對我有依戀嗎？

也就是說，我可以當作純也有喜歡我嗎？

啊啊，我一鼓作氣打斷他的話了。事到如今不就沒辦法反問他了嗎！

但是不可能有這種事吧……嗯，就是說啊，這樣實在太……對吧？

縱使他對我感到依戀，也只是因為我突然離開的空虛，才讓他產生這種感覺吧。

純和那織交往才能幸福，而且那織也會感到開心。這樣一切都能圓滿收場。

「這麼做妳真的不會後悔？只要我和那織交往，妳就滿意了？」

「……嗯。」

「簡單來說，妳和我分手的理由就是……不，算了。」

純留了一個呼吸的空白後接著說：「不過，就是這麼回事吧？」

我想，純猜的大概沒錯。我就是笨拙又狡猾的姊姊。

我明明知道那織的心意卻耍了詐。我明明知道純的心意卻耍了詐。

我無法原諒耍詐的自己，所以才要和他分手。這是為了我自己。

同時也是為了那織、為了純。為了他們兩人，我們只能分手，所以這樣就好。

我無視了純的話語。「怎樣都行，你快去和那織交往。」

「我考慮。」

「不可以這樣。」

「……我說妳啊，到底要多自作主張——」

真是的！這樣根本沒完沒了！既然這樣——

「呃……喂！妳在做什……！」

我自床上站起，面對純坐到了他的大腿上，抱著他的頭堵住了他的唇。我就給你一點福利吧。雖然老實說，也是因為我自己想這麼做。

在交往的時候，我們時常像這樣擁抱並親吻。

當然，現在已經不會這麼做了。

「拜託你。我想這大概是我最後一次這麼拜託你了……好嗎？」

久違地用指尖撫著純的頭，我溫柔地說道。

「我知道了，妳先離開我。」

純在我的臂彎中扭動著抵抗。雖然他不情願，不過我莫名有一種……他沒有認真抵抗的感覺，這讓我感到有些開心，又有些不捨。我的鼻子靠近他的頭，汲取了他的氣味之後雙臂使勁，並再三向他確認：「真的？」

「對，我敗給妳了，所以妳放開我吧。」

我離開了他。沒辦法，就到此為止，剩下的自己忍耐吧。

稍微整理好裙襬，我再次坐回床邊。

「只是，琉實雖然說得很簡單，不過實際上我該怎麼做？」

純的臉頰稍稍染紅。我感到很滿意。

「你的腦袋沒有好到能夠思考嗎？」

「成績明明比我差，真虧妳說得出這種話。」

「用成績的分數來定義頭腦好壞根本就是幻想。會讀書不代表頭腦聰慧，這個世界上也有小孩沒辦法上學，難道你想說那種小孩不聰明嗎？不對吧？不也有那樣的孩子讀了書後成為政治家的先例？」

「這根本是詭辯。妳剛剛自己也說到有『讀書』這個過程吧？一個人經過『讀書』這個過程後，能夠內化多少知識並輸出多少程度，透過考試進行確認是最適合的。不管那個人頭腦天生有多聰慧，若是不能客觀證明這一點就沒有意義。雖然不能說運用考試來評斷能力是萬全的方法，不過作為評斷的一項指標，其優勢仍是無可動搖的。」

「叨叨絮絮的囉唆死了！而且你要這麼說的話，我和純也一樣是升學班的，也就表示我的課業還算不錯，成績在我們學校裡也足夠好了！」

「既然這樣，那妳至少和我一起想想辦法啊。我剛起床腦袋也轉不過來。」

「唉，這點事情只要一起去看個電影之類的約個會，回程路上找個公園還什麼地方告白不就得了？很簡單啊，這種計畫既經典又美好。」

「妳說公園……完全就是妳當初那個樣子嘛。」

「雖然我當時是挑從便利商店回來的路上，不過也不壞吧？」

雖然我現在裝得老練還給他建議……不過我當時其實超級無敵緊張！

事先想好的台詞全都不知道飛到哪裡去，告白得超級隨便！

我再也不想告白了。光是回想起來就想逃跑。

「……也是。」

就說了——你別用那麼微妙的表情說什麼「也是」啦！現在應該要乖乖同意我才對！

從和你交往的時候開始，我就很討厭你這一點。

「老套的方法就行了啦。男生老是會想追求驚喜或是意外性，但是特意做出奇怪的行動來吸引他人目光也無濟於事，要是失敗了只會徒增陰影而已！」

「我知道了啦……啊，該不會剛剛那句話我應該要回妳橋本環奈？（註：琉實上一句話的結尾和「環奈」同音）」

「囉唆！既然明白就快點給我傳ＬＩＮＥ！」

這樣就好了，我沒有做錯。我這麼告訴我自己。

先偷跑的人是我。沒有跟那織商量便勇往直前的人，也是我。

噯，純……雖然我沒辦法說出口，不過這一年來很謝謝你。

我非常開心，雖然時常失敗，不過那段時光對我來說如夢似幻。

但是我也很痛苦。不，是漸漸地越來越感到痛苦。

約會回家兩人分頭之後。在我的手搭上家門把手的時候。

在我心中的人不是純，而是那織。

我總是會想起那織悲傷的表情。

我必須再次好好變回那織的姊姊。

那織果然還是很重要。因為她是我的家人。

※　※　※

（神宮寺那織）

我大概有一陣子都忘不了，聽到我說純向我告白之後姊姊的表情吧。

黃金週假期第二天的晚上，吃完晚餐後我叫姊姊來我房間。

響起敲門聲後，門緩慢而小心翼翼地被打開。我躺在床上讀著小說，背後感應到姊姊的氣息，卻沒有抬起頭。

第一章　這點程度不算是變態……吧？

「怎麼了？」

姊姊這麼問，一屁股坐到了床上。

我的腳也因此彈了一下。

「今天純要我跟他交往。」

我的視線離開書本，這麼告訴她。

「真的？恭喜妳！太好了呢！」

她是用什麼表情說這句話的？我好奇便起了身，望向姊姊的雙眼。

妳的眼神太飄渺了，姊姊。換作是動畫的話，雙眼的光澤現在甚至會搖動呢。

「這樣好嗎？」

我本來想要裝作不知情，但是看到妳這種眼神，不就會讓我想稍微露出一點掠過視線角落的馬腳嗎？我人很好，若要給提示，是屬於會好好循序漸進給出提示，並想要事後才說「我那時候不是這麼說嗎？」、「我這時候也這麼說了吧？」的那種類型。畢竟把沒有人看出來的伏筆留到解決篇時使用，豈不是很三流嗎？

既然這樣，我想好好先埋下伏筆。

沒錯，我很清楚。我有自知之明，知道自己是麻煩的女人，還請放心。

「嗯？」

是嗎？原來是這樣啊。我知道了。妳事後後悔我也不管喔？

「唔嗯～算了。」

「什麼啊？話不要說到一半，說到最後——」

「硬要說的話，若是我可不會採用剛剛這一鏡。」

無論是純還是姊姊，都沒有當演員的資質。

可不能小看電影迷喔。外行的蹩腳演員我還是分辨得出來。

「什麼意思？」

「不過來這招確實有意外性，所以我就拒絕他了。」

「咦？……什麼意思？」

腦袋一片空白就是指這種表情啊。

「說笑的，不過……妳剛剛的表情不錯耶。等到妳能夠自由做出那種表情之後，就把成為女演員當成目標吧，畢竟妳長得也不錯。」

他們兩個露出了一模一樣的表情呢，真是對好搭檔，令人嫉妒……真的好令人嫉妒。

不過算了。機會難得，我就全力享受你們小丑般的表演吧。

「妳竟然騙我……而且妳那句話是不是兜了一圈在稱讚自己？」

「我的話還是胸部的尺寸更有利吧？」

「啊？什麼跟什麼，妳真的很讓人火大耶。不過講到妳的話，感覺除了胸部以外還有其他脂肪，這方面又如何呢？我覺得我比較苗條。」

一邊說著，姊姊碰了我的大腿。快住手，別這麼隨意碰我的熟成肉。

「……妳的腳是不是真的有點肥？多出去外面動一動吧，要不要一起去慢跑？我可以陪妳喔？還是要一起做我平時在做的拉筋操？」

「不要，我絕對不要，全力拒絕。順帶一提，近年有很多紳士喜歡像我這樣有一點小肉的女生。吾姊啊，這個世界上有多少女性就有幾種美的形式，這就是多樣性。這可真是美好的辭彙。也就是所謂的生物多樣性公約。像是我這膝上襪鬆緊帶勒住大腿的樣子，還有被內褲鬆緊帶勒出贅肉的這個腰，才能激發戀物癖。啊啊，謝謝上天給我民權，這正是人類與市民的權利宣言，體現了馬賽爾進行曲。」

「什麼馬賽爾進行曲啊？那織，妳知道妳這種行為叫什麼嗎？」

「什麼？」

「將錯就錯。」

「妳應該不會是在玩諧音哏吧？（註：「將錯就錯」和「那織」的日文後三個發音相同）低俗的玩笑可算是侮辱喔。而且我才沒有將錯就錯，只是希望大家接受最真實的我罷了。小時候姊姊不也很常唱什麼要保持真實的自我嗎？」

「那織太我行我素了，稍微做點運動肯定對身體比較好。」

我還有很多不真實的部分。我可是盡自己所能地在扮演妹妹喔。

嗯？現在是在講身材？身材我才不管，愛這個最真實的我吧，不過長相方面的可愛度我會努力。

「姊姊為什麼那麼想讓我運動？妳不覺得流汗很討厭嗎？」

「是嗎？我喜歡運動所以不怎麼在意，盡情流汗讓人心情舒暢。」

這麼說起來確實如此。不只是運動，姊姊也是屬於喜歡三溫暖的那類人。我都忘了，她有一種會想要流汗的病呢。對我來說，去三溫暖簡直像是拷問。我不需要調整好我的身體狀態。

「如果妳不想流汗的話，要不要晚上去散散步？……對了！」

姊姊每次想到的主意都不會是好東西。

「邀請純作為保鑣一起去走走如何？」

你們看，我就知道會是這樣。這可是自掘墳墓，這可是妳自己挖的喔。

「保鑣？這也太扯了。妳仔細想想，要是被暴徒襲擊，純感覺會立刻斃命耶！難道要讓他握把弓嗎？我想就算讓他帶著弓，他也當不了勒荀拉斯。」

要用保鑣做文章的話，也能拿凱文．科斯納來做打比方，不過姊姊大概不認識他。

「啊——抱歉，我只是一時興起才說的，我這樣太欠缺考慮了吧。嗯，想讓那傢伙當保鑣是我的失誤，不管他再怎麼努力，都當不了奧蘭多·布魯。」

小時候我很常和姊姊一起看電影，姊姊尤其喜歡《魔戒》和《哈利波特》系列，因此我們看了很多次。什麼時候開始，我們不再一起看電影了呢？我不記得了。

順帶一提，姊姊沒有讀過《魔戒》的原作。祝托爾金galu（好運）。

就算我這麼說，很難過地姊姊卻不懂這個詞的意義。我可是還特地把精靈語（辛達語）給背了起來，妳為什麼不讀原作呢？虧妳明明有想要記住哈利波特的咒語。

「對吧？如果他出現在《陰屍路》裡，第一集就領便當了……不過若是我的話，不知道能存活多久呢。唔嗯——老實說照我的外表來看應該屬於會被優遇的類別，只要我裝個可愛——雖然我實際上是很可愛啦——來勾引一下處男，大概就會淪落成想藉此領先大家一步，最後卻失敗的角色吧……說不定還會被迫穿上露出事業線的服裝，擔任性感要角，而且最後還會是一邊求救一邊被吃掉的那種角色。雖然這都是我自己說的，不過我真的覺得我好可憐。」

「妳到底有多扭曲自己的角色設定呀？而且說要去誘惑處男也太莫名其妙了，再加上妳很完美地在字字句句之中加入自滿，真讓人不悅。」

「反正這裡只有我們在，事到如今還有什麼好客氣？」

姊姊啊，就算我惺惺作態，妳也早就了解我的各種面貌了。

「話是這麼說沒錯……順帶一問，那麼我的角色如何？」姊姊身體向前傾。

嘴巴上抱怨這麼多，但她還是很喜歡這種話題。

「妳是屬於穿著白色坦克背心，到處揮著球棒打倒喪屍的角色。大概會存活到故事中盤，和主要角色發展成戀人關係，接著在床戲之後就會被吃掉。如果順利存活下來，就是男友會被吃掉。若是後者的話，就會在失意中化身為復仇魔鬼。」

姊姊根本就是瑪姬。（註：《陰屍路》主要角色之一，劇中失去了愛人葛倫）

「……我好像有點能理解。」

「對吧？應該說我的角色是怎樣！搞得我今後只要看恐怖片或是喪屍類的影片，就會忍不住入戲到笨蛋女身上！討厭，我不想死，我想倖存下來，一下下也好。」

「總比第一集就死掉的純好吧？」

「確實是這樣啦……順帶一提，如果要讓純加入故事裡的話……他大概就是空有知識，老是愛叨叨絮絮進行說明，明明瘦弱卻不知為何倖存下來，到了緊要關頭的時候就會碎碎唸，還拖主角團後腿那種角色，就是看劇時最讓人覺得煩躁，老實說會讓人想叫他快去死的那種角色。」

「喂，好歹他從今天開始也是妳男友吧？會不會太嚴厲了？」

「我讓他倖存下來已經人夠好了吧。恐怖片、喪屍類的片子可是很優待邊緣人（書呆子）的。妳想想看，在校園階層頂端的人不是一下就被秒殺了嗎？像美式足球社和啦啦隊，在拍到他們的瞬間不是會讓人產生『啊，這傢伙死定了』的感覺嗎？」

「的確，他們一下就死了。」

「製作那種電影的人性格都很陰沉啦。那就是在畢業舞會沒能留下美好回憶的傢伙們，為了殺害臭美式足球男和啦啦隊女而拍的電影。但是啦啦隊長若是倖存下來，肯定會和書呆子在一起，帶給人一種『最後給我來這招！』的冷卻感。而且令人火大的是，不管過了多久女人總是被當作獎盃的象徵。明明是講述書呆子勝過肌肉男的電影，到頭來還是歸納於男性至上主義，這種完全展現自卑情結的感覺很令人厭惡。若以這個層面來說的話，構造很像好萊塢的戀愛喜劇呢。」

「真是一段感覺會樹敵無數的發言……」

「不過打破這種老哏也是一種經典就是了。這一點不限於好萊塢，是在創作的世界中也時常發生的事情。尤其是懸疑故事，不覺得特別會來這套嗎？不過若要打破老哏，主要故事就得是王道，這一點才重要。光是打破陳腔濫調可算不上創作。魔鬼不是出在細節，而是要讓它出現在細節。」

「若是妳口中的這種套路，感覺妳也能倖存吧？」

「我是被女生討厭的女生，我自己有自知之明，所以我甘願接受。就算被同性討厭，只要能矇騙書呆子提高生存機率，那麼我依然會想賭在這一點上。若是這樣會因此導致我為故事劇情犧牲，那也沒辦法。拜託大家殺了老哏吧。只不過我不想要飽嚐痛苦慢慢死去，還有我可不容許沒有讓我保持美貌而死。」

「如果妳不是我妹而是一般同班同學的話，我可真沒有和妳當朋友的自信。應該說，竟然說得出自己是被女生討厭的性感角色，正是妳這份骨氣才是被討厭的要因吧？」

「妳還真敢說呢，雙胞胎姊姊。」

明明為了妹妹和男友分手，妳還真敢說。

啊啊，純還真是可憐，竟然和這麼麻煩的姊妹當了青梅竹馬。

不過不管怎麼說，我們都是一對還算可愛的雙胞胎姊妹，所以沒關係吧？看在這個份上原諒我們吧。

話說回來，男友啊……嗯～男朋友啊……戀人、伴侶、搭檔。

唔嗯～說搭檔或伴侶的感覺都很可疑耶，充滿了裝模作樣的感覺。

男朋友啊……這樣啊……

嘿……嘿嘿嘿。唉，真是沒辦法。

好啦～我就來讓你忘卻神宮寺琉實吧，給我脖子洗乾淨等著，看我怎麼讓你說出我的愛很沉重。給我接下這拳養了好幾年，肥大又扭曲的愛吧。

什麼？我說的沉重可不是指物理上的重量！給我注意言詞。從我家走段不遠的距離就有自衛隊的基地，小心我叫戰車來喔？小心我叫眼鏡蛇直升機來開戰喔？

呃，朝霞好像沒有眼鏡蛇來著？攻擊直升機在千葉？嗯——算了，怎樣都行。

（白崎純）

※　※　※

今天是黃金週假期最後一天。這件事發生在烤肉會的隔天。

昨天聊了很多事情，好久沒有一群男人火熱地暢聊了。在收拾完殘局之後，我們移動到神宮寺家的客廳，兩位大人再次喝起了酒，我則貫徹我的職責，負責從頭消耗烤肉會剩下來的兩公升寶特瓶飲料。真是的，要是我能導出烤肉會不剩飲料的算式，不知道能不能拿到菲爾茲獎。

一開始我們在聊戰鬥機的話題，接著改討論水上飛機，回過神來主題又變成了艦艇。

不過漸漸喝醉酒的大人們很令人傷腦筋地……非常令人傷腦筋地，轉而問我「你有沒有意思和琉實或那織交往啊？」等等問題。我十分慌張地躲開醉鬼們的逼問，努力轉換各種話題，歷經千辛萬苦終於結束聚會時，已經是深夜一點了。那之後我帶著喝醉的爸爸回家，沖過澡之後躺上了床。我沒有一點精神能夠去碰電影或小說。儘管這樣和平時相比，就寢時間還是早了許多。

多虧於此，當那織來找我的時候，我已經醒來了。

「純為什麼要坐在椅子上呢？」

在床上讀著書的那織眼睛沒有離開文字，開口這麼問我。

那織躺在身下的是我的床。也就是說，這裡是我的房間。

枕頭正好擋在她的胸部一帶，此刻她正趴在床上閱讀書籍。微微敞開的T恤衣襬露出了肚子，從那短褲……應該說是熱褲下伸出來的白嫩雙腿充滿了感官性刺激，只穿了一雙普通的襪子。

……會不會有點太性感了？

我可是要睡在妳壓在胸下的那個枕頭上喔？竟然給我拿來調整高度。而且妳穿的褲子竟然不是牛仔褲而是卡其褲，然後它……褲管的部分比較寬鬆，感覺都快看到內褲了——不，還是算了，別去想。那織並不是有那種意思才穿成這樣的，那傢伙的居家服都是這個風格。這又不是第一次，再加上她的穿著也沒有任何意圖。我拚命地運用強韌的意志力，將執拗地出現在我腦海中的「有意的疏忽」一詞給趕出去。

總之先把注意力放在那織閱讀的書籍上吧。

在她剛剛翻身的時候我瞄到了書名，是古川日出男的《貝爾卡，你不嘶吼嗎？》。雖然我聽過這位作家的名字，不過沒有讀過他的著作。

以前我曾問過那織都是以什麼基準在挑書。

那織回答我：「符合那天心情的語感。」

我是隱約之中會想要尋求連結的類型，所以有根據時期選書的傾向。就是類似會追特定作家、與文學獎有關、相同書系或是電影原作等等那種類型的人。說是想要拓展關聯性的類型，或許比較好理解吧。

大概有很多人和我是同一個類型吧，我想大家挑書都會有一點契機。不過看來那織不需要這一點。雖然她有喜歡的作品類型，不過無論是書還是電影，我至今仍搞不懂她的選擇基準。所以我無論過了多久，始終追不上她。

不過既然她都說要看當天的心情，那麼理所當然只有那織自己了解吧。

因此當我去圖書館或書店時，會伸手想拿和那織一樣的書——這種事情一次也沒發生過，也沒有發生像《心之谷》那樣的事。而且會寫上借閱人名字的借書卡，我只在故事中看過。

「還不是因為那織占領了我的床。」

「你說的話可真是有趣，你不用客氣過來不就得了？」

那織靠向牆壁騰出了空間，並用手拍了拍我的棉被。

她是在叫我躺下來嗎？

雖然那織確實是會毫無芥蒂、若無其事做出這種事的人，但是這可會讓我猶豫。

那織是我的初戀對象，現在則是女友——

就連在這種狀態下我都已經非常在意她了，要我突然躺到她身邊是不可能的。

正當我猶豫該怎麼辦時，那織加強語氣說了句「快一點」，我只好乖乖順從她的話，坐到床邊並躺了下來。狹窄的床上躺了兩個人，我的左手手肘碰到了那織的腹部，穩穩地傳來了一陣溫暖。這麼一來不管願不願意，無論如何我都會在意身旁的女孩。

當然，我根本做不出轉到那織那個方向這種舉動，我的心沒有那種餘力。

能夠自然地做出這種舉動的人，我真想向他請教他的精神構造是什麼模樣。

為了將注意力從躺在我身旁的女孩身上抽離，我把左手收了回來，小心翼翼不碰到那織地舉起手機，輸入「貝爾卡，你不嘶吼嗎？」，並調查大綱和評價。

當然，我也小心翼翼地不讓那織看見。

雖然透過滑手機成功轉移了注意力，不過我很快地就發現這個作戰失敗了。

手會痠。手機快掉到臉上了。我想換姿勢。我想側躺。

那就背對那織側躺——就在我想著這種事情時，那織「嘿咻嘿咻」地把頭擠到我的腋下。

大概是洗髮精吧，一陣甜美的香氣飄了過來。

是和琉實一樣的氣味。

「妳別這麼自然就躺我的臂枕。」我的聲音蘊含了冷淡。

說真的，拜託妳別這樣。我現在可是拚盡全力不讓自己亂想。

還有，妳待在那個部位感覺會讓我的心跳速度曝光，讓我覺得很討厭。

「這家店沒有這種服務嗎？加購方案？」

「這裡才不是店家！加購方案又是什麼？妳講的肯定是可疑的店家。女高中生別說那種話。」

「嘿嘿，才這點程度有什麼關係？」

那織瞇起雙眼仰望著我，她翹起的睫毛因為眨眼而晃動。

這讓我覺得她很可愛。

不對。

我第一次喜歡上的女孩，至今仍舊充滿魅力。

我趕緊讓自己的的注意力轉向手機。要是就那樣凝望著那織，似乎會無法回頭。我還沒有觀察到在心底冒著煙的火種，現在究竟怎麼樣了。

若是不去觀察，那就不會成為事實。

——追根究柢，有什麼回頭的必要嗎？

（神宮寺那織）

當我的右耳貼上純的身體時，隱微地能聽見他的心跳。

這是生命之音。活生生的人。血液在全身奔騰。

心臟平時一分鐘大約跳七十下，肌肉會不斷重複收縮。

大約八十cc的血液自那個器官傳輸出來。

然而此時奏響的鼓動根本不只七十下。這一點讓我感到開心。

雖然我想要成為秋牡丹，不過我們姊妹是菊仔和橋仔。真想要一直聽著這個生命之音。我想聽著這個聲音，回到胎內。各種思考失去了形體，漸漸融化成黏糊的液體。全身各處都失去了自己的功能，它們化為未分化細胞，回到胚胎中。

唯有我的意識飄盪在這生命之湯。

之前一直被姊姊獨占著的生命之音，今後就換我聆聽了。

兩個頭腦不聰慧的人擅自推敲、判斷我的心思，造就了現在的局面。

第一次見到純的時候，姊姊墜入了情網。

姊姊被知性的少年所吸引，她對自己周遭沒有的類型產生了興趣。

要我說的話，那只是因為找到了和自己父親相似的類型，所以才會感到在意罷了。反正少女的戀愛大多都是這樣，只是想要找到專屬於自己的父親而已。那是對父親的占有慾（戀父情結）。因為爸

爸老是關心我，所以姊姊才會喜歡上像爸爸的男生。

和這樣的姊姊不同，我從小就很謹慎、很理性。

我必須要調查這個男孩，是否是個值得姊姊喜歡的男孩。我當時這麼想。

訓誡情感橫衝直撞的姊姊是我的職責。

為了達成那項使命，我觀察起住在我們家隔壁的男孩。只要看到他在讀書，我就會問他在看什麼書；只要聽說他看了電影，我就會問他看了什麼電影。我首先摸清了他的嗜好及思想。

如此累積下來的情報告訴我，純並不是壞人。雙方父母之間關係融洽，而且他似乎也很會讀書，無論升學或就業大概都不會吃很多的苦吧。條件不壞。

這是預定下來也算不錯的人選。那就是年幼的我得出的結論。

我觀察純一陣子之後，獲得的事物還有一項。

我不知道是什麼契機。

我們一起看了電影，彼此喜歡的場景一樣；我不需要一一說明自己想說的話，他也能夠理解；分開時會感到依依不捨，甚至會不禁在玄關前忘我地暢聊……一切就是這些不經意的小事日積月累。雖然偶爾也會發生讓我對純產生新認知的事情，不過這是兩碼子事。只是因為我們總是在一起，聊著和興趣有關的話題，接著我突然有了實感。

——原來如此，喜歡就是這麼回事啊。

外貌相當相似的我們性格並不相像。到了迎來初潮的時期，我們的身材也開始出現差異。儘管如此，姊姊仍為了追求更明確的差異而剪了頭髮。

不過我很清楚。就算不用做這種事情，我從小就很清楚。

我們是不一樣的人。她會去尋求差異，不過是自我認知太淺薄罷了。我原本是這麼想的。

不過原來在同樣的環境下，看著同一位男孩一起長大，會演變成如此麻煩的事態啊。這讓我有些微的喪氣。

比姊姊晚發現自己心意的我，臉皮沒有厚到能搶先姊姊一步去告白，也沒有破壞關係的勇氣。我認為冷靜的判斷才是我的美德，所以才會逃避到許願行為之中。

我放下書，像胎兒一樣蜷曲起身子。聆聽生命之音的我重置一切。

人是由環境、時間、經驗和知識塑造出來的。把核酸序列什麼的丟到一旁吧，還有粒線體DNA我也不管，給我閃邊。我要照我自己想做的去做——

一隻手突然撫上了我的頭。

這是怎麼回事？他從什麼時候開始竟然會做這種事情了？

你這傢伙！竟然做這種彷彿在摸小狗一樣的動作。

——該死……這樣會害我忍不住嘴角失守啦！應該說我已經失守了。好奸詐。

「這樣會不會被索取額外費用？我把這當作是一般服務內容，可以吧？」

「噢，抱歉。回過神來就摸妳頭了。」

純收回了他的手。竟然中途停下來也太狡猾了，這樣違反規則。

「你會做這個舉動，如果是因為把我和姊姊搞混的話，我會詛咒你一輩子。看我燒光你的書。」

我埋著臉撂下了狠話。什麼嘛，到頭來我也不坦率。

純不禁屏息。

我現在可是蜷曲在你的橫隔膜旁邊喔？我感受得到你身體所有的反應。

「不過，若不是搞混的話你就繼續吧。」

如果聽到這句話還不把手放回來，那麼對方就是渣男，應該要斷絕往來。

「妳剛剛看的書有趣嗎？」純一邊撫著我的頭一邊詢問。

這種互動感覺真像是情侶。討厭，好害羞喔，不過並不壞。

「非常有趣，我很慶幸買了它。要我下次借給你嗎？順帶一提是在講狗狗的故事。」

「既然妳這麼說也讓我想看了。不過真虧妳閱讀的類型沒有偏頗，不管怎麼樣我都會出現傾向，所以遲遲難以拓展到不同種類。直到不久前我還在讀勒卡雷（註：英國著名諜報小說作家），然後稍微回頭攻略福賽思（註：軍事、驚悚小說作家）。我的閱讀習慣總是這樣。」

「保持原樣就好了吧？純是屬於咀嚼、反覆回味故事之後，再將其整理成乾淨的形狀，並擺放到抽屜裡好好珍藏起來的類型，所以你才會去追特定的作家，或是選定主題之後挑選作品閱讀。不過我認為你這樣的行為，也是很重要的。」

「啊——聽妳這麼一說或許是如此沒有錯。」

「但是我不一樣，我可沒有要整理的意思。我會把我讀到的、看過的、聽過的東西，不斷不斷丟到一座巨大的湖裡，然後我想要漂浮在那座湖上。我想要享受自由。」

「感覺湖水的密度會很濃，讓妳倒頭栽變成犬神家呢。」

「你口中說的是一九七六年角川電影才有的形象喔。這一點你一定要記清楚。比這部更久之前，一九五四年的東映版《犬神家之謎：惡魔在跳舞》中，還沒有出現那雙倒栽蔥腳的宣傳照片。」

「是嗎？我都不知道。」

「真要追究起來，原作中不只是腳，肚臍以上的部分都被冰凍在水面下了吧？」

「這麼說起來確實是。那麼東映版有趣嗎？」

「……抱歉，其實我沒看過，這些完全都是我聽來的。雖然我的確覺得我應該要去看這部電影。」

「什麼跟什麼啊……我要追趕那織本來就已經很辛苦了，妳還唬人也太卑鄙了。」

嗯？追趕？

那是指──我不懂起身，看著純的臉。

「你在追趕我？追趕著我讀的書……之類的？」

純別開了臉，躲避我的雙眼。

我原本以為他只有和我比拚閱讀數量，原來他之後都會偷偷將我讀過的書自己讀一遍……他對我這麼有興趣啊。我完全沒有發現這一點。

我感覺到自己的脈動，感受著自己的血液沸騰。我，感應到我的生命。

「……算是。」

什麼啦、什麼啦！你這傢伙也有可愛之處嘛！

「那是什麼曖昧的回答？真讓我不順眼。」

「……對啦沒錯，我大概都會把妳讀的書都讀過一遍。剛剛的書也是，如果那織沒有說要借我的話，我也打算自己去找來讀……」

「你叫我借你不就好了？」

「……但是那樣感覺好像我輸妳了一樣。」

轉過來吧，讓我看看你的臉。

讓我看看你那脆弱又充滿破綻，吐露真心話那飄渺的臉。

我想了解在這種時候，純會露出什麼樣的表情。

我伸手撫上他的下巴想把他的臉轉過來，卻被他撥開了。

小氣！

不過算了。

原來他有好好在注意我。原來我們的對話一直在持續著。

「嗳，要不要我親你？」

「啊？」

囉唆。誰要給你選項啊？給我好好疼愛我的初體驗。

聆聽著生命之音，我獲得了重置。

第二章

TITLE

我真是討人厭的女生。

（神宮寺琉實）

KOI WA FUTAGO DE WARIKIRENAI

「琉實真的很傻耶，不得了的大傻瓜。真的太離譜了。」

黃金週假期結束的星期一，我和淺野麗良在通往屋頂的樓梯間吃著午餐。我找麗良商量事情時，總是會來到這個地方。由於屋頂平時都會上鎖，不會有其他學生經過這層樓梯，因此會來到這裡的人，除了像我們這種想在安靜地方談話的學生之外——就是偷偷幽會的人，兩者擇一。

……是啊，就是這樣。

我用了喔，我利用了這個地方！

國中部的校舍也是同樣的構、造！

因此我當然時常用來和純見面。這點小事沒關係吧？有什麼問題嗎？

「有必要說成這樣嗎？」

「我聽到妳明明喜歡白崎卻和他分手的時候，認真覺得妳腦子不正常，不過這次的事情根

第二章　我真是討人厭的女生。

本超越了前者。」

「別這麼說嘛，這種事情我也只找妳商量了。」

麗良是我最好的朋友，我們從國中時期開始就一起打籃球至今，而她也是我無話不談的重要商量對象。她的身高很高，在戀愛方面經驗豐富，十分成熟。

「退一萬步來說，就算肯定了想把機會讓給妹妹而分手的行為好了，但是妳卻還大費周章設計好一切計畫促使兩人在一起，真的讓人覺得莫名其妙。妹控也該有個限度。」

「但是……我明明知道那織的心意卻還先告白，這件事情一直讓我很介意，所以我才沒有辦法放任不管。因為我無法原諒自己。」

「就算妳們是雙胞胎，為她想這麼多還是很奇怪。怎麼說呢……有點小噁心。」

雖然女高中生（我們）平時說「噁心」，其程度都是輕微的，不過麗良若說噁心的話可就嚴重了。

「沒這麼誇張吧……雖然我也想這麼回應妳，不過我自己也稍微有些自覺。」

「要是白崎因此完全喜歡上妳那位妹妹的話，妳要怎麼辦？」

「應該說純的初戀就是那織……所以才讓我覺得這樣更好。」

「真是的，為什麼妳會……妳是不是真正的傻蛋啊？為什麼老是做這種把自己逼上絕路的事？到頭來妳又能得到什麼？」

「這麼一來作為姊姊、作為朋友，就能光明磊落了……吧？」

「太扯了，實在是扯到家。我沒想到妳竟然蠢到這種地步。妳的想法太異於常人，讓我的思緒跟不上。若是我的話絕對不會做那種事。先告白先贏，勝負到此為止，沒有什麼好說的，對其他事也沒有興趣。」

麗良把剩下的三明治塞入口中，喝了口果汁嚥下肚。

我聽著這果斷的話語，看著她充滿男子氣概的動作不禁入迷。包含用手背擦去唇角的動作都這麼完美。無論什麼時候她都如此帥氣。她的五官立體、雙唇豐厚。有著這般成熟面容的麗良做這些動作時，總是令人賞心悅目。

因為我是娃娃臉，因此很羨慕像麗良這樣的類型。之所以剪掉頭髮也是以為看起來會帥氣一點，然而站在她身旁我看起來簡直就像小孩。不過我不是像那織那種可愛類型，事到如今就算留起長髮也沒什麼意義，所以才會維持這個髮型至今。

「妳幹什麼一直盯著人家看？我有說什麼奇怪的話嗎？」

「噢，抱歉。我只是覺得妳很帥氣。」

「……笨蛋，突然說什麼啦……」

「妳看，妳和我不一樣很穩重，看起來也很成熟，我覺得很羨慕。」

「看妳剛剛還忸忸怩怩的呢……真是的。」

「我已經理不清想法了，所以拿妳來逃避現實。」

第二章　我真是討人厭的女生。

「我才不成熟呢，而且也不帥氣。」

「您真是太謙虛了。國中的時候妳不是很受學妹歡迎嗎？」

麗良非常地受歡迎。學妹總是一個個爭先恐後地「淺野學姊，要不要一起吃午餐？」、「妳要擦汗的話，請用這條毛巾吧！」、「我剛剛去買了冰涼的運動飲料過來，請用！」這麼嚷嚷。社團活動的時候也是，每當麗良射籃得分，體育館就會掀起一陣尖叫。

麗良明明是女生卻能單手射籃，那模樣實在帥氣，就連我也感到憧憬。這麼說起來，以前籃球社的社員甚至一起練習過單手射籃呢。

「受學妹歡迎……妳口中的不全是女生嗎？」

「妳當時受歡迎到我都嫉妒了呢。」

「妳不也受學妹景仰嗎？」

「因為我是社長，立場有加成啦，不超出一般學姊學妹的範圍。但是妳就不是這個級別的了，甚至會給人一種我們是女校的錯覺。純來關東大賽幫我加油時，看到受學妹歡迎的妳甚至還說：『淺野其實是不是比琉實適合當社長？』呢！」

雖然我一腳踹飛了他，不過內心也有些附議，這一點令人心情複雜。

「妳老是動不動就提到白崎的事。」

「——！才……才沒這回事呢！」

「妳超級喜歡白崎啊。根本最喜歡他了嘛。沒有錯吧？」

麗良帶著認真的表情逼近我，那雙水汪汪的大眼緊緊盯著我。

我不禁退縮，帶著一絲逃避感，不過還是輸給麗良的瞪視，一邊垂著頭軟弱地回應一聲「嗯」。要我回望麗良的視線令我感到難為情。

麗良在這種時候，眼神都會有點可怕，使我有種一切都瞞不了她的感覺。

「所以才說妳是笨蛋。無可救藥的笨蛋。」

「別一直罵我是笨蛋……我會受傷。」

我當然也知道啊！

但是我若不這麼做，我就無法心安，這也沒辦法吧！

「抱歉。唉……那不然我們稍微換個方式思考。總之，妳對妳妹妹的感覺是『這麼一來就完成贖罪了』對吧？至少在妳心裡是這樣。」

「嗯，大概就是這樣……吧。」

「那麼在這之後妳想和白崎怎麼樣是妳的自由吧？既然如此，若是白崎甩了妳妹妹，然後來向妳告白的話就是完美勝利，且也沒有後顧之憂了，對吧？」

我完全沒有想過這種事。我的腦中完全不存在這種劇本。

因為純喜歡那織，我根本不覺得有這個可能性。

——有可能發生這種事嗎……？

不不不，這實在太扯了。不可能、不可能。荒謬透頂。

「……這實在不可能啦，因為純和那織比較有話聊……再加上他本來就喜歡那織。」

「妳太把輸視為理所當然了。妳到底對妹妹懷抱了多大的卑劣感啊？這位姊姊。就算是這樣，妳也有和白崎交往過一年的優勢吧！我不管他的初戀是誰還是怎麼樣的，但是較近的記憶留下的印象也會比較鮮明。」

「可是那織的優勢若超越我，這麼一來打從一開始我根本就無法匹敵吧？畢竟連我都覺得那織可愛了。」

「這是誤差，妳們的意識之差。」

「唔……話雖如此，我又不是可愛型的人，沒辦法像她那樣用可愛來妝點自己過生活。」

「明明在打籃球的時候，妳是渾身充滿積極樂觀的熱血型，卻只要遇到這種事情就會變得不乾不脆。妳還是把自己的負面思考改掉吧，振作點啊，我們的控球後衛。妳縣大賽的氣勢跑哪兒去了？」

「是沒錯啦……但這是兩碼子事……而且那織和純兩人興趣相同，這一點有很大的加分。

就算不加上初戀這一點，我也沒辦法像她那樣。」

「妳在和白崎交往時難道沒有和他聊天嗎？」

「……唔嗯——我們很正常地聊天。」

「那麼白崎就不是只會和御宅族聊天嘛。」

「要這麼說的話確實是如此，但話也不是這麼說吧。」

「我個人覺得妳比妹妹可愛喔。雖然我也不想說人家妹妹什麼，不過怎麼說好呢？她有種刻意的感覺，帶有意圖的做作。」

麗良從以前就不擅長和那織相處，我甚至沒有聽過她用名字稱呼那織。

契機大概是我介紹麗良給那織時兩人的互動。聽到淺野麗良這個名字後，看到那織自言自語著：「若要幫妳取綽號的話就是『一二〇（註：淺野一二〇，日本男性漫畫家）』了吧？不過這樣有點太男性化，所以取個『布布（註：出自《晚安，布布》，淺野一二〇於２００７年推出的漫畫作品）』可能比較好？啊啊，布布也是男生，不過現在就先忽視這一點……不，等等！『麗良』這個名字很強耶？德雷克和多米諾樂團對吧？萊拉（註：「萊拉」與「麗良」日文發音相同）……親愛的萊拉……贏不了，綽號實在贏不了本名。」的模樣，就旁人眼光也很明顯地看得出來，麗良對此感到退避三舍。除了當時以外，我從來沒有看過麗良那種表情，畢竟她那時候眉頭皺得可深了。自那次事情之後，麗良便不再靠近那織。

不過所謂的命運似乎就是會如此輕易地背叛期待（像我，老是不斷被背叛），麗良和那織被分到了同班。

雖然說人不可貌相有些失禮，不過麗良的成績相當優異。畢竟她都和升學班的那織同班了，這也是當然的。要是她和我同班就好了。

咦？我嗎？我當然也是升學班，而且和純同班喔。哎呀，我們學校高中部有兩班是升學班啦，雖然老實說，我在升學班裡的排名是屬於後段。

我……我可不是因為聽到純想進高中部的升學班，所以國中時期拚了命用功讀書之類的喔。那個啊，畢竟純和那織都是升學班的，只有我在普通班級面子也掛不住嘛！我是因為這個理由……好啦，我說了謊，我就是因為想和他們在一起，才會拚了命用功讀書。當時我還在和純交往，在課業方面他教了我很多。

「該不會那孩子在班上給妳添了麻煩？」

「沒有那種事……不過，就各種意義上來說她很醒目……吧。雖然也不是格格不入那種……我看她似乎也有不少朋友，妳不用擔心沒問題，我認為她在特殊的定位上過得很好，不過這和我說的不能混為一談。就我的角度來看，我隱約覺得她的舉止、發言這些方面有種……該說是刻意的感覺嗎？有種行為舉止都是先經過計算才做出來的感覺……抱歉，我沒有要詆毀她的意思……」麗良說著，露出愧疚的表情。

吸引書呆子並容易招來同性厭惡的女生。

我懂，麗良。身為姊姊的我也懂這一點。

「不，不要緊。妳說的這一點她本人似乎也有自知之明。」

「妳這麼說的話就完全不是不要緊了。如果她有自覺卻依舊這麼做，那性格更加惡劣。」

「那孩子完全接受自己這一點，而且還抬頭挺胸感到驕傲呢。」

麗良抬起了眼，接著突然「啊」了一聲。

我想她看到了什麼，遍循著麗良的視線看去——

「琉實有一點贏不過妹妹。」

「什麼？」

「胸部。」語畢，麗良默默移開視線。

「……妳瞧不起我？」

「聽到抬頭挺胸讓我想起來的。」

「不用想起來！而且麗良不也是——」

「我又沒有和妳的妹妹在競爭。」麗良搧了搧在臉旁的手。

「……唔！」

我想起當聽到那織內衣的尺寸時，久違地感到一股憤怒上心頭。我到現在還無法接受。明明是姊妹，這差距究竟是怎樣？我認真詛咒了上天。如果祂出現在我面前，我想使盡全力拿球砸祂的臉。

……對不起，我亂說的，我還有很多事想拜託祢，剛剛的話我全部收回！

這是去年秋天的事，我久違地和那織一起出門買東西。那織只要一有空隙就老是會想往書店和雜貨店跑，我拉著她到處逛衣服、飾品等，兩人一起在購物中心內亂晃。接著我想到自己想買有胸墊的小可愛，便順道去了一趟內衣店。已經品味過一次小可愛的舒適，讓我不禁想多買個幾件。

在我挑選衣服時，那織一臉無趣。

「反正主要還是當居家服在穿吧？挑哪件不都一樣，又不是要穿給別人看。」

「才不是那種問題。小可愛可以拿來當內衣穿，而且價格也不便宜，既然要買當然要挑自己喜歡的買呀。而且真要追究起來的話，是妳的居家服太裸露了啦。那種開了洞又鬆鬆垮垮的T恤，對我們這種碧玉年華的女生來說很微妙吧？」

「我有效利用這種被汰換下來的可憐舊衣有什麼不對？這很環保啊？」

「這一點確實很好，不過也該有個限度吧？都已經破洞了，到處都跑線頭出來，而且衣襟還鬆垮。」

這位妹妹在家非常地邋遢。房間既髒，脫下來的衣服都放著不管，拿來當居家服的T恤大多都是我剛剛說過的那種樣子。更嚴重一點的衣服還有明明是圓領上衣，領口部分卻已經延展到全開。我知道這是為什麼。她平常會屈膝而坐，偶爾會嫌有點涼，便把整個膝蓋都塞進上衣裡面，就是因為這個習慣導致衣服更鬆。重點是我的妹妹卻不願意穿長褲，在家總是露出她的大腿，然後一下子又會感冒。雖然她成績很好，不過聰慧這一點完全沒有應用在現實生活中。真不知道這樣到底算腦袋聰明還是腦袋不好。

「那不重要，快點選吧。挑一件小可愛挑那麼久，害我開始猜測妳是不是要露給純看。」

「我們才交往半年，我為什麼要露出沒有穿內衣的小可愛模樣給他看？我們又不是同居小情侶。應該說妳也可以買啊，穿起來很舒服喔？」

就算妹妹再怎麼邋遢，她一定還是會穿著胸罩，就連睡覺的時候也是。

已經體驗過不穿胸罩舒適度的我則……不，我不多說了。

「我的脂肪會流出來，所以算了。應該說罩杯大概不夠，要穿的話穿運動內衣就夠了。若可以再貪心一點，我想買晚安內衣，不過價格不菲啊。」

流出來？流去哪？流出來是什麼意思？才不會流呢！是在身體裡的。真令人摸不著頭緒。

「……胸大的人真辛苦，但反正這是和我無關的事。話說回來，那織妳實際上穿幾號內衣啊？」

「七〇E。不過有些牌子要穿到七〇F比較適合。穿F要是挑下胸圍小一號的就會不太合，我的胸部尺寸大概很微妙吧。是因為太柔軟了嗎？」

那織先擺正姿勢後，一邊用手支撐著胸部下方，一邊露出得意的表情。

「咦？F？妳有那麼大？」

「有啊。不過妳放心吧，對於我的尺寸很微妙這一點我有自知。可能是因為衣服穿不對看起來會很胖，所以也會有人說我詐騙。若想重現腦中想像的E或F，不把胸部集中一點可做不到。雖然我在家不會做那種事啦，在學校也不會做。」

「妳說會流動原來是這個意思啊……經妳這麼一說，去旅行的時候我確實覺得妳總是有乳溝呢。」

應該說，我還是第一次知道胸罩還有分各種使用方法。雖然我看著晾起來的內衣時，確實覺得她的內衣種類很多啦。哪像我，最近老是穿Calvin Klein等品牌的不起眼運動內衣，雖然一邊覺得要想多買一些內衣，卻也覺得穿這種小可愛就夠了。這種對美容的意識之差是怎樣？美容意識？她明明吃飽就睡、睡飽就吃，還美容意識？我覺得有點不太對。

而且她哪來這麼多錢？那織的零用錢不可能比較多——啊，這麼說起來，她小的時候就常說自己的零用錢不夠花，時常多要呢。差點忘了。

要是媽媽拒絕她說她太愛亂花錢，她一定就會跑來我這裡。

「嗯，我很高興妳有發現，不枉費我的一番努力。要是一個大意，胸部就會流到腋下。為了營造出所謂的『巨乳感』，我一定要穿兩側緊實的內衣，可以防止出現副乳的那種，簡直可說是水壩了。不過那種內衣很昂貴，我都會搭配適合的服裝來穿，我不想磨損到內衣，平時不會拿來穿。正因為平時都有這樣分配穿著時機，看到動畫裡的巨乳角色時我就會不禁感同身受，思考著她為了維持那種巨大感，不知道背地裡付出了多少辛勞……她們看起來都有相當強韌的乳房懸韌帶，要不然可就是超級無敵硬。目標，Q彈有勁！」

「謝謝妳陳述這般如此寫實的煩惱……不過話說回來，也太不公平了吧？我們明明是雙胞胎。」

「我們是異卵雙胞胎，只是剛好一起出生而已，其實就只是姊妹罷了。」

「就算是這樣！我也無法接受！不可原諒……真的不可原諒。」

反正我的就只是刺蝟！兩隻刺蝟啦！

接著我想起了自己的母親。奇怪？我們家好像就我是最小的？

不好意思，神明大人祢在嗎？然後如果能幫我準備一顆球，我會很感激。

「姊姊，有胸部打籃球太礙事了。轉動慣量會出問題。不然姊姊要不要別打籃球了，和我在家一起耍廢提升體脂肪率？我們一起來吃雞肉吧？」

「囉唆！少擺出一臉勝利者姿態！妳這個公雞！」

「公雞？」

「——有這種廣告啊！E罩杯代表胸前有兩隻公雞。唉，真的好氣人。」

「我覺得拿公雞來比喻有點誇張……不過難怪我覺得它們這麼礙事。如果在緊急時刻能變成炸雞的話，我會很樂意接受。那麼姊姊呢？妳那裡又有什麼動物？小兔兔？」

「……妹妹啊，小心我把妳丟到荒川裡頭。」D罩杯才有兔子，妳是在嘲笑我嗎？

「妳選了一條很淺的河川呢，如果公雞們因此輕飄飄浮在上面，我得先道個歉。」

那織的手環著我的肩膀，一邊露出賊笑地盯著我看。

「啊——討厭——我要回去了！」

一想起那織當時的臉我就火大。那勝利者般驕傲的表情……我勝過她的就只有身高了。話雖如此也才險勝一公分而已。等等，既然她有公雞，雖然我的身高比較高，不過那織應該比我重才對。而且她最近又變肉肉的，肯定是這樣沒有錯。

……一點也不開心。真的完全不開心！

「噯……琉實，妳有在聽嗎？」

麗良搖了搖我的肩膀。我沒在聽，完全沒有進到我耳中。

我反而想問剛剛在聊什麼？

「抱歉，我想起了以前的事……啊～令人火大！」
「嗯？回憶讓妳火大？」
「回憶讓我火大。」
「不要問比較好嗎？」
「確實是不要問比較好的類型。妳肯定會更不喜歡和那織相處。」
「那我就不問了。」
「噯，麗良。」
「什麼？」
「那織就算被女生討厭也莫可奈何。」

（白崎純）

※　※　※

某次午休，吃完午飯後的我正和綽號是教授的森脇豐茂，暢談著平成卡美拉系列時，那織來到我們班上。她蹲了下來，將雙手疊放在書桌上，並擱上了下巴。那模樣簡直就像準備隨時要搶晚餐的貓一樣。

她的舉手投足都好可愛。

三天前的事情閃過腦海。我和那織接了吻。應該說是我被吻了。

回過神來，我總是被那織牽著鼻子走。

那織和我不同班。不過麻煩的是琉實和我同班。我和琉實國中時期只有同班過一次，卻從來沒有和那織同班過。雖然她總是會像這樣時不時就過來露面，所以我也不曾在意過。

而我和教授除了國中二年級之外，一直都在同個班級。比起這對雙胞胎，就某種意義上來說，這個輕浮男似乎和我更加有命定感。

「你們在聊什麼？」

「我們在聊伊利斯很情色的話題，神宮寺。」

那織頭上浮現出問號，並看了看露出一臉滿足的教授和我。

「我們在聊卡美拉。教授主張伊利斯是女體的象徵。」

「你的看法是？」

「唔嗯——《卡美拉3》是平成卡美拉系列第一次著重於吸引一般觀眾的電影，而且金子導演也說《卡美拉3》是戀愛電影，所以基本上我認為伊利斯是帥哥型男角。牠和女主角綾奈的牽扯，不是直接用了很感官的方式來表現嗎？」

「……伊利斯，好熱喔……的那一幕真的很不妙。那一個場面讓我看幾次都欲罷不能，解開襯衫鈕釦的表現方式真的太神了，就連身為女生的我都不禁心跳漏一拍。」

「神宮寺很了解嘛！那個場景可說是最主要的看頭。」

「雖然它算是比較前面的場景，不過我也能理解那織說的。還有一個不能不提到的就是飛行場景。伊利斯的飛行場景可是出色到能夠在日本怪獸電影史上留名，光是那個場面就能感受到伊利斯非等閒之輩。」

「嗯嗯嗯，那一幕真的超凡脫俗。以圓月為背景現身的伊利斯真是美麗……啊，所以教授才會覺得伊利斯是女生？」

那織一臉陶醉地述說，下一秒立刻睜圓了雙眼，那黑曜般的雙瞳骨碌碌地轉動，真不知該說她孩子氣還是成熟——不，是兩者並存吧。

「是啊，也就是說那是部百合電影。我有聽說過，伊利斯是以克蘇魯神話為原型加入男性要素設計出來的，就算是這樣還是很像女性。牠肯定是女人。」

「嗯。但是伊利斯有點像少女漫畫的王子喔，唯我獨尊型的。」

「的確……畢竟牠很霸道。」我不禁附議。經她這麼一說，確實是唯我獨尊型的。

「對吧？牠超級霸道，還想吸收綾奈呢，那根本就算強暴。不過說這麼多，那部電影最後的甜頭還是全被卡美拉拿光了。那真的很感人，一直到最後才發現這部電影原來是冷硬派電影。是用牠的背影……應該說是甲殼來訴說故事的完全冷硬派電影。」

因為我和教授早已麻痺，所以就算那織口中說出強暴一詞，我們也不會因此起反應。她可是個會一臉若無其事回應教授黃色笑話的女孩，而且在校外根本就不止這點程度。

「再配上播放出來的〈再告訴我一次〉！」

「別說了，教授！會害我想看！啊啊，好想再看一次卡美拉的背影！」

「神宮寺啊，要不要久違地三人辦場電影會？」

無須贅述，教授和我們是同族，均是喜愛暢談的人種。

在這所學校裡，和我的興趣如此合拍的人就只有教授了。雖然我不知道稱呼他為摯友適不適當，總而言之他對我來說是很重要的朋友。

我和教授及那織從國中時期的相處模式就一直是這種感覺。也因為教授家和我們相比距離學校比較近，因此我們時不時放學回家便會去他家叨擾，看看動畫和電影。更具體說明，教授的房間裡有個投影螢幕。

我和那織哪有放過這一點的理由？所謂的電影會就是這個意思。

「要看嗎？真的要看《卡美拉》嗎？要一次看三部嗎？啊啊，真讓人心跳加速！」

「哦？要來電影馬拉松嗎？要從卡歐斯開始看？」

「不行，要高潮了。聽到你這麼說，會害我忍不住！」

那織站了起來緊緊抱住自己的身子，用嬌豔的聲音這麼說道。發生什麼事？男生們充滿好奇地的視線集中在我們這裡。

這傢伙是故意這麼說的吧……

我對幾個和我對上視線的男生點了點頭，示意要他們別在意。這是常有的事。

「不好意思打擾你們的興致，不過平日看三部曲馬拉松有點累人。還有那織，妳稍微閉嘴吧。」

教授憤慨地說道。

「你這個死板的木頭！」

「就是就是！給我閉嘴，死板木頭！」那織加入了他。

「你們兩個給我適可而止！而且我今天有行程。」

「你要我拿這激昂的感情如何是好？要我忍著嗎？吊我胃口？」

雙眼水潤的那織傾身向前，把臉靠近我。

不不，太近了吧，給我考慮一下距離。

「就是說啊，白崎，給我負起責任。再這樣下去，我可也不知道自己該用什麼心情去上下午的課！我這滿腔滿谷的熱血該何去何從！」

「你們兩個……別個個都用那麼刻意的說法！而且教授你只要回家就能看了吧？」

「啊？不能這樣吧，就是因為和你們一起看電影才好玩啊！」教授一臉認真。

「不愧是教授，很通情達理。要是你獨自享樂，我可是會詛咒你到末裔的喔？差點就被逼

第二章　我真是討人厭的女生。

去學巫毒詛咒術了。」

「知道了、知道了！下次大家一起來辦個卡美拉慶典吧。」

「對吧？是不是？這樣才對嘛。順帶一提，這週末我有空。」

「那麼週末就選一天來辦怪獸電影祭吧！這樣就能過上安寧的日子了！」

「就這麼定了。」

計畫談妥後我抬頭，就在視野變得寬闊之時，映入眼簾的是琉實進來教室的畫面。一到午休時間她就離開了教室，大概是和籃球社的朋友去或是別班的人去吃午餐了吧。畢竟琉實的交友圈很廣。

我的視線和琉實相交。琉實一看到那織，便直直地朝著我們這裡走來。

「喂，那織，午休結束了喔？」

「出現了，假前田愛。妳想學她的話，頭髮就得再剪短一點。」

「啊？」琉實露出一臉疑惑。

噢，因為她是短頭髮啊。我思考了幾秒後才理解。

「妳別說些摸不著頭緒的話，快回班上吧。」

「是是是，我知道了啦。我就去被擊落在芝公園吧。」

留下大概只有我和教授知道其意味的話，那織離開了教室。

琉實坐到我隔壁的位子。我看到她雙手空空，看來今天是吃學餐。

「她一直在這裡？」手肘擺在課桌上的琉實身體前傾，一臉受不了地說道。

「沒有，她剛剛很隨意地混了進來。」

「然後你們又聊起無可救藥的御宅話題了？」

「神宮寺姊啊，這句『無可救藥的御宅話題』我可不能當作沒聽見。我們是在聊特攝電影的話題。」

「還不是都一樣。真是的，不管幾歲都跟個孩子似的。」

「喂，白崎，神宮寺姊把我們當小孩子看待，你也反駁點什麼吧。」

「就連我和那織都沒有成功拖她入坑，不管我說什麼都沒用的。」

「應該說我根本不知道為什麼你們會這麼沉迷，有什麼話可以聊這麼久？」

「當然就是電影的表現方式還有運鏡之類的……對吧？」

教授投射一個向我求助的眼神。

就算再怎麼熱情演講這類話題，琉實都不會接受。我是最了解這一點的。

「算了，怎麼樣都行。森脇也快點回自己座位吧，很給人添麻煩喔。」

「就是啊，教授。」

「好～」教授嘆出氣餒的回應後，回到了自己的座位。

「而且那個『教授』的綽號已經很那個了。是福爾摩斯來著？」

「因為森脇音近莫里亞蒂。不過說這話的人不是我而是那織。」

那織明明喜歡說很多有的沒的來調侃叔叔是夏洛克・福爾摩斯迷——我也同樣是粉絲就是了——不過當我在介紹教授時，她開口第一句話就是「你的姓氏簡直像是莫里亞蒂呢」。那之後便取莫里亞蒂教授的部分名稱，我們開始會用「教授」稱呼森脇。

「那孩子真的很像爸爸。只要一閒下來就會閱讀、看漫畫，要不然就是看電影，再來就是看動畫。度過假日的方式和爸爸別無二致。」

「畢竟那織是叔叔的小孩啊，這就是菁英教育的恩惠。」

話雖如此，我也是接受叔叔教育之人，同為一丘之貉。就我完全沉迷於和叔叔相同的志趣這一點來看，那織和我不同。不過那織雖然會取笑叔叔的志趣，但是她的喜好卻完全沒有跳脫出叔叔的興趣。要我說的話，那織只是喜歡同種類的不同作品罷了。

「她小的時候總是黏著爸爸。」

托著腮幫子，琉實露出了遙遠的視線，彷彿在懷念當年。

琉實很像阿姨。照顧著那位妹妹，自然而然就會變得像母親，這也是莫可奈何的事。到這裡還可以，只不過琉實會把許多職責越來越往身上攬，並自己背負起一切，然後又被那責任感壓得喘不過氣。

——如果我能再早點發現就好了。

我只是自以為了解琉實，但是其實完全不明白。

我怎麼可能懂？她不告訴我的話，我是不會懂的。

琉實很頑固，不管我再怎麼堅持她都不會退讓。

所以我乖乖聽了話，姑且順從了琉實。這就是琉實期望的。

只不過，帶著半吊子的心情和那織交往，我對此感到羞愧。就算她是初戀對象，畢竟我的心中還沒有完全放下琉實，而且也有種自己早已放棄了初戀，事到如今太遲了的心情。該怎麼整理自己的情感——我怎麼可能會知道。

這種事情到底能找誰商量？我能老實告訴誰呢？

若是那織的話，大概會引用沙林傑（註：美國作家，以《麥田捕手》聞名）的「I thought what I'd do was, I'd pretend I was one of those deaf—mutes.」（我想著過去所做的事，我寧願當個又聾又啞的人）這句話吧。不，她不會呢，因為這完全是我的喜好。

我的Ghost不會低語，我也想盡快電子腦化。我想要以數據形式去思考問題——然而無法如願。

還是只能去找教授商量了吧。

（神宮寺那織）

我們教室裡，充滿了因黃金週連假前進行基礎測驗的結果，而感到一喜一憂的學生們。少年啊，別因為進了升學班就放下心，這裡不過是個過渡點。

若是普通班的話，這次測驗的結果出爐後，會有幾堂課根據成績將同學分為幾組，不過升學班卻並非如此，因此我也不是不能理解為什麼會有學生輕視這次的測驗。他們認為真正重要的是定期測驗，但是大學應試其實早就開始了。

各位，你們可要萬分注意。我倒沒差，因為我很擅長讀書。

「老師妳幾分？」

用蘿莉音來向我搭話的嬌小眼鏡女孩，名為龜嵩璃璃須。我想這名字相當迷人而不凡，不過本人似乎不喜歡被用下面的名字稱呼。我覺得這發音很可愛，不過對小璃璃來說又如何呢？哪像我，說到同音異字的話我可就是「那隻」了。

話雖如此，只要我出馬，要想幫她取一個新的綽號簡直輕而易舉。

說到龜嵩這個姓氏會想到誰呢？啊，是《砂之器》。於是我這麼告訴她：稱呼妳為清張（註：松本清張，《砂之器》的作者）如何？然而她──我明明覺得沒有比這更好的綽號了──卻說不要。她一直以來到底都受些什麼教育啊！於是我不情不願地拿主角的職級來用，決定稱呼她為「社長」。這是個在校內也不會有任何異樣感的稱呼（註：《砂之器》主角今西榮太郎的職等為「巡查部長」，「部長」一詞在日文中也代表了社團的「社長」）。我根本是天才。

題外話，國中時期就專情於美術社的社長，在升上三年級的時候於實於名都成了「社長」。我真有先見之明，果真是天才。但是對其他人來說，這個綽號卻沒有定著在她身上，令我無法苟同。

而部長則會稱呼我為「老師」。就算其中飽含著諷刺，我也能理解她想叫我老師的心情。我真的非常理解，但還是希望教師在的場合，她能夠不要這麼叫我。

「九十六。」

拿著剛發回來的英語測驗，我讀出了分數欄上的數字。

還可以啦。這點程度簡直a piece of cake（小菜一碟）。

「不愧是老師。」和她的話語相反，社長的聲音聽起來感到相當無趣。

「有教職員在的場合別叫我老師。社長妳又考得如何？」

「九十三。我又輸給老師了。虧我這麼有自信～」

社長有時候會不聽人說話，應該說她會若無其事地無視我的話，而且還會用蘿莉音口吐惡言。和看起來懦弱的模範生外貌相反，她意外地是個粗神經的女生。而且面對推心置腹的對象，她的毒舌乾脆到令人感到暢快。推心置腹的對象……這個分類海涵的對象有點多。在這裡應該要說「只有對我」比較正確。若不這樣的話沒辦法當我朋友？是誰說這麼失禮的話？咒你被卡歐斯吃掉！

「才差了三分而已，是完全可以挽回的分數。順帶一問，妳這次最有自信的科目是？」

社長舉拳抵住額頭，刻意地做出了思考的動作，「唔嗯——數學。」

「那就來用數學一決勝負吧。」

「好，這樣才對。真是期待明天的數學課！我可不容許數學老師找藉口說算分數多花了點時間。那麼這次要賭什麼？這是升上高中部之後第一次勝負吧？得來提振士氣一下！」

果然如此。她那可疑演技，我大概猜到就是這麼回事了。

「……看來妳相當有自信呢。」

「確實是有自信到可以挑戰老師啦，畢竟我也想雪恥……輸的請吃SWEETS PARADISE八十分鐘方案？」

「快住手……雖……雖然聽起來很誘人……拜託妳別再增加我的卡路里了！」

「熱量王老師竟然會在意這種事，真是難得耶。明明之前說什麼『要認同真實的我』這種宛如迪士尼一般的話。」

「……這次黃金週假期，我胖了三公斤啦——！啊啊，為何？為什麼那個時候我要站上體重計呢……真是愚蠢的行為……是跳脫常規的愚行……明明只要沒有認知到這一點，變胖就不會成為事實了……還有，不准說我是熱量王！那根本是人身攻擊！」就算我這麼責備她，對社長來說也毫無效用。這一點我很清楚。

我一直悠閒愜意地躺在床上，過著懶惰的生活，最後由烤肉給了我致命一擊。可惡的肉，該死又可恨的肉！竟然趁著週末轉世成為我的脂肪，不可原諒！不過唯有牛舌不會背叛我。我愛你。若要嫁人為妻，我要選個像牛舌一樣的人。

「是妳毫無顧忌吃到肚子撐的這種飲食生活太愚蠢了。還有，妳也都不運動。」

「妳這可恨的正論黨，我要把妳泡成紅茶喝掉。」

「我不會要妳像琉實那樣，不過妳稍微動一點比較好啦～」

「每個人都在那邊運動、運動的，囉唆！我有好好上網聽那些會瘦的音樂！」

「妳那個行為確確實實地沒有絲毫意義，甚至成不了無謂的抵抗。瑜伽或拉筋的話可以很輕鬆隨意地做，一開始先從這種的做起也可以吧？」

「我有自信我會變成被拉上岸的海牛。」

「這麼說起來妳的筋很硬呢。測體適能的時候因為妳的筋太硬，甚至嚇到我了。明明之前還沒有這麼硬的，看來惡化了許多。反正妳肯定一直賴在家吧？要是不放鬆肌肉——」

「竟然說我變成海豹，妳別說這麼過分的話啊——我的皮下脂肪才沒有多到那樣呢。」

「我才沒有說，而且剛剛是妳自己說妳是海牛的吧？真是的，還絕妙地選了可愛的海獸這一點令人可恨。好，那麼請ＫＴＶ唱到飽如何？這麼一來多少能消耗一點卡路里吧？好嗎？熱量王老師♡」

「……ＫＴＶ的話我就有努力的動力。還有，就算妳講得那麼可愛，我也絕對不准妳叫我熱量王老師。」

就算我最喜歡待在家，至少也還有去ＫＴＶ的社交性，這一點要是被人誤解可就傷腦筋了。就算是我也有享受年輕人文化的資格，畢竟我可是女高中生嘛。

我可是ＪＫ喔。

順帶一提，根據身為網路老人俱樂部的吾父所云，「ＪＫ」這個單字似乎是「用常識思考」的略稱。這是怎樣？常考（JyoKou）是什麼鬼東西？後鳥羽嗎你（註：「常考」與後鳥羽「上皇」發音相同）！我不懂，你還是乖乖待你的網路老人俱樂部吧，覺得出處那麼重要的話就用古文說話啊。雖說是古文，要鎖定哪個時代也很難。

好了。

準備要開始上下一堂課，不過我忘記了一件事。

今天是純要來我家的日子，要來我家吃晚餐的日子。阿姨上大夜班的時候，我們家很常發生這種像是動畫一樣的事件。就算是男高中生……應該說就算是那個完全沒有謀生能力的純，好歹也會倒熱水或是按電子微波爐的按鈕，但是因為叔叔隻身外派，媽媽的照顧精神就發動了。其結果就是每當叔叔回來都會給我們大量的伴手禮，因為他家兒子受我們家照顧，再加上叔叔的外派地點在宮城縣。就這樣，兩點連成線。用賈伯斯風來說的話就是Connecting the dots。

也就是說，只要純來我們家吃晚餐，我們家就會確立一條牛舌供給線。啊啊，心愛的牛舌！說到心愛，不知道萊拉的考試怎麼樣了？算了，反正萊拉是姊姊的朋友，不是我的。

好了，純要來我們家……事到如今這種事情不過是附帶的。我們家的冷凍庫裡，還有烤肉會沒烤完的牛舌沉眠著！這種要招待客人的日子，餐桌上怎麼可能不端個牛舌出來。遇到貓要給柴魚片，年輕來客則要給肉。

嗯？你說是木天蓼？那又不是吃的，給貓吃點貓飯吧。

叔叔，雖然很抱歉，但我希望你能暫時待在宮城。見不到家人你或許感到很寂寞，但是若失去了牛舌的日子，也同樣讓我感到寂寞。

雖然我沒有告訴社長，不過其實我還會繼續攝取卡路里。

要是這樣週末我還去蛋糕吃到飽，可真的會變成海牛的。

剛剛說什麼會胖啊、熱量王老師的傢伙，現在給我去走廊罰站。

對了對了，你們知道海牛和儒艮的差異嗎？要看尾鰭喔！

（白崎純）

「你有時間順道來我家一下嗎？」班會結束，正當我在做回家準備時，教授來到我身邊這麼問道。琉實一邊露出「你應該知道吧？」的眼神再三叮囑，並自座位上站了起來，離開了教室。我知道啦。

「一下下的話不要緊。有什麼事嗎？」

「之前你想看的那個，我想說要借給你。」

「哦，你全部看完了？好看嗎？」

「好戲之後才上場。有時間來的話我們就快走吧。」

教授家就在徒步距離學校二十分鐘左右的地方。我聽說他家是在這一帶整理成住宅地之前就存在的建築，後來整修過。過去曾盛大經營農業的森脇家，其腹地面積十分遼闊。同樣也在腹地內的祖父母家和教授居住的家並列而立，還有個以前大概都收著務農器具的穀倉經過改建後變成的倉庫。那棟倉庫十分寬敞，甚至於若把裡面所有的東西都拿出來，搞不好裝得下十輛汽車般那麼大。我還記得國中時期，我們曾在倉庫裡為塑膠模型進行塗裝。

教授的房間也很寬廣，恐怕有二十三平方公尺以上。不過房間的空間幾乎都被書籍、DVD、人物模型、塑膠模型等各種東西占滿，因此我想他實際上的居住空間大約只有七平方公尺左右吧……而且我很久沒來，這麼一看已經變本加厲。這樣看來不到七平方公尺吧？

「又變得更窄了呢，你也差不多該整理整理放到倉庫了吧？」

「我才沒有那種美國時間。就算我有時間，也沒有那種閒情逸致，老早就售罄了。」

「肯定是進貨時間未定。」

「根本就沒生產吧。總之，我先去拿個飲料過來。」

「嗯。」

我環視他的房間。不管什麼時候來，都充滿了驚人的書籍與DVD，真是太令人羨慕了。其實放在這裡的收藏品僅僅只是一小部分，先前提到的穀倉裡已經堆了好幾個瓦楞紙箱。再加上房子內部還有被教授稱為倉庫的空房間。也就是說，地主公子的財力不可小覷。他甚至還有侵蝕到弟弟房間的嫌疑。

雖然我在教授房間裡看到了幾個在意的書名，但是沒有不惜避開到處矗立的黑塔，都要去發掘的勇氣。要是一不小心碰到導致坍塌，整個房間似乎都會崩壞。

好了，那麼我到底該坐哪裡好？我沉思了一段時間後，選擇坐在床的邊緣。只有這點地方可以坐。床邊的矮桌上擺放著一張反過來的DVD裸碟，沒有收進盒子裡。我好奇那是什麼DVD，便伸手拿起。我當時心裡沒有多想，只是因為放在那裡就伸手拿了起來。

《不管釋放幾次，蘿莉巨乳青梅竹馬都不原諒我　痛苦的調教地獄　～愉悅篇～》

這是什麼鬼？不就只是普通的A片嗎！既然要叫朋友來家裡，好歹也藏起來吧。而且光碟上面可沒有灰塵，很明顯最近才剛看過！

看著光碟表面身穿制服微笑的女演員，我不禁想了……

長得好像那織。並不是外貌相像，而是氣質相似。而且她也綁雙馬尾。

旁邊還有另一張同樣反過來放置的ＤＶＤ。

應該不會吧……雖然我在心裡這麼想，但一股不好的預感襲了過來。

《今晚的擼擼擼家庭派對，由蘿莉巨乳來幫忙！　祕密的雞雞食譜》

同一位女演員！

還有，這是什麼樣的家庭派對啊？那場派對的參加者全都是傻蛋吧？什麼雞雞食譜，太擾人了吧！害我因為這個標題而有點在意。

「你看到了？」

我轉向發聲處，教授手上拿著兩瓶五百毫升的飲料，在門口看著我這邊。不過他當然完全沒有一絲著急感。教授不會因為這點程度感到焦急。

「真虧你敢在這種狀態下說什麼要辦電影會。」

用腳關上門，教授坐到我旁邊。是不是？能坐的地方也只有這裡了吧？畢竟就連椅子上都被漫畫堆滿了嘛！兩個大男人坐在床邊已是我們的家常便飯。

「如果神宮寺要來的話，我還是會再多整理一下的。」

「你的東西這麼多，可不是整理一下就能解決的。還有，雖然我覺得不是，不過我姑且、以防萬一想要先問問你……你應該不會是因為長得像那織，才選這部片的吧？」

「既然你都這麼說了，果然從青梅竹馬的角度來看，那位女演員也很像神宮寺啊。我的眼光果然沒有錯，經過認證了。」教授一臉驕傲地說道。

「雖然長相不是很像，不過氣質確實是……呃，我想問的才不是這件事。你太差勁了吧？一般來說會因為像朋友就——」

說到這裡，我想到了某種可能性。不會……吧？但是，說不定……

「該不會……那個……教授你對那織——」

你喜歡她嗎？我沒能說出口。

「關於這件事，該怎麼說好呢——」教授一邊「唔——」地低吟，陷入了沉思好一會兒。

這個反應……真假？真的是這樣嗎？如果是的話，我有點不好找他商量。虧他是我唯一可以商量的對象耶。只是……怎麼說呢？我也不是不能理解。我有這種感覺。

「呃……要問我喜歡還是不喜歡，那當然是喜歡。畢竟國中部的時候，我曾經告白過。」

「什麼？你告白了？真假？我第一次聽說耶。」

「這樣啊，原來神宮寺沒有說出去。說這麼多，那傢伙還是很溫柔嘛。我大概是在你介紹神宮寺給我後不久，我就向她告白了。若說是變成肝膽相照的關係之前會太文謅謅嗎？」

原來不是最近的事啊。這樣的話還算是可以商量吧。

「可能有點太文謅謅了……不過話說回來，我完全沒有想到那織和教授之間，竟然發生過那種事情。」那織沒有表現出那種感覺過。

「你喜歡那織哪裡？」

「臉和胸。」教授用清爽到極點的跩臉這麼說道。

「……喔……喔。」

雖然我有猜到是這樣，不過他真的很做自己呢。

「畢竟我的身邊沒有那種蘿莉巨乳。雖然神宮寺在學校看不太出來，不過私底下一起去玩的時候乳溝真的很壯觀耶。我當時覺得這就是隱性巨乳，那樣實在太狡猾了。而且甚至還能跟她聊興趣的話題，作為交往對象無可挑剔吧？再加上只要成為她男友，就能合法揉捏那胸部了。這不是讓人很想搞清楚她到底是有墊胸，又或是真正的巨乳嗎？」

只要閉嘴不說話，教授就擁有可稱得上是帥哥的外貌。可以說他有張很上鏡的演員長相，五官深邃、炯炯有神。再加上他的成績也不差，很會看場面做配合。

但是他卻非常不受女生歡迎。

我老實說，原因就是因為他太輕浮了，隨和過了頭。

只要有在意的女生，教授會很輕易地向對方告白，不會有絲毫的猶豫。就我所知，其對象不下二十人。其中也有不少交往過的人。

不過，這也是據我所知——其關係最長一個月，若平均下來恐怕一週就會分手。被甩率目前是百分之百。

分手的原因也是出自於他太輕浮。應該說，教授從不猶豫，他絲毫不打算隱藏自己的慾望，而且還是從第一天開始便貫徹到底。

結果，教授獲得了女生「只想要有肉體關係的渣男」這一稱號。根據教授的辯解，他似乎秉持著「我才不是只想要有肉體關係，而是也想要有肉體關係」這樣的主張，而這番言論正是所謂的詭辯吧。他令人羨慕到非常忠於自己的慾望。

不過，男生只要講些黃色笑話炒熱氣氛，就有辦法增進情誼。

在這一點上，忠於自己的慾望不會扣分。「教授」這一綽號能夠眨眼間滲透在男同學之間，其背景就有這樣的理由。補充一下，有一部分男生甚至稱呼他為「彩排專家」。

順帶一提，教授來向我搭話時說的第一句話是：「以第一名成績入學的傢伙果然會對數學產生性興奮嗎？你ＤＩＹ都用醫學書？」當時我甚至擔心這傢伙腦袋要不要緊。

沒想到我們竟然變得如此要好，活在這世上還真不知道會發生什麼事。

我沒有肯定地說他是我的摯友，還有之所以會形容教授很輕浮，是因為包含了以上這幾點在內。對我來說教授還是稱為「損友」，就意義上來說較為精準。

「確實是這樣沒錯啦……不過那織是蘿莉屬性嗎？畢竟我們同年級，而且她的身高我記得也超過一六〇了吧？根本不適合用『嬌小』來形容，硬要說的話大概只有髮型——」

「你真的很笨耶。所謂的蘿莉只是概念，並不是定義，是應該要以形上學套用的存在。」

「什麼形上學啊？你等著被亞里斯多德詛咒吧……然後呢？你找到了個和國中時期告白對象相似的女演員，一鼓作氣就買了？要是那織聽到會大發雷霆喔。」

說完之後我才想到，那織不會大發雷霆，她肯定會鉅細彌遺地詢問感想。她一定會說出「嗳嗳嗳，哪一幕最讓你興奮？」這種話。那傢伙就是這種女人。

「那個DVD是我在告白之前找到的回憶之物，只是忘記收起來罷了。黃金週假期的時候我突然有種想看看神宮寺臉的感覺，所以才會久違把它翻出來。我可不是出於情色目的，這是我的一種純粹友情。」

「別拿A片代替高談闊論是友情的對象啊。你的想法實在太瘋狂，害我都感到佩服了。」

「笨蛋，我這是顧慮到你，想說要是你和她會出去，說實話對你不好意思。你想，神宮寺不是喜歡你嗎？這部分我也有好好區隔清楚。要是想約她去學校外面，那傢伙只要沒有你在就不會來。不過我真是不明白，如果是我的話比起姊姊，肯定會選妹妹的。雖然神宮寺姊的確不錯啦！是不錯，和她同班後我能理解她為什麼會受歡迎。她很隨和很好聊，也會配合氣氛，然後又很可愛，會受歡迎也是當然的。不過要是你問我要選哪邊的話，當然是妹妹吧。我認為那種女生是難得一見的，頭腦聰慧，不會嚴厲批判黃色笑話，還能聊御宅話題。」

他剛剛說什麼？

「等一下……教授你也發現了？那織她……那個……對我——」

「是啊，一般來說都會發現吧？雖然我會知道，也是因為她拒絕我的時候這麼告訴我，不過平常有在看神宮寺就會這麼想。該不會你……沒有發現嗎？」

「……我最近才知道。」

我把黃金週假期發生的事情告訴了教授，包含初戀的事情也是。教授好一陣子都一臉認真地聽我說話後，瞪大了雙眼大叫：「姊妹丼耶！真厲害！而且還是雙胞胎！真是羨慕到我都想叫你去死了，還請你務必前往那悲傷的彼岸吧！總結來說……去死！」

真是一個行為舉止充滿浮誇的男人。講真的，你要不要把目標放在當演員？還有，幸好你下面的名字不叫「誠（註：遊戲《School Days》系列的男主角。Dead End片尾曲〈悲傷的彼岸〉在網路上被戲稱為處刑曲）」。畢竟滑個手機就會自己跳出來，就算是我也知道這點小哏。

「你這傢伙……我可是很認真地在煩惱，真虧你說得出這種話。」

「我不懂！我不知道哪裡有得煩惱！都已經獲得這種理想情境，你到底還有什麼煩惱？而且你本來就喜歡神宮寺吧？那不就好了？一點問題也沒有。」

「……是這樣沒錯啦，但應該要說我沒辦法切割得這麼清楚吧。」

「你在介意姊姊嗎？雖然她確實青春期糾結到都有點扭曲了……不過換個說法，她很堅強呢，又是短頭髮。」
「剛剛的話題和短髮完全無關吧？」
「我其實比較萌短髮。」
「囉唆，你剛剛不是還說雙馬尾怎麼樣的嗎！」
我無奈地吐嘈教授，喝了口可樂潤喉後老實地闡述：
「唉，總之我導回正題。說穿了，我對琉實還有依戀。那織確實是我的初戀對象沒錯，但是……我和琉實交往了整整一年，也不是說我真的忘了那織，不過交往期間我幾乎沒有去想初戀的事。而且和琉實開始交往的時候，是我想努力放棄那織的時期，我當時也認為和那織的關係止於同好朋友就好。我對我們關係的認知一直到最近都還是這樣，也沒有對此感到疑問。結果現在又說因為我的初戀是那織什麼的……讓我有種『都事到如今了』的感覺。抱著這種心情和那織交往有點對不起她……」
「唯有這一點得靠你自己去面對不可。這個世上有一大半的情侶，都有忘不了前女友或前男友這種煩惱，你只能自己做了斷。而且就算你說對雙胞胎的姊姊有依戀，但畢竟神宮寺是你的初戀對象吧？既然如此，你心裡當然也有部分是感到高興的吧？」
「嗯。」
「對吧？也就是說，你就只差覺悟了，快做好覺悟吧。這種東西不是和別人要求建議就能解決的。想靠建言來做決定，那可不是覺悟，而是藉口。」

「……無可反駁。」

真是的，真是個兼具益者三友、損者三友的男人。

「要是你無論如何都忘不了雙胞胎姊姊的話，就下跪求她吧。若只有前端的話或許還能通融喔？雖然我不知道只進前端你忍不忍得住。」

「這我敬謝不敏。她可能會看準我下跪的時機，用腳跟狠捶我的頭。」

教授先是說了「也是，她感覺做得出來」同意我，接著一邊轉開寶特瓶的瓶蓋，一邊挖苦了一句「我也好想要像某某人這樣，擁有這種煩惱喔」，隨後喝了口可樂。

「你只要別不分青紅皂白到處跟人告白就行了。就是因為你老是做這種事，女生才會特別針對你，還有你也應該要學會什麼叫做忍耐。就是因為你會說什麼『只有前端』這種話，才會落得今天這種下場。」

「說我不分青紅皂白可真是太令人難過了，我可是有自己的一套基準。而且我希望對方能夠接受真實的我，我才不想忍耐。我相信只要我抓一大把，總有一天能夠遇到願意接受真實之我的女孩。」

這裡也有真實之我的信徒！那織也很常說什麼「真實的我」之類的話，小時候的琉實也很常說呢……應該說她常這麼唱。看來我身邊似乎流行著真實之我教。不過這已經可以說是把

「放棄努力」誤當成是一項特色了吧？

「如果對方穿著充滿熱氣的黑色褲襪狠踩你的臉，還請務必向我彙報一聲。我很期待教授你遇到理想痴女的一天。」

「喔喔！你就引頸翹望地等吧，我也真想快點遇到穿同一件褲襪超過三天的女生，至少就算只有內衣褲也行。這種讓我的胯……胸口因期待而膨脹的日子，我也差不多過煩了。」

「喂，你這個臭味癖，你剛剛差點講胯下吧？」

「我一時說溜嘴了……對了，我忘記最重要的事情，現在可不是聊這種蠢話的時候。」

很慶幸你有自己在說蠢話的自覺。

順帶一提，教授並不是氣味癖，而是臭味癖——不過這種事情無關緊要。

教授的手往疊在桌上的書堆旁邊翻了翻，一邊扶了幾次快崩塌的高塔，拚了命把三個DVD包裝和三本文庫書拿起來，交給了我。

「來，這個拿去，原作我也順便借你。還是你該不會已經看過了？」

教授遞給我的是三本伊藤計劃的小說，以及其動畫電影的光碟片。

這才是今天真正的目的。

「還沒看過，所以我真的超感激！順帶一提，你最推薦哪個？」

「我告訴你就不好玩了，應該要等你看完我們再來分享感想。」

「那樣子也會比較熱絡。」

「是啊，不過我推薦你先看原作。」

「我知道了。謝謝啦，下次我也帶點什麼給你。」

我和教授除了那方面以外的興趣很合。順帶一提，我和那織則是聊得很來。差不多就是這種感覺。

這種微妙差異，懂的人應該能夠理解。

「到時候就拜託你了。好了，你等等還有行程吧？」

「嗯。我今天就先閃了。」

我離開教授的家踏上歸途，上了電車我便立刻拿出《和諧》開始閱讀。

這位年紀輕輕三十四歲便驟逝的作家，我陷入了他筆下的故事中。那是一篇他在病床上執筆寫下的故事。

縱使作者已經不在，故事也絕對不死，所以我才喜歡閱讀故事。

到了晚餐時間，我前往神宮寺家露面。

餐桌上已經擺放著幾道料理。

不過卻不見平時熱心幫助阿姨的琉實。

那織一臉不悅地托著腮幫子，她空虛的影子落在料理上。

「你來了啊。」

阿姨看到了我，便從廚房打招呼。電視上的藝人正在介紹義大利的海岸。而叔叔則坐在沙發上看電視，並背對著我說：「我們在等你呢。」

「琉實呢？」

我對著那織詢問，不過卻是阿姨回應我：

「她今天社團活動弄傷手了，左手手腕扭傷，所以現在非常消沉……那孩子鼓足幹勁，目標是在這次大賽晉升常規球員。而今天她好像終於贏得常規球員的位置，卻不小心受傷了。我有去叫過她好幾次，她都不願從房裡出來。」

「就算我去叫她也不願出來呢，既然如此或許就只能在她門前跳舞了吧。」

那織遠目，發出不滿的聲音。

雖然琉實或許是這個家的天照大神沒錯，不過不管怎麼想那都是反效果吧？實在太不嚴肅了。我本來想這麼說，便聽見阿姨訓斥那織：「妳少胡說了，她消沉到看起來那麼可憐，不要說那種話。」

「就是啊，那織，妳也好好想想琉實的心情——我去看一下她的情況。」

琉實從國中時期便全心致力於籃球社。就連和我交往時也是，比起約會她總是優先社團活動。籃球竟然排在我前面？以前我甚至也有過這麼孩子氣的想法，不過我卻沒有說出口。這也代表琉實就是這麼全心放在籃球上。就算是我，因為這點無聊的嫉妒插嘴也不太對。

這樣啊，她才一年級就擠身常規球員啊。真是厲害，不愧是前社長。

我站在琉實的房前，思索著該怎麼向她搭話。「妳還好嗎？」感覺不太對，因為完全不是不要緊。「妳怎麼了？」也很奇怪。我知道內幕還問她怎麼了。

唔——我經歷一番煩惱後，開口說道：「欸……我可以進去嗎？」

（神宮寺琉實）

我感覺到有人來到門前。是純的聲音。今天是純要來的日子。我完全忘記這回事了。

怎麼辦？要是現在見到純，我一定會忍不住撒嬌。唉……但是我也不能無視他。

我站起身子，打開了門。

因為房間裡沒有開燈，看不清純的表情，不過我能透過音色感覺出他的情緒。

（白崎純）

我對著房間說出的話，空蕩了一陣子。雖然我隱約感覺到人的氣息，不過完全沒有聽到任何聲響。她是扼著嗓子在低聲哭泣嗎？不過總之，我等在原地。

我聽到喀恰聲響，門被打了開來。

大概是哭到剛剛吧，琉實的眼角在走廊燈光的照耀下，看起來有些腫脹。

「手，會痛嗎？」

「現在貼了藥布……不過有點刺刺的……嗯，會痛。」

我的背靠在床鋪的邊緣，坐到了地上。我討厭自己這麼狡猾，身邊甚至留了純坐得下的空間。

到頭來，我的意識還是想要去依賴純。

我想要他聽我說喪氣話。

我看到琉實無聲地坐到了床邊，於是便坐到她身旁。

我們靠得很近，甚至感覺得到彼此的體溫。我們有多久沒有像這樣如此靠近、比鄰而坐？我心裡一邊想著不合時宜的事，隨後驅散了這些思緒。

「感覺我不管什麼都做不好……老是失敗。今天教練說我是唯一一個在大賽中擠身成為常規球員的一年級生。」

「嗯。」

「但是我卻在練習的時候一個不穩，扭傷了手腕……這麼一來就絕望地不可能當上常規球員了。好一點頂多坐板凳，但是能不能當後補也不確定。我真的都要討厭我自己了，為什麼我老是會這樣呢……」

我一邊說著，感覺得到自己的聲音沙啞。

我越是叫自己不要哭，心裡就越加感到難受。

純摟住了我的肩。

我知道。我想要向純撒嬌。

我一直很想這麼做。

明明為了那織和他分手，然而狡猾的我到頭來，還是不禁依靠了純。

琉實總是逞強著偽裝好自己，很少像這樣展現出自己的軟弱。她很明顯地在努力忍住不落淚。

我摟過琉實的肩讓她靠向我。我認為這樣比較自然。琉實的肩膀比我熟悉的還要更加纖瘦，也更加脆弱。

她沒有讓那織和阿姨進房，卻允許我進她的房間，這件事情讓我感到高興。

不，我不能有這種想法。

「妳總是很努力，也總是很認真啊。為了籃球，妳還拒絕過好幾次約會。這話雖然聽起來很蠢，不過我之前甚至還嫉妒過籃球呢，不過……正因為如此，我才敢這麼肯定妳。沒有參與社團活動的我，沒有辦法假裝自己很了解妳的痛苦並安慰妳，所以說——妳就盡情哭吧。很不甘心吧？很生氣吧？很想嚎啕大哭吧？妳可以哭到妳覺得舒坦為止。

我大哭出聲。

我第一次在純的胸口放聲痛哭。

純輕輕地撫著我的背，摸著我的頭。

不可以、不可以、不可以。可是——

我果然還是喜歡純。

我實在沒有辦法收拾我的情感。

對不起，那織。

對不起，妳有這樣的姊姊。

對不起，我這麼自私自利。

我是個失職的姊姊。

早知道會這樣，我就不應該和純交往。當初明明只要我好好忍住就好了。我果然老是不斷失敗。

我該怎麼做才好？

琉實把臉埋在我的胸口，放聲哭泣。我緊緊抱住琉實，一邊撫著她的背，並彷彿在安慰孩子般用空出來的右手摸著她的頭。

不只是交往的時候而已，就連我長大之後也沒看過琉實如此淚流雨下的模樣。這樣啊。琉實從那個時候開始就一直在忍耐。為了成為一位好姊姊、為了成為妹妹的典範，連哭泣、連喪氣話都一直忍到了現在。

一想到這裡，我便覺得琉實十分惹人憐愛……無可救藥地惹人憐愛，讓我想稱讚這位一直努力至今的女孩。怎能這麼勉強自己呢……

我伸手輕觸琉實的頰畔，她便用通紅的雙眼凝望著我。

純的手輕觸我的臉頰。

停下。

要是你用那麼溫柔的眼神望著我，我會無法抵抗。

我沒有辦法拒絕純。所以……拜託你。

但是……

我……

噯，我該怎麼辦才好？

「怎麼樣？平復下來了嗎？」

那織的聲音傳來。

我剛剛想要做什麼？

我想任憑這氛圍做什麼？

我不禁推開了純。

我真是……討人厭的女生。

我用雙手包覆住琉實的雙頰。

琉實水潤的雙眸動搖著，我彷彿要被她水汪汪的大眼給吸進去一般。

琉實輕輕斂下了眼瞼。

眼頭的淚水奪眶而出，滾落頰畔滑下。

是那織。

我剛剛想做什麼？

我明明已經有那織，我卻——

琉實推開了我。

我真是……太差勁了。

（神宮寺那織）

「抱歉，我這就出去。」

我聽到姊姊的聲音。就算不開門，我也能輕易想像到裡面的慘狀。

因為姊姊的聲音聽起來充滿了偽裝，而她想遮掩的並不是自己哭到嘶啞的聲音。打從還在媽媽肚子裡的時候我們就一直在一起，也是一起哭著長大的，所以這點小事我當然能懂。

我的內心感到一陣火大。

冷靜點，那織。這點小事在預料之內吧？妳不是早就知道了？這兩個人沒有斷得一乾二淨這點小事，妳不是再清楚不過了嗎？

嗯，我知道。我很清楚。所以，我只能用我的方式來前進。

我什麼都沒有發現。我是個楚楚可憐的妹妹。

我必須要扮演好被賦與的角色。不過，我就稍微露出一點馬腳吧。

就是說啊。這才是屬於我的做法，不是嗎？這才是屬於我的行事作風，不是嗎？

我能忍耐到什麼時候呢？照這個樣子來看，可能支撐不了太久。

門打了開來。

雙眼通紅的姊姊一臉抱歉地現身。

「抱歉讓妳擔心了。」

「爸爸和媽媽在等妳喔。」

我不露一絲慌亂地說道，展現出完美的行為舉止。比起他們，我還比較像是個演員。

「嗯。我先下去了。」

我在一旁目送姊姊留下這句話並下了樓，接著注視著站在門前的純。

「抱歉，讓你們久等。」

「這也沒辦法，不過就算了，看她似乎打起精神，真是太好了。要是她再繼續消沉下去，就逼得我非得在她房間前面開宴會了呢。」

「妳還在說那種話啊。」

「說笑的。你用了什麼方法？你並沒有跳舞吧？」

「很正常地安慰她罷了。好了，我們也走吧。」

——太不會掩飾了。

這還是我有生以來第一次吃到這麼難吃的牛舌。

飯桌上，姊姊和純一次也沒有四目相交。

這是怎樣？

這不是等同於自首有發生什麼事嗎？姊姊不是為了我和純分手了？既然這樣，妳再做得更完美一點如何？根本完全沒有做好，這樣完全不及格。

筷子撞擊餐盤的聲音。咀嚼聲。杯子放到餐桌上的聲響……各種聲音迴盪在我的腦中。唯有人對話的聲音，自我的腦海消弭而去。我無法認知那是包含意思在內的聲音。

噯，是我還不夠努力嗎？和姊姊相比，我就那麼沒有魅力嗎？

因為這個氣氛就是這個意思吧？發生了什麼那方面的事情吧？

什麼嘛……什麼嘛。我又要被拋下了嗎？又想排擠我？姊姊不是對那種事抱有罪惡感嗎？

還是我會錯意了？也太奇怪了吧？

我不懂。我完全不懂。啊啊，真是的！這兩個人是怎樣！

振作點，神宮寺那織。

若我不振作點，就無法倖存下去。

若我無法成為溫柔之人，就沒有存活的資格。

對吧？這麼做沒有錯吧，馬羅？

第三章

TITLE

我很慶幸拒絕了你！

KOI WA FUTAGO DE WARIKIRENAI

（白崎純）

走出剪票口，我徒步走向學校。

琉實有社團晨練，因此比我們還要早出門。只要不是段考前禁止晨練的那幾個星期，通常都會是我和那織兩人一起上學。這是從國中時期便持續下來的日常。或許有人對於我和兩個女生一起上學這件事有微詞，不過我們家住在隔壁，又走同樣的路線上學，時間和行程無論如何都會重疊。就像今天也是，一如往常。

不過，那織越是天真地向我搭話，越是對我露出笑容，我便會不禁想起自己昨天輕率的行動，並對此不斷感到罪惡。

「你今天好像沒什麼精神耶，怎麼了嗎？」

「是嗎？沒那回事。」

我裝出若無其事的聲音，避免被那織發現。

「是哦～這麼說起來，昨天吃完晚餐之後你和爸爸聊了很久，是在聊什麼？」

「我們基本上是在聊大眾文學的歷史，其中特別有趣的是偵探小說和推理小說的界線是從哪裡開始界定，也討論了黑岩淚香的翻案小說（註：以現有著作為原型進行改寫的小說。在版權上必須取得改作權，日本也稱翻案權）以及翻譯小說，還說了福爾摩斯的翻案代表是水田南陽之類的事。雖然我幾乎只是默默在聽。」

「純真的很會配合人呢，換作是我大概會逃跑。」

「這些話題很引人入勝，我聽得也很開心。聽到大正時期在日本開拓偵探小說的除了佐藤春夫之外，還有芥川龍之介和谷崎潤一郎，不是會讓人產生一定要去好好讀遍他們作品的想法嗎？」

「和你聊天的對象可是個醉鬼，他說的話你聽一半就好了。不過你感覺就很喜歡這種話題，你就是讀了《戰鬥美少女的精神分析》後，會到處去讀拉岡著作那種類型的人。」

「還有那種書啊？」

「是一位叫齋藤環的人寫的書，已經有段時間了。你去跟爸爸說他應該會借你吧，反正我總是自己拿他的書來讀。同一位作者還有一本叫《角色精神分析》的書喔。」

「我下次務必去借。」

「你很喜歡分析呢，你會像這樣分析自己的心嗎？」

「如果有辦法分析的話，不知道有多輕鬆……」

「是嗎?真是辛苦。」

「嗯,就是說啊,我完全沒有頭緒,不知道今後該怎麼辦才好,該怎麼做才是最好——」

……該不會我現在這些話完全是失言了?

感覺好像是這樣耶。慘了,我肯定說了多餘的話。用這種方式說話,就等於像是在宣揚「我很煩惱!」一樣。畢竟那織非常敏銳,像是我心裡還掛念著琉實,還有我之所以會和那織交往的契機等等,感覺她似乎都知道……應該是我想太多了吧?

就算是那織,應該也沒有察覺這麼多事情吧?這樣實在太多慮了。

既然這樣,她或許會以為我有其他煩惱。我想這麼相信。

我這麼想著,並看向走在身旁的那織。只見她緊緊抿著唇,唇角下垂。

——看起來和生氣的琉實真像。

該不會什麼事露出馬腳了吧?比如說昨天的事情之類的?不,昨天的事應該沒有被發現才對。假如真是如此……該死!我實在有太多愧疚之處,完全不知道那織發現了哪一個。不過她真的有發現什麼嗎?會不會是我想太多了?

這種時候若是琉實的話……等等、等等,冷靜一點。琉實是琉實。

就算她們是姊妹,而且還是雙胞胎,把這一點搞混在一起也實在太……話雖如此,也沒有其他樣本可以參考。我認為隨便用話語搪塞過去可不好……大概。就經驗上來看。

現在只能裝出「我不是在煩惱和那織有關的事情喔」的感覺了。

那麼……煩惱的理由又是什麼？我該設定自己在煩惱些什麼才好？

現在仔細想想，這個方法簡直差勁透頂。我根本有誤解。

我輕輕地執起了那織的手。也就是和她牽起手。就連和琉實交往的時候，我都沒有在上學路上牽過她的手。正因為如此，我才會不禁認為這麼做可以了事。

「你這樣對姊姊都能矇混過關嗎？」

她嘶啞的聲音刺進我的心。

她甩開了我的手。

「你剛剛說的是指我？還是姊姊？又或是全部？你在煩惱什麼？」

完蛋了。那織肯定感覺到了什麼。這個問題（進攻）讓我無路可逃。

我很清楚，當人被用這種方式詢問時，在永無止境的質問以及責備盡頭，最後會不小心說出根本沒有必要提及的話。這是經典模式

（A）煩惱那織：煩惱什麼？你是在煩惱我的什麼？

（B）煩惱琉實：姊姊怎麼了？發生什麼需要你煩惱的事嗎？

（C）煩惱全部：全部是什麼意思？說明清楚，你講得太抽象我聽不懂。

完蛋了。完全死定了。這是沒有正確解答的問題（checkmate）。

而且這種問題若是沒能立即反應，在那個當下就已經完蛋了。這種閉嘴沉思的時間拖得越久，對我越是不利。

這就是最後會聽到對方說「你為什麼不說話？你什麼都不說，我就不會懂啊！」的那種套路。

問我為什麼會這麼了解？

當然是因為這個模式，很常出現在我和琉實吵架的對話中啊！

「算了，你別在意。我也有點太壞心眼了。」

咦？她願意就此打住？真假？我還是第一次遇到這個模式。

「我才是，抱歉說了奇怪的話。」

聽到那織這麼說，我便乖乖針對自己的失言道了歉。

接下來我始終沉默，一直到在走廊分頭時，我都保持靜默。

雖然那織願意不追究讓我撿回一條命，不過她的退讓沒有絲毫的服從意味，僅僅只是迫於無奈才會給我一條生路。我想這大概也代表那織有些在意的地方吧。

這讓我感到在各方面保持緘默開始漸漸難受了起來。

甚至讓我想老實地將所有事一五一十地傾訴給她。

（神宮寺那織）

放學後，我想說去純那裡露個臉。

今早我有點失去理智了。午休時間也覺得心裡悶悶的，因此沒有靠近純的班級。我認為自己的優點就在於觀察力入微、充滿包容心，還有對那兩個人十分寬容，不過畢竟昨天才剛發生過那種事，現在列舉的優點看起來無論如何都會感覺有些諷刺。我本來很擅長控制這種感情的，真是拜某位笨蛋姊姊所賜。

是我不對，竟然會產生「姊姊已經放手了」的認知。

這樣會產生破綻，也會變成容忍。

他們兩個都還很稚嫩，我必須要成熟應對。怎麼能輸呢？

呼……深吸一口氣。好！上吧。

我從走廊偷瞄了瞄純的班級，接著走了進去並環顧四周。空無一人。

……他竟然不在！把我這堅強行動的勇氣還來！

書包還在。也就是說人在校內。唉，就這麼剛好撲空。不過話說回來，也不該沒有任何人在吧？至少也會有個留在教室裡與高采烈聊著無謂話題的學生——

「要找白崎的話，他不在喔。」

——咿！

別從我背後搭話！你個蠢蛋！

害我身體抖了一下。好丟臉。

「……少……少嚇人了！小心我往森脇家扔真空彈喔！」

我狠狠瞪向教授的臉。竟然一臉淡定。

「妳剛剛身體跳了一下簡直像貓一樣，很可愛喔。還有雖然我沒說過，不過我家有地下室。真是遺憾啊。」

「你說什麼我像小貓一樣惹人憐愛到受不了，還害你忍不住嘴角失守！雖然我知道我很可愛，但就算你這樣拍我馬屁也不行！看我用地堡炸彈把你整個地下室炸個粉碎！」

「呃……我完全沒有說到那種地步。」

「咦？是這樣嗎？看來似乎是我的聽覺混入了雜音，是地磁場產生混亂？地球靈線？得使用鐵氧體磁芯來處理雜音才行——」

——好痛！

「什麼啦！幹嘛啊？也沒必要打我頭吧！我告你喔！竟然打女生的頭，窮凶惡極也該有個限度！小心我出去散播些有的沒的！我去到處說我看到你走進女生廁所！」

「我又沒有打得那麼用力。還有妳那種謠言就算對象是我，受到的傷害也無可斗量，麻煩妳還是別這麼做吧。總之妳先坐下來。喏，妳坐那裡吧，雖然不是我的位子。」

教授一邊這麼說，一邊坐到自己的座子上。

哼！拿你沒轍，就聽你的吧。你這個臭暴力男。

我聽從教授的催促，走向他前方的位子坐了下來，雙手抱著椅背。

「妳最近沉迷於戰爭類作品嗎？」

「沒呀，我讀湯姆．克蘭西都是春假的時候了。我最近主要在閱讀看上眼的現代小說。那麼純去哪裡了？神隱？八幡不知藪？（註：位於千葉縣市川市八幡的森林，傳說只要踏入森林中便再也回不來）」

「回過神來他人就不見了，不過他的書包還在，我想說他應該會回來才去買飲料的。」

「哼～～是喔……我的份呢？」

「才沒有呢，我又沒料到妳會來。」

「真是個不貼心的男人。」

用冷硬派風格回應他後，我從外套口袋中拿出社長給我的特保茶，將吸管戳進去開始飲用內容物。虧我現在想喝點冰涼又甜膩的飲料。

「什麼嘛，妳這不是有飲料嗎？」

「常溫又不順喉的茶飲確實有。」

「妳還是老樣子總會多說一句不必要的話，真是不可愛的傢伙。」

你明明沒這麼想。

「話說回來……」

教授的音色變得低沉，看起來很艱難地閉上嘴並斂下了眼。

「怎麼？」我莫可奈何地填補上沉默的空白。看看這貼心舉動，我可真是溫柔啊。

「我昨天聽白崎說了那個……你們兩人之間的事。太好了呢。」

我就知道是這件事。

「……嗯，不過那與其說是報告，更像是在商量煩惱吧？」

教授直到剛剛還展露著飄忽脆弱的雙眼，其瞳孔有了變化。我沒有漏看那個瞬間。

我比你們兩人還要擅長撲克臉，要是你們小瞧我的觀察力，我可是會傷腦筋的。

「他只是很正常地來向我報告而已。」

「沒關係，反正我早猜想到了。商量內容大概就是姊姊怎麼樣那類的吧？」

「……神宮寺，妳……」

「別這樣，別用那種眼神看我。那些傻瓜大概都想些什麼我大多都知道，打從一開始就知道了。我可是從小就和那兩個人待在一起。」

所以教授，別用那種眼神看我。我不要緊的，因為打從一開始我就知道了。

唯有被同情讓我忍無可忍，絕不接受。

「妳真的人很好呢，果然很厲害，真的是好女人。」

「對不起喔，我沒有接受你的告白。」

「我應該要更認真點告白才對，那就是我人生最大的失敗。我越來越覺得自己放走的魚真的是條不可錯失的大魚。」

「還真敢說呢，憑你的能力根本就抓不住，而且——你當時根本就超級認真。」

就算我們現今的交情深厚，我也從來沒見過教授露出當初那麼認真的表情過。那千真萬確是認真的告白，因此我也認真地拒絕了他。

「被發現了？」

「你以為我不會發現？而且教授就是在那之後才開始會見一個告白一個的嘛。難道這個推測是我太自戀？有點自我意識太過剩？」

教授搔了搔頭，「唉唉唉唉唉——————」地大大嘆了一口氣。

「……輸得澈底。妳說的沒錯，一切都被妳看穿了。」

「畢竟我也是女生，理所當然也會聽到些傳聞。已經可以說是每次了，每當我好奇哪位女性是教授的告白對象，想去拜見一下其尊容時，看到的都是和我差了十萬八千里的女生。比如運動社團的女生或是辣妹，讓我覺得你是不是刻意避開我這種類型。」

「若是同類型的女生一定會拿來做比較吧？這樣對告白對象來說也很失禮，就算是我也有這一點倫理觀。」

「這個年級可不存在比我還要可愛的聰明女生呢。」

「真是的……無可反駁這一點讓我打從心底感到不甘心。」

教授口中一邊唸著「該死」，終於拉開瓶身布滿水珠的易開罐，仰天大口大口地灌下飲料。簡直像是在喝啤酒的大叔一樣。

「噗哈……我也修煉不足啊，怎能這麼輕易就被妳看穿。我得更卑劣地生存下去才行！我要變成讓妳感到退縮的狡猾之人。」

喂，你努力的方向很奇怪喔？腦殼裡有裝腦漿嗎？

不過從你還會說「對告白對象失禮」這種話來看，憑你這德性做不出那種事的，不可能。

「不可能的，教授做不到。」

「不，我辦得到。我要當一個遇到妳迎頭就揉上妳胸部的豪爽男子。」

「好的，勒令退學！」

「……猜乳頭遊戲呢？」

「不准把視線移到耳朵以下，別開始估算大小。」

「只碰頭髮的話……怎麼樣？」

「你太輕看女生的頭髮了，因此我要求法官判處死刑。」

「該死！我到底要怎麼做才能狡猾地存活！那麼我不打招呼，改成詢問內褲的顏色如何？」

「你不知道『性騷擾』這個詞嗎？都到這個時代了竟然還能如此恬不知恥。反正你肯定覺得用這種打鬧著玩的語氣真的問得出來吧？你的目的實在太明顯了。」

「妳好恐怖！太可怕了！這是什麼預知能力！」

「是教授的思考方式太單調了，順帶一提我今天穿條紋。」

這是騙人的，我才沒有什麼條紋內褲。

「別這麼隨意說出口！一點也沒有值得感激的感覺！話說回來妳穿條紋內褲？真的假的？」

「男生果然都喜歡條紋內褲啊，哦～」

「那個……雖然實在難以啟齒，不過能讓我稍微看一下嗎？」

「笨蛋，怎麼可能讓你看。也太奇怪了吧？啊，抱歉，你本來就已經很奇怪了，搜哩搜哩。應該說竟然想要居於我之上，你有這個念頭就很愚蠢。」

「妳這個惡魔！」

「什麼？罵我惡魔是怎樣？我是天使才對吧？來，現在馬上立刻給我更正！」

「吵死了，妳這個墮天使！」教授再次猛灌果汁，這次的滯空時間很長。

他粗暴地把鋁罐壓上桌面，發出了空蕩的聲響。他喝完了啊？果真是男生。

「欸，神宮寺。」

教授的眼中透露著光。難道說鋁罐裡裝的是萬靈藥？他完全恢復了？

「……什麼事？你的眼神有點可怕耶，感覺目露凶光。」

「我說這些話只是基於猜測……」

「……嗯，什麼？怎麼突然這麼正經？」

「妳小時候和白崎怎麼樣？」

「嗯？什麼怎麼樣？」

「就是你們感情好不好之類的——小時候不是都會有八卦嗎？」

這是什麼愚笨又抽象的問題？完全不明白他的意圖。不過硬要說的話——

「很普通啊，我們會聊書的話題，也會聊電影。不過硬要說的話，純和姊姊感情比較好吧，畢竟他們很常走在一起。」

我就是因為看不順眼這一點，才會上了國中之後又更常去找純。現在仔細想想，或許他當時覺得我有點煩……唔——這應該是我想太多了吧？應該說若這不是我多慮的話，我可會受不了。不過畢竟他最後還是被姊姊搶走了，所以我也不敢肯定不是我多心。

「這樣啊，是這麼一回事啊，我終於理解了。」

教授讓身體靠向椅背，大大地伸了個懶腰。他滿意的臉令我火大。

「什麼東西？你在說什麼？看到你這樣自己在那邊自以為了解，讓我覺得很討人厭。」

「欸，神宮寺……妳知道白崎的初戀是誰嗎？」

「嗯？不是姊姊嗎？」

「笨蛋，是妳啦。」

——那怎麼可能。

不可能，那是不可能的。是騙人的，肯定是騙人的。

教授是因為想要贏過我才會這麼說。

要不是這樣的話，實在太過分了。

「就算是我也不喜歡這種惡質的玩笑。」

「誰會拿這種事來開玩笑？是白崎一邊害羞著一邊說的。」

「……真的？真的是純說的？」

「是啊，我才不會撒謊。」

風停止吹動，樹木的葉片不再搖動。澈水腐爛、大氣凝結，雲包覆了天空，地球停止了轉動。自轉停下後，漸漸地也不再公轉，速度會慢慢趨緩，雖然慣性還在運作，不過很快就要停了。再也不需要用到克卜勒，儘管牛頓再怎麼凝望，蘋果也不會掉落，也沒辦法用重力彈弓效應加速。我被拋到了太空，毫無重力。

我的世界靜止，功能也全數停止。

……這正是所謂的ＤＡＴＵＲＡ。

「喂，沒事吧？」

「……不行，我不行了。」

「滿臉通紅。」

「囉唆，你別看我，走開啦！」

「妳也會露出那種表情啊，我覺得很可愛很不錯喔。」

「去死。我受夠了，你別看我，快點離開。」

我趴在桌上，臉熱到自己都有感覺。我才不覺得高興。才不是，我是感到不甘心，才沒有喜悅。我可是對至今為止發生的一切感到不甘心。就說不是了……啊啊，真是的！我不就說不是了嗎？我才沒有開心，我才沒有歡喜，可別誤會了，這可是悲劇。明明就是如此，為什麼妳還……討厭討厭討厭討厭！這樣太不符我的風格了！不是不是不是！

我才有沒開心呢！我現在可是在哀嘆過去！我覺得很懊悔！

我才沒有……覺得……開心……一點也……不……高興……！

我很不甘心！

「呃……神宮寺，妳……在哭嗎？」

「……我才沒有……哭呢！你可別……看錯！你……快走開啦……」

教授搖了搖我的肩。別碰我，你別碰我！

只是我在感情迴路（感情晶片）中找到了ＢＵＧ而已。不過是有點短路罷了。

「來，頭抬起來擦擦淚吧，要不然別人會怪我惹哭妳。」

「給他們怪！讓你充滿負面評價吧……不過謝謝你。」

我的臉仍然埋在桌上，接過教授遞過來的衛生紙隨身包，我擦了擦眼淚。埋在桌上果然還是不好擦，我一邊小心翼翼地背過臉不讓教授看到，並擦了淚水。

還好我用的是防水睫毛膏。

我絕對饒不了你。我會記恨的，我可是執念很深的人。

「還好嗎？冷靜下來了？」

「別以我剛才很慌亂為前提這麼問我。」

「妳的眼睛很紅喔。」

「惠惠、拉姆和輝夜大小姐不也都很紅嗎！大家眼睛都充血！所以我當然也會充血啊！你這個笨蛋！我很慶幸拒絕了你！」

「……妳啊！把我給妳的衛生紙還來！」

「我看你想要啾啾啾地偷吸我的眼淚吧！你這個變態！體液癖！」

「可惡……我還真沒想到這個點子……真不甘心，我好恨自己沒想到這一點。」

「區區小嘍囉，你自己去把池水喝光吧！去一趟冰川神社，要是你可以獨自一人把水喝光，我就把這坨衛生紙給你。雖然到時候大概都乾光光了。」

「一打起精神就這樣……真不可愛。不愧是大腸事件的主謀者，不可理喻。跑去家政教室煎大腸而被老師叫去的女人果然不同凡響。」

「嘿嘿，你前面不是說我可愛嗎？完全沒有說服力。還有，大腸已經是以前的事了吧？你別讓我想起來啊。真是的，詛咒你每次吞大腸的時候會煩惱一輩子！你永遠停留在咀嚼階段吧！看我下個詛咒，讓你每次放進嘴裡的口香糖都是大腸口味。吃我一記極限荷爾蒙！（註：日文「賀爾蒙」和「大腸」同音）」

「喂，妳這個詛咒也太討人厭了！而且那是樂團名稱吧！別擅自搞得像是絕招名一樣！也別對著我比出邪眼手勢（Maloik sign），妳會害我不知道要如何反應！」

「真虧你說得出邪眼手勢呢，我就肯定你一下。順帶一提，這個手勢也有義大利語的角（Corna）之意喔，你知道嗎？」

我看著自己伸直食指和小指的動作。這與其說是角，不如說像是狐狸的手影姿勢。這麼一想就覺得有點可愛。

「誰理妳啊？妳真的很不受拘束呢。」

「什麼意思？你是在貶低我嗎？那種（客訴）話麻煩透過經紀公司的正當管道，不然我會很傷腦筋。」

「什麼經紀公司？應該說，單看妳的外貌真的無法想像，妳是這麼不服輸的女生。」

「這就是我們姊妹唯一共通的性格……對了對了，教授。」

「什麼？」

「你知道我最討厭的結局是什麼嗎？」

「這麼突然……我不知道。」

「天外救星。」

「就是神降臨之後一切都圓滿的那種結局啊，確實給人一種全看作者怎麼掰的感覺。」

「我無法容忍那種事。如果不是靠我自己解決，我會感到不服氣。所以我要親手去散播DATURA。我不容許什麼神或絕對的存在，要由我用DATURA毀滅世界。」

教授，謝謝你。我下定決心了。

這麼一來我就能向前邁進了，能夠自信地邁開步伐。其實我還有點害怕，這是因為曖昧的狀態實在太舒適了。不過太好了，這麼一來就不要緊，我能順利向前進。

若神居於天國，這世間便平安依舊。

我不允許有其他人介入其中，更不用說降臨或顯靈。祢別莫名憑空現身。

「神宮寺，妳到底在想些什麼？」

「意思就是說，可以命令我的人就只有我而已。」

（神宮寺琉實）

放學後，純和我來到樓梯最頂層，樓梯間的角落放置著幾張陳舊的書桌，上面覆了一層薄薄的灰塵，不過有一部分完全沒有髒汙。大概是有人曾坐過這裡吧。

「抱歉突然把你叫來。」

「這樣正好，我也有話想跟妳說。不過沒想到這個地方的構造竟然連高中部都一樣。嗯……畢竟樓梯的設計本來就不會有多少差別。」

通往屋頂的這條路是專屬於我們的場所，不會有人前來。雖然和去年已是不同的建築物，不過這是個令人非常懷念而悲傷的地點……老實說，國中部時期我們也有接過吻。當然只是點到為止，一點點而已。躲在學校裡做那種事情不覺得很令人小鹿亂撞嗎？嗯，我們當時的動機就是那麼隨意。

當然，我也聽過有人會在這種地方做這個、做那個的傳聞。雖然聽過歸聽過，但我們並沒有做到那種程度……我……我當然也從來沒有過想要做的念頭，不過多少的想像也……絕對沒有。不過是親吻應該還算過關吧？很純情吧？畢竟我們又不想炫耀給誰看。

這就算了，總之當時每一天都閃閃發亮的，真的很快樂。上課時間偷偷用手機傳訊息也是，光是想到我們在交往就令人感到雀躍。

不經意對上視線的瞬間、在書桌下交纏的手指、擦肩而過時刻意稍稍觸碰彼此、特意不用手機而是在桌上偷藏便條、假裝湊巧擔任同樣的班級職位……然後就是躲在校內偷偷接吻——像這些微不足道的小事，真的讓人感到幸福。

會瞞著大家偷偷交往，理由當然是因為怕分手時會有很多麻煩事，不過對我來說，這段交往體驗並不壞。隱匿在無趣日常中的小驚險，讓我們變得更加熱衷於此。被熱情沖昏頭的我們，時常掩人耳目度過濃密的時光。

剛升上高中部的時候，我突然感到在意，便走到了樓梯的最上層。話雖如此，一年級教室本來就已經在頂樓，所以也只是往上再爬一層罷了。原來高中部也是同樣的構造啊。我感到懷念地這麼想，一面覺得自己太不乾脆，卻也以找麗良商量煩惱為由，製造出來這裡的藉口。

這樣啊。原來純平常都不會來，感到懷念的人只有我而已。我想也是。

和純分手的時候，我以為只是退回單戀時期罷了。反正只是恢復原狀，不要緊的。我這麼說服自己。但是一旦分開之後，卻發現完全不是這麼一回事。曾體驗過的情感和慾望失去了容身之處不斷折磨著我，感到的僅僅只有痛苦。

我再也不能觸碰純了。明明就只是如此而已。

我都不知道原來光是不能做到這一點小事，竟然會這麼難受。

雖然不知道是什麼緣分讓我又和他同班，不過我們的視線幾乎沒有相交過。縱使偶爾對上了眼，望見他的眼中理所當然沒有了過去的熱度，我便會不禁撇開視線。

我已經決定要為了那織——為了純而抽身，所以這個狀態明明是對的，然而曾體驗過的那段日子實在太惹人疼惜，於是那段時光在回憶中漸漸被妝點得璀璨輝煌，而這又讓我感到寂寞且無可救藥地悲傷。一切絕對不單單只有快樂的回憶。

但是，卻唯有快樂的回憶沒有從網眼滑落，一直吊掛在半空。

「為了昨天的事嗎？」

「……差不多。」

純露出愧疚的表情，沒有看向我的眼睛這麼說著。他本來想把手靠到扶手上，不過大概是因為發現上頭充滿了灰塵，他便收回了手。他開始會注意那種事了啊。換作之前，都是我負責幫他把袖子上沾到的灰塵拍去。原來仍舊佇立在原地的人只有我。

「我……大概也要講一樣的事。坐下來吧。」

語畢，我坐到了階梯上。要是整個屁股坐上去恐怕會弄髒裙子，所以我選擇坐在前端一點點的部分。考慮到如果有人走上來可能會走光，於是我用大腿夾住了裙襬。雖然裡面有穿黑色安全褲，不過走光已經不是安全褲的問題了。

「昨天、那個……抱歉，是我太輕率了。」坐到我隔壁的純率先道了歉。

「嗯，我好像也有點被氣氛帶著走……沒什麼資格責備你。我們以後不要再兩人獨處了吧，這樣一定很不好，對那織來說也不好意思。」

「關於這件事——」

一邊眺望著樓梯間的窗戶，一邊呼出幾次小小的吐息後，純開口：「我果然還是忘不了琉實。」

快住口。絕對不是妳想的那樣，那怎麼可能啊。

「你……你是笨蛋吧？你在說什麼？只是因為我是你的第一任女友，所以你才會一時情迷意亂罷了。而且你不是一直都喜歡那織嗎？從小學時期就是了，然後那織也跟你一樣。你們明明好不容易有了彼此期望的關係，你現在還說什麼瘋話？」

「……果然如此。那就是分手的理由吧？反正妳肯定一開始就在心裡決定好，交往了一年就要和我分手吧？就算我再怎麼遲鈍，也會發現這一點的。」

「抱歉……那時候沒有明白告訴你。」

雖然並不是一開始就打算在一年後就分手，但是我沒有訂正他說的話。反正結果是一樣的。

「真是的。分手不久我也還很混亂，因此也沒搞明白，不過那之後我有很多思考的時間，接著在前陣子的黃金週假期便讓我確定了。話說回來，妳那所謂想要完成姊姊職責的想法，也應該要有個限度吧？靠這種做法，那織真的會開心嗎？」

「我知道！雖然我很清楚，可是我想不到其他方法了。而且也不止那織，純的初戀不也終於開花結果了──」

「才不是那樣！」

這是我第一次聽到的音色。他的聲音中不存在平時盛滿了從容而溫柔的音調。就連吵架的時候也是，雖然他的語氣當然會變得稍微強硬，不過卻沒有發出過如此刺耳、冰冷又可怕的聲音。

「我確實是喜歡過那織，就連什麼時候開始喜歡她我自己都不知道，那確實是該稱為初戀的情感沒有錯，但是初戀就是初戀。我──自從和琉實交往之後，就一直喜歡著琉實。」

……什麼意思？根本莫名其妙。

還在交往的時候，你根本就沒有跟我說過這些話啊。

你一次也沒有這麼說過。

我明明希望你稱讚我可愛或是漂亮，但是你卻從沒這麼說過；我希望你能說喜歡我、希望你能多在意我一點、希望你能看著我，所以還拚了命打扮自己，你卻從沒稱讚過我。

我明明做了那麼多努力，你卻根本什麼話都沒說過。

結果現在卻——為什麼？為什麼事到如今還要說這種話？

就是因為純都沒說過這種話，我才會覺得我果然無法滿足你——

憑我沒有辦法覆寫純的初戀，我才會覺得對象非那織不可——

搶先那織一步——我趁著唯一一個妹妹還在猶豫的時候橫刀奪愛。經歷了如此難關，儘管如此我還是想努力讓純回心轉意，但是你還是不願意看向我，不為我消弭我的罪惡感，所以……所以我才會和你分手啊！

「既然這樣，你為什麼都不說喜歡我呢？我一次都沒有聽過你說喜歡我！你根本就沒有說過！就算我說我喜歡你，你也只會『嗯』地一聲點點頭，根本沒有回應過我你也喜歡我啊！」

我幾近尖叫著大吼。我實在沒有辦法靜默不語。

在樓梯間的學生或許都有聽到吧，不過我實在沒有餘力去思考那些事。

視線漸漸模糊。我沒有想要以哭要脅，我根本沒有想要哭出來的，要是現在哭就輸了。明明這麼想——純的面容卻在眼中扭曲。情急之下我低下了頭，眨了眨眼撣去眼中的模糊。淚水滴落裙子，那小小的黑色水漬漸漸擴散開來。

然而變得清晰的視線，卻又因為鼻腔深處宛如岩漿般沸騰翻滾的熾熱而再次模糊起來。縱使我緊緊咬牙，努力憋緊咽喉，無法遏止的淚水和嗚咽仍舊滿溢而出。

「……所以……所以……我……停了吧，別再說了……事到如今還想怎樣……」

這樣子也太不講理了。好過分……太過分了。

純摟過我的肩。

別這樣！快放手！我明明想這麼喝斥，卻說不出話來，只能像個孩子耍賴般搖著肩膀。扭傷的左手腕不禁一陣抽痛。

「抱歉，真的很對不起。我完全沒有想到琉實原來有這種想法。是我錯估了，我誤以為就算我不說出口，妳一定也有接收到我的心意。」

耳邊響起純的聲音。和剛剛不同，那柔軟聲音深處帶著寵溺。

這是我在交往時期曾聽過的聲音。雖然這個聲音從來沒有傾訴過我期望的愛語，不過卻是編織出「我很慶幸琉實是我女友」這句話的聲音。

我感到很開心，唯有那個時候他吹跑了我的不安——但並不是完全抹去了我的不安。然而我仍把那句話當作是心靈支柱。

所以，拜託你不要發出那種聲音，不要把我拖回那段時光中……明明都已經回不去了。

「嗯嗚……那種事情……我怎麼可能接收得到……嘛……笨蛋！你到底是……嗚……有多笨啊？好好說出來啊……害我自己……煩惱那麼多……簡直愚蠢透頂……」

我的話語幾乎泣不成聲。

太慘了。真的太慘了。

純是笨蛋、傻瓜！開什麼玩笑？我絕對不原諒你，一輩子都不會忘記這件事！

「……那個……要我說出喜歡……我覺得很難為情……」

我很好奇他是用什麼表情說這句話，便抬起布滿淚痕的臉。

只見他宛如小狗般露出垂頭喪氣的表情，眼神和昨天完全不同，蕩漾著水波。

就因為這種傢伙……就因為這種傢伙……我——到底有多難過啊！

我的憤怒漸漸湧了上來。

很難為情？什麼鬼話！

「什麼跟什麼……你……蠢斃了。到底有多幼稚啊……」

「真的很抱歉，不過我也想了很多。」

「你只是想想而已吧！牽手也是……還有接吻……全部不都是我做的嗎！」

我和純第一次和牽手，發生在前往情侶聖地池袋約會結束的回程路上。因為他一直沒有來握我的手，這讓我感到心癢難耐。我下定決心一定要牽他的手，當天還鼓起幹勁精心打扮。

也不是說平時的約會我沒有留意服裝和飾品，雖然感覺那織看了會說「看不出來哪裡有打扮」，不過當時我自認自己有盡力留意衣著了。

也因為是國中生，雖說是打扮依舊有極限，不過我在出家門前有去洗臉台調整過好幾次瀏海的分法，還塗上了潤色唇膏，往衣服上噴灑不會過強的香水，並站到玄關的全身鏡前不斷告訴自己「今天的我很完美！」；卻又忍不住擔心：「要是我太過一頭熱，反而讓他感到退縮怎麼辦？要是他覺得我也毫不從容怎麼辦？」

指甲油的顏色應該選更淺一點的比較好嗎？我甚至還煩惱過這種小事。

遇到約會，我總是會這樣。

因為我平時完全是以運動社團的態度在過生活，因此要打扮成淑女的模樣，不管怎麼樣都會感到害羞及難為情。「就說不可以這樣了！」我這麼想，於是下定決心那天要盡全力把自己打扮得可愛。因為想要讓純確實認同我是女孩子，想要讓他注意到我，這麼一來或許他就會願意和我牽手。

我只有運動鞋，為此我還去買了淑女鞋，甚至還痛下決心想穿件迷你裙。畢竟我平時總是穿褲裝，就算有穿裙子，也都是些長裙或是及膝裙。

不知道從什麼時候開始，我莫名對穿膝上裙感到抗拒。該說是不符我的人設嗎？感覺穿短裙有種讓人難為情，有點像是在裝可愛似的……雖然難以形容，不過總之就是那種感覺。

所以說，雖然可能會被笑，不過穿短裙這件事情對我來說是很需要勇氣的事情。我決定不要再像之前那樣客氣……應該說，不要再說什麼不符合人設之類的話了。我當時決定要鼓起勇氣，想要盡自己努力做出改變。

雖然我帶著這股決心去了店裡，不過可愛的服裝都很昂貴，我現有的資金根本不夠用，最後只得失落地回家……這件事情我仍記憶猶新。

最後，我向那織借了裙子。

我當然本來就知道那織有可愛的迷你裙。不過既然要穿，我想要買比她更可愛的裙子，然而既然買不到那也沒辦法。

我乾脆地放棄了買不起的東西，並思考要不要乾脆向那織借迷你裙，不過我是為了和純出門才來向她借裙子，這種話實在難以啟齒，因此我好幾次來到她的房門前，而後又回到自己的房間——就在重複這個動作之間，我終於下定了決心去跟那織說希望她能夠借我裙子，她竟然一如往常地「可以啊，不過很輕易就看得出來和平常不一樣喔？啊，還是說要讓他發現比較好？若為了表現自我優點而穿太成熟的服裝，他反而會退縮……不過我也沒有那種服裝啦」這麼說，不禁讓我有種落空感。

這讓我不禁心想：早知道一開始就該跟那織借才對。

結果，我經過了如此重重努力好不容易才穿上了迷你裙，純卻什麼話都沒有說。就連髮夾也是，我特地選了生日時那織送我的可愛髮夾，他卻什麼都沒表示。

也因為當下的氣氛平淡，因此就算到了池袋進入水族館，他也沒有牽起我的手。他甚至都沒有展現出類似動作。為了讓他牽起我的手，我甚至還抓過他的袖子，貼著他走得很近，純卻始終無視這一切。

最後他甚至還開始說起什麼——巢鴨監獄的舊址就是太陽城之類的話。

結果一直到回程時走到最近的車站為止，都沒有發生什麼事。令人悲傷到什麼都沒有。

都怪那織說什麼會走光，我才想說以防萬一買一件新的內褲，如果真的走光了也比較不丟臉。不過別說是走光了，純有沒有意識到我裙子的長度這一點都令人懷疑。

我實在忍無可忍，最後主動牽起了純的手。

我不希望自己明明做了這麼多努力，最後卻一無所獲地回家。

這樣簡直像是輸了一樣。簡直像是努力被否定了一般——

「嗯？是我說要牽手的吧？」

「什麼？契機還不是我主動牽了你的手？那之後你才一邊害羞地說『要牽手嗎？』才對吧！」

「但是說的人還是我吧？」

「明明要是我沒碰你的手，你就什麼都不會做。接吻也是，要是我沒有製造出一個契機，你肯定不會做。」

「因為……一想到要是妳不喜歡……我就很害怕啊。我不想讓妳覺得我不從容……我也有很多煩惱啦。」

啊啊，真是的！到底是怎樣！為什麼要為了這點小事煩惱啊！

悲傷、空虛、不甘心和開心的情緒全都攪和在腦子裡，好像快瘋了一樣！

我就是想要你不從容啊！為什麼你連這點小事都不懂？

就是因為你都不展現出那種模樣，我才會一直感到很擔心。

純是笨蛋、遲鈍男、優柔寡斷的混帳！

「既然這樣，你問我不就好了？」

「問可不可以吻妳？」

「嗯。」

「那樣不覺得有點太做作嗎？應該說，當時我覺得要突如其來地接吻，妳會比較高興……因此比較偏向還在等待時機吧。」

太無言了！實在太令人讓人傻眼了！那是什麼沉痛的誤會！

真的好令人火大！

「我實在傻眼到說不出話了，甚至還漸漸悲傷了起來。一想到我竟然因為這種遲鈍腦袋花田男的言行舉止一喜一憂，就覺得過去的我實在悲憫到不行。超級無敵可憐。應該說我現在還是超級無敵可憐。」

「既然這樣我也要抱怨——」

「怎樣！」

「去橫濱的時候，看到在公園漫步的情侶很自然地接吻時，妳不是喃喃自語說自己很憧憬他們嗎？所以我才以為那種畫面是妳的理想。」

「真……真虧你記得這種小事。但是就某種程度上來說，那種舉動是只有交往中的情侶才能做的事吧？而且那時候我們根本還沒有接過吻。」

「所以我才想說第一次接吻要營造出那種感覺比較好，因此一直在窺伺時機啊！」

「第一次當然普通一點就好了。」

「誰知道啊。既然這樣，妳這麼告訴我不就得了？告訴我想要在哪種時間點的哪種情境下接吻，這種事情才更要寫紙條給我吧！」

「什麼？你到底是有多喜歡照指南來做事啊？那我就當你是個無論做什麼事，只要沒有說明書就動不了的機器人行吧？真的太幻滅了，實在太扯了。」

「妳還不是──」

「怎樣？」

「妳老是毫無計畫、橫衝直撞，約會的時候既不會先做好調查，說什麼『走這邊就好了』，結果害我們時不時就迷路。而且自己都不主動查，結果拿手機看地圖、搜尋店家情報的人總是我。妳提議想去逛哪家店是沒關係，不過一般來說，提議的人都會事先查好營業時間和詳細的地點吧？我們都幾次去到目的地之後才發現店家根本沒有開？」

「那……那是……也可以說包含這一切在內，都屬於一種回憶嘛……」

咦？那種狀況對我來說，感覺不過就只是稍微團隊合作一下而已。我以為那就只是很普通的、類似「那時很辛苦呢」這種懷念的回憶啊。你的重點在這裡？你介意的是這一點？

「妳也真敢說，到了現場妳還不是說什麼『為什麼沒有開？』之類的話，把氣氛弄得很糟。」

「才不……畢竟我們好不容易都去了，結果店家沒開嘛……」

雖然糟蹋了約會氣氛我很抱歉──應該說，當時的氣氛有那麼差嗎？咦？我完全不記得。

雖然我確實有點生氣，但我又不是認真的。

應該說我本來就覺得難得出門約會，想要兩人一起去一些可愛或時髦的、平時去不了的地點，然後又剛好在中途想起這件事，才會想說去瞧瞧。雖然也不是想給誰看，不過我想拍拍大頭貼，和他一起享受這種玩樂，結果店家竟然沒有開，所以我當時是對店家感到憤怒，更多成分也可以說是對於臨時想到就付諸行動的自己感到生氣……當……當然，我自己個人在當下也努力不去惦記這件事，回家之後也有反省。

啊啊，今天犯了小失誤呢，不過玩得真開心。就類似這樣子。

「所以我才叫妳事先調查。妳想碎唸我只會照著指南走是沒關係，但是妳不應該像這樣老是走一步算一步，至少也要學會事先做準備比較好。」

唉，夠了，真的好麻煩。他一點也不懂我。

「是是是，就是說啊，都是沒有做準備的我不好。」

「妳老是像這樣逃避。」

「什麼？你說我逃避是什麼意思？我又沒有逃避。我不是承認我不好了嗎？」

「不是，我是在說妳的講話方式，妳完全不覺得自己有錯吧。」

「既然你要講到這種程度，那只要你一開始先查好行程不就得了？就算我問你想去哪裡、想吃什麼，你都只會隨便回答我說什麼去『哪裡都好』啊、『做什麼都行』之類的。有時難得你有想去的地方，一問之下竟然是什麼ＮＡＳＡ還是什麼的演講會。我們又不是社會課校外教學，為什麼約會還非得去什麼演講會不可？」

「不是ＮＡＳＡ，是ＪＡＸＡ。」

「那種事情根本無關緊要。我想說的是，就是因為你是這種性格，所以到最後還不是什麼事情都交給我決定？結果你還真敢抱怨耶。你總是處於被動……不，與其說是被動，應該說只要沒有我你根本什麼都不會嘛。小學的時候也是這樣，老是跑過來問我那織考幾分？那織在讀什麼書？都不知道我的感受。你不會自己問喔！」

「……！那……那是因為……！」

「因為怎樣啊？」

「直接問她很讓人不甘心啊……當時我的競爭意識可火熱了。」

「競爭意識？就我來看，你看起來單純只是對那織充滿了興趣。那個時候我真的很痛恨那織。」

「那織啊……」純突然露出寂寞的表情。

別突然用那麼認真的語氣說話，會打斷我的步調。

「怎麼？」

「唉……我不知道自己今後該怎麼面對那織。要抱持這種心情繼續和她維持交往關係，我果然還是覺得很失禮。」

我們現在的狀態已經不適合談那種話題了……

唉，真拿他沒辦法耶。算了啦，我知道了。

「……噯，你是什麼時候放下那織的？」

「與其說放下她……我一直很想要獲得那織的認同而拚命用功，也很努力閱讀許多讀物，拚命想要追上她。但是那織卻完全不在意那種事情，自由而豁達……一想到只有我在心裡把她當作勁敵，獨自死命奮鬥，我不禁覺得乾脆放棄比較好。妳剛好就是在那個時候問我要不要交往，那也正好是我想放棄她的時期。開始和妳交往之後，我就漸漸不再用那種眼光看待那織了。我覺得我能和她當好興趣相同的夥伴。」

他們真的很相像呢，像到令人不甘心的程度。那織也說過一樣的話。

不過我不會告訴他這件事。我絕對不會親口告訴他這種事。

這點小事自己去發現！

「既然這樣，現在不也一樣嗎？你們在交往之間，你就會慢慢淡忘掉我了。」

雖然很讓人寂寞……雖然讓人非常不甘心也很悲傷……

不過我想，這樣大概就可以了。光是知道純的心意，我就已經滿足了。

我贏過了那織。我成功讓他忘了那織。

這一切都不是白費，我很慶幸自己有努力。

我很能幹嘛。

嗳……純。

我喜歡你喔。

從初次見面的時候開始，我就一直喜歡著你喔。

直到現在我也還是喜歡你。最喜歡你了。

但是，已經結束了。

謝謝你，我這次終於下定了決心。那織就拜託你了。

——永別了，我的初戀。

雖然發生了很多事，不過我很快樂。

我為噴湧而出的情感闔上了蓋子。這次若哭出來，真的就全盤皆輸了。

「但是那樣也未免太……」

「沒關係，這樣就好。那織就拜託你了。你的話一定會順利，你可要好好把心裡話都說出來喔。這真的就是前女友最後的請求了。」

我不會再擺出前女友的態度了，你放心吧。

這樣就不要緊了。我辦得到，我能變回一如既往的神宮寺琉實。

望向窗戶外頭，陽光自雲縫間灑了下來，形成線條狀的光——天使的梯子。

「噯，有天使的梯子。」

「妳懂的真多。」

「不是你教我的嗎？你告訴過我，那就叫天使的梯子。」

「是嗎？」

「笨蛋，所以我才說你一點要改。」

「如果我們再早一點像這樣告訴彼此實話，結果會不一樣嗎？」

「或許吧，不過已經太遲了。因為你已經是那織的男友了。」

「是啊……就算自以為理解了一切，雙方仍時常會產生誤解。雖然有些過於誇飾，不過這個世界上的大半，均以人們的『誤解』而成立。」

「什麼啊？」

「池波正太郎。」

「誰？歷史上的偉人？」

「要這麼說確實也是……他是位時代小說家。妳聽過《鬼平犯科帳》或是《劍客生涯》

嗎？至少有聽過名字吧？就是寫這些書的人。」

「雖然是聽過……感覺我回到家差不多就忘了。好了，我要去社團露個面。」

「妳要走了？」

你依依不捨的情感都表現在臉上了喔，笨蛋。就算你露出那種表情也是沒用的。

「我要走了，練習時間我得露個臉，畢竟我又不是弄傷骨頭，不能因為不是常規球員了就偷懶吧？而且說不定在大賽開始前我就痊癒了，這種希望不是零吧？因此我想去做我能做的事情。」

「琉實可真是強悍。」

純率先站了起來，向我伸出手。

哼。只要肯做就做得到嘛。

我握住了純的手。

「畢竟我可是你們的姊姊嘛。」

然後我狠狠拉了他一把。純失去了平衡，一個踉蹌。

「笨蛋，很危險耶！」

「就憑你這體格竟然還練過弓道，你也稍微鍛鍊一下體幹吧？」

「對現在是回家社的我來說，什麼體幹是無關緊要的。而且不管是誰，突然被拉一把都會失去平衡的吧？儘管如此我仍然沒有跌倒，就表示我也有普通人水準的平衡感。還有，我可不記得我變成妳弟弟了。」

「你不是小我一個月嗎？」

我有一對要人費心的妹妹和弟弟。

「才一個月吧？」

「只要有一個月，世界便大不同。」

我和純分手後大約過了一個半月，我的世界完全變了個樣。

「正因為世界——環境會像這樣改變，生物才會想保有身體的恆定性。為了維持生命活動，會將外在要因帶給身體的影響縮到最小。也就是說身體並不期望有變化，期望變化的總是意識——或者說是心靈或情感也行。人們會厭倦某樣東西或想開始新的事物，其心靈總是原因。正因為如此，人才會對不變的心意感到珍稀吧。」

「你想表達什麼？」

「事到如今或許不應該說這種話——我很快樂。和琉實交往的期間，我快樂到自己都感到訝異，這一點至今仍然沒有變。謝謝妳。」

——傻瓜。

「少耍帥了。」我輕輕朝他胸口捶了一下。

「也是。」
「我才是，謝謝你。」
「嗯。妳在社團努力固然好，不過可別逞強啊。」
「嗯。那我走了。」
明明真正想道謝的人是我，卻被他搶先一步了。

（白崎純）

目送琉實前往社團的背影，我回到教室後，便看見教授和那織似乎熱烈地在討論些什麼。
「在四下無人的教室裡聊天，小心會流言四起喔。」我一邊說著，一邊走向兩人。教授大大地張開雙臂，誇張地靠向椅背，然後肯定地說道：「我非常歡迎和神宮寺鬧緋聞喔。」
「這樣教授的豐功偉業上會留下汙點，我不要。」
看著那織壞心眼地這麼說著，我不禁感到異樣。
「妳的眼睛好像紅紅的？」
那織僅露出瞬間的破綻，隨後一臉不悅地問我：「教授剛剛惹哭我了，現在果然還紅紅的嗎？」
「有點充血。話說回來，妳說他惹哭妳是……怎麼了？」

雖然我知道教授不是會做那種事情的類型，不過或許她是真的哭過。若真是如此的話，為什麼那織會——

「我……我才沒有弄哭她——」

「剛剛啊，教授對我做了很過分的性騷擾！他說什麼擦肩而過的時候要揉我胸，還說我乳頭的位置怎麼樣、敏感度什麼的，甚至還問我內褲穿什麼顏色，而且他還說想要……想要啾啾吸取我的體液，說什麼『讓我喝喝那織汁』之類的話。很過分吧？我因為太過震驚，不小心哭了出來……」那織打斷教授的話，接著雙手摀住了臉。

「……我剛剛進來的時候看到你們很要好地在聊天，那是錯覺嗎？」

「那是錯覺。你為什麼不相信我？我因為太過害怕，甚至還備好了手機以便隨時都能報警呢。」

不管再怎麼說，那還真是……太可憐了……

「真是辛苦你了，教授。」

我溫柔地向低頭不語的教授搭話。

「……只有你了解我。」淚眼汪汪的教授懦弱地說。

「不過，大概有幾項是你真的說出口的吧？」

「……可能有說喔。」

「喂！為什麼你們兩個男生自己了結？我可是受到凌辱了耶？我是受害者喔？我的發言不受重視也太奇怪了吧！」

「妳就別演那種蹩腳的戲了……所以怎麼了？妳真的哭了？」

「哈！怎麼可能？只是睫毛倒插而已。」

「什麼啊，別嚇我。」

事實並不是這樣，這點小事我還看得出來。不過既然本人不想說，我也不喜歡探究太多，所以就先在此收場，之後再不著痕跡地問教授就行了。

「你去哪了啊？我一直在等你耶。」

「我去了一下別班。若讓你等了很久那真抱歉。」

「我也等很久！」語畢，那織股起雙頰。

總之，很慶幸看到她的心情好像好起來。畢竟早上不歡而散。

「抱歉抱歉。」

「既然人都到齊，我也終於可以說了……抱歉！原諒我吧！」

教授雙手合十，低下頭。「這週末我親戚好像要來。」

「卡美拉要延後？也見不到龜龜了？」

「真的很抱歉，神宮寺！下次一定辦！」

那織露出了悲痛至極，看起來泫然欲泣的表情看著教授。她的眼神帶著責備，於是我只好打圓場：「既然這樣也沒辦法。好了，妳也別用那種眼神看教授了。」

「虧我還想看年輕時期的大泉洋和仲田由紀惠耶～～」

「嗯？大泉洋有參演嗎？你知道？」

「我不知道。」教授搖頭。

「咦！你們兩個都不知道嗎？《卡美拉2》有拍到一瞬間喔！得用大螢幕確認才行……啊，不過這週末中止了呢，真遺憾。」

「太卑鄙了，那織。」

好想看！聽到這種話會讓人很想確認！

「……那……那麼下次也來看個平成哥吉拉系列吧！」教授安撫著那織。

「這樣就原諒你吧！我想見小哥吉拉！我去拿書包過來。還有教授，這個送你。」

說完，那織讓教授握住了某樣東西後站了起來，邊走邊往垃圾桶裡投入類似鋁箔包的東西，一臉得意地轉向我們這邊比出了耶，說了句「很好，3分！」便走出了教室。

「那個距離投進就有3分，場地到底有多小啊。對吧？」

我再次轉向教授，只見他呆愣愣地盯著手邊。

這麼說起來，他剛剛從那織手上接過了某樣東西呢。我這麼想著，便詢問他：「她給你什麼？」

教授無聲地展現出揉成一團的衛生紙給我看。

「擤過鼻涕的嗎？好髒。」

「欸……白崎。」

「嗯？」

「那傢伙真是個不得了的女人。」

我不知道教授說這句話是出於什麼心境。我感到在意並進一步詢問，教授卻只顧著打迷糊仗，完全不願回答我。

回程路上，中途和教授分頭後，我一直在思考接下來該怎麼做才好。

既然已經了解琉實的想法，也吐露了我的依戀，再繼續和那織交往下去果然還是不好。這個想法死灰復燃後襲向了我，不過看著在我身旁笑著的那織，我的心卻不禁產生陣陣動搖。要是我說出這些話，那織會露出什麼表情？或許她再也不會對我露出笑容了。

就在我心不在焉地和那織聊天的同時，電車已經抵達離家最近的車站。從車站到家基本上都是用走的。雖然也可以搭公車，不過這段距離並沒有遠到不便走路，再加上從公車站牌到家裡也有段距離，坐公車也不會讓人覺得划算。

「嗳。」

穿過了站前並排各式店家的區域，就在快要來到住宅區的時候，那織停下了腳步。

「怎麼了？」

「下次放假，要不要去約會？」

有瞬間我不知道該怎麼回答。「喔……嗯，當然好啊。」

「太好了，我還想說要是被拒絕該怎麼辦呢。」

「……我怎麼可能拒絕妳。」

「嘿嘿。嗳，來雪恥一下早上的那個吧。」

我握住朝我伸出的那隻手。

握住了那隻決意要放開的……溫暖的手。

第四章

TITLE

染紅吧，我的天空。染上我的朱紅吧。

（神宮寺那織）

KOI WA FUTAGO DE WARIKIRENAI

「唉，累了。」

我把麥克風放到了桌上，麥克風滾了一圈後靜止不動。

「哎呀，畢竟妳沒有停歇地唱個不停。」

我和社長來到了ＫＴＶ包廂，理由是考試賭局。今天我請客。

也就是這麼一回事。沒事啦，沒事！不過是數學就送妳吧，反正總分我是贏的，還是全年級第四名。光是有這點程度就足夠了吧。我才不覺得不甘心。

「多虧老師粗心犯錯，今天我可滿足了～今後可別偷懶不檢查喔。」

「囉唆，這件事情妳也說夠了吧。」

就說我沒有不甘心了，一點懊悔也沒有。我完全不當一回事。

妳可別會錯意喔。

「抱歉抱歉，全年級第四名大人……呼，休息一下吧。」

「啊啊啊啊，妳那種講話方式好討厭！我明明贏妳，我明明是完全勝利耶！就算妳不說我也會休息！」

此女甚煩，絕煩。妾身惱火上頭。

我將杯子裡剩下的果汁一乾而盡。喝悶酒啦！我瞥了一眼桌面，看到社長的杯子裡還有果汁，說了一句「我去倒飲料」便走了出去。

不可原諒。我都已經付出放學後的寶貴時間了，不僅如此竟然還剝削我的錢財。

下次一定要用合計總分決勝負。若是今後選修增加，勝負自然而然會分科進行，必須要趁著還能用總計分來決勝負的現在澈底封殺她。裝了杯滿滿的果汁，我緩慢走在返回包廂的路上，小心翼翼不讓它灑出來，並思考起這個月底要舉行的段考。

接著我一進入包廂，便立刻宣言道：

「段考就用總計分決勝負，不分科目比了。」

「這樣我就沒有勝算了。」

「囉唆！要是妳不甘心就贏我看看啊！」

結果杯子放到桌上的時候，我的果汁還是稍微灑出了一點。

太不吉利了，虧我剛剛還做了條件許願。算了，才這點程度動搖不了我的勝利。

從小，我就喜歡像這樣子許願。如果能把這顆小石子一路踢回家的話、如果回家路上能夠

第四章　染紅吧，我的天空。染上我的朱紅吧。

一直走在白線上的話……就是小孩子時常做的那種許願。

我突然想了起來。想起用這種輕鬆的心情開始的一項許願。想起那充滿了空虛的許願。

「真拿妳沒辦法，不過距離月底也剩沒多久了。五月也都過半了。」

「嗯，確實沒時間了。」

「唉，真拿妳沒輒。我就稍微認真點吧，看我解除封印。」

「哦？我很期待喔。」

就算社長解除封印，有辦法贏得了本小姐嗎？這句台詞我已經聽過好幾次了。

「話說回來，我換一個話題。妳和白崎同學怎麼樣了？順利嗎？」

社長的問句並不是興趣滿滿，而是用毫無情感的聲音這麼問道。

「嗯——目前很微妙，不過要說預料之中也算預料之中吧。」

「老師這麼可愛，感覺甜言蜜語個幾句就手到擒來了。」

「妳這次改用讚不絕口作戰？」

「才沒那回事呢——我真的是這麼想的喔——」

她這個態度絕對不是真心這麼想，我敢斷言。

「毫無感情到令人舒暢！不過可能會比我原先預料的還要更往好的方向去喔。」

「圓環之理啊。」

「不太一樣吧？」

「不是嗎？不過話說回來，妳還真是堅強。到底要怎麼樣才能變得那麼厚臉皮呢？真令人尊敬。」

「雖然覺得話中好像也混了一點壞話，不過謝謝妳尊敬我。人們的欣羨就是我的活力。」

「老師妳該說是沒有迷惘嗎？或許就是因為妳對自己有自信，才能這麼積極樂觀吧。啊，抱歉，我說錯了，不是樂觀而是厚臉皮。」

社長很刻意地輕拍了拍自己的額頭。真希望妳這個動作能配上更可愛一點的台詞。

「別更正。」

「不過不過，妳這麼會讀書，既可愛又博學多聞真的好狡猾，根本初始數值異常。」

「會讀書又博學多聞的女生只會被孤立喔。」

「不否認自己可愛呀……妳知道所謂的客套話或是韜晦這類詞語嗎？」

「因為我很可愛吧？我的可愛可是無法掩蓋的喔。還是要我拿條絲巾包起來？」

「聽到妳這麼乾脆地說這種話，我還真不想附議！好想要馬上下一個詛咒！詛咒妳變成笨蛋，口頭禪還換成『咦？好奇怪喔～？』，然後舔一下氰酸鉀！」

「喂，妳的真心話外洩了。而且妳也夠可愛了，妳要有自信點。」

「妳那就是所謂的讚不絕口作戰？」社長向我投注懷疑的眼神。

「沒有沒有，社長有社長的可愛之處，我有我的可愛之處，不能拿同樣的基準來丈量這一點喔。」

「哎呀，妳說的話可真是深奧。不過我也稍微會點讀書，果然還是會被孤立吧？真討厭，好想低調生活喔。」

「會被孤立呢，會被嚴重孤立喔，全年級第十一名小姐。不討人喜歡真是遺憾。」

「我不討人喜歡了啊～虧我還覺得那是我唯一的武器耶！」

「不過……」

「不過？」

「會討厭我們好成績的男生，我們才不要呢！」

「沒錯、沒錯！我們才不要！我也不要仗著自己可愛而得寸進尺的女人！」

太麻煩了，裝沒聽到吧。

社長會這麼生硬提起男女生話題，大多都有其理由。

畢竟她很明顯對我的事情毫無興趣，她只是想講自己的事情。

「所以？妳是有在意的人了？」

「那個……簡單來說，就是這麼一回事。」

社長轉動著手指，捲著瀏海玩。

我最喜歡妳那種動作了，很討人喜愛喔。

「我就知道。所以？對方是什麼樣的人？」

「對方是美術社二年級的學長……不過我才剛加入社團，還沒怎麼聊到天，也還沒問到聯絡方式。」

「帥嗎？」

「很帥，而且很溫柔也很會畫畫，還能聊御宅族的話題。也就是說，他很完美。」

「我聞到一絲優良人選的氣味。雖說是優良人選，不過妳可要留意瑕疵喔。男女關係可是沒有瑕疵擔保責任的。」

「什麼意思？」

「嗯？瑕疵擔保責任？未來買住宅或公寓的時候很重要，妳先了解一下比較好。簡單來說，先假定妳要買的房子有缺陷或問題，這些東西就是瑕疵——也就是說有損傷或缺陷，而賣家是有義務要事先告知買家有瑕疵的。然後在販售時沒有注意到的瑕疵——比如會漏雨或是有白蟻入侵，規定要由賣家來承擔責任，這就是瑕疵擔保責任，現在則叫契約不切合責任……總之，詳細資料妳自己去查吧，我也不是很清楚。」

「別把人和住宅、公寓混為一談啦。真是的，妳是從哪裡撿來這種知識？」

「電視上有播。而且妳之前不就是因此而幻滅？」

「妳說因為瑕疵嗎？什麼意思？」

「就是妳之前吵著說的，既成熟又帥氣的人——那個啊，不是有一個妳鼓起勇氣邀約，結果去約會之後發現對方實在太幼稚，導致妳一下就冷掉且再也沒聯絡的人？就某種意義上來說，那不是一種瑕疵嗎？」

「噢，嗯，說得也是。對方超——級孩子氣，害我一下子冷掉了。」社長露出了遠目。

「男生還是有孩子氣的一面比較可愛，我個人滿喜歡的。」

「白崎同學也很孩子氣嗎？」

「他超級幼稚。雖然現在看起來還好，不過他小時候很懦弱，甚至總是要姊姊安慰他。」

「是喔？真意外！」

「小學生時期他考試考輸我，明明沒必要哭卻還抽抽搭搭的。」

抱歉，我說出去了。反正這是屬於我們兩個女生的祕密，原諒我吧。

「這真是學年第一不為人知的過去，原來白崎同學也有孩子氣的一面。現在又是怎麼樣幼稚呢？」

「首先，他不了解心靈變化有多麼細微，更不用提女人心了。」

「這樣啊，我本來覺得白崎同學看起來很細心，不過扯到女人心又是另一回事。他懂的只有作者的心情吧。」

「真的只有作者的心情。再加上他在心底某處很嚮往偵探。」

「什麼啊？害我有點怦然心動，好可愛。不過他明明那麼遲鈍，卻還想當偵探。」

不准心動。不准一臉陶醉。妳的偵測器根本壞得一塌糊塗。

「偵探大多都對男女情事很遲鈍；對這方面很敏感的是間諜。」

「原來如此，或許確實是如此。」

「別看他那樣，他真的很孩子氣。正因為如此，我很想看看他眼神深處轉變為男人的瞬間呢。」

「啊，這句話聽起來好下流。討厭～」

「有官能小說的感覺？」

「有！」

社長用彷彿要跳起來的氣勢誇張地搖動身子。動作很可愛耶。只有動作。

「看來妳嗜官能小說？」

「我沒有看過百分百濃縮的官能小說呢。網路小說的話有看過一點……」

「那可是高濃度文學喔，已經可說呈現出一種比喻大戰，完全是在競爭究竟誰能寫得比較隱晦。順帶一提，我之前讀的翻譯類，『Ｆｕｃｋ』這個詞簡直要完形崩壞。西洋的色情文學，是在挑戰到底能讓『Ｆｕｃｋ』的語意擴增到何種境界呢。」

「就別種意義上來看有點有趣。能用來咒罵他人、用來表現那檔事情、用來加在想強調的事情詞語中間等等。『Ｆｕｃｋ』可真是勤奮。」

「勤奮這種形容法不錯。無論嘴或屁股，大家都只要用『Ｆｕｃｋ』一詞就能解決了。啊啊，真是方便的詞語！Ｆ詞！對了，下次我借《官能小說用語表現辭典》給妳看看。社長也多去接觸一下日文表現有多麼自由比較好。」

「還有那種書啊！上面有寫比喻之類的？」

「對，有黑蜥蜴啊、寒鰤等等，非常多譬喻。我個人最喜歡的是形狀記憶合金。」

「全部都莫名其妙！然後還有合金？形狀記憶合金是什麼！啊啊，不過我的想像力……很努力地想要了解它的意象。是哪一邊呢？從『合金』這個發音來看應該是男生的……？」

「可惜，答案是女生。」

「形狀記憶合金！衝擊力實在太強大了！感覺我會在不經意的瞬間想起來！話雖如此，就算我用在日常生活中大家應該也聽不懂吧。」

喂，社長小姐啊，原來妳還想用在日常生活中嗎？雖然完全沒關係啦。

「大概只有我們懂，肯定。」

「……我們未來也會做那種事情吧？現在這個階段也已經有女生在做了。」

「是啊。畢竟物種存續正是生物的生存目的，所謂的戀愛到頭來也是性慾。」

「真是赤裸裸的講法！中二病患者常說的話！啊，原來老師是萬年中二病患者嗎？如果是的話，那我還真是說出了過分的話呢。抱歉。」

「喂！妳這句話我實在不能當作沒有聽到！可以麻煩妳別亂把別人當病人對待嗎？而且不管怎麼想，生物的目的都是物種存續吧？那既是事實也是現實！話雖如此，換到人身上又稍微複雜了點。說到性慾，很容易讓人只聚焦在肉體層面，不過我認為套用到人類身上，還有所謂精神性的性慾。若非如此，在迎來初潮之前就會喜歡上別人也太奇怪了吧？因為無法留下後代便把年少時期的戀愛當沒發生過，這有點不太對吧？」

「原來……老師是想著這些在過活的嗎……不過小時候之所以會喜歡上別人，說不定是在為戀愛做演練呀？不是也有人說玩扮家家酒也屬於育兒的一種排練嗎？女人並非生而為女人，而是成為女人。西蒙波娃也這麼說過喔。」

「原來如此，或許也有這個可能性。」

社長啊，妳竟然會搬出西蒙波娃，我看妳也相當能幹呢。

「不過精神層面的性慾這種想法也不錯，不愧是老師。」

「……升上了大學，開始過起獨立單身生活的龜嵩璃璃須，不知從何時開始，為了消弭自身的寂寞，開始會帶男人回家。在那充溢著期待與不安的小小公寓房間中，只能默默藏起這男女沉溺於魚水之歡中的嬌態，遠離塵世的喧囂——」

「別開始闡述起奇怪的故事！而且還沉溺於肉慾之中！我完全墮落了嘛！我才沒有夢想這種將來，我不憧憬這種糜爛的大學生活。」

「就算社長和嚮往成為音樂家的樂團男，或是和以演員為目標的飛特族男交往，我也還是妳的朋友喔。只不過我可不會借妳錢，唯有這一點真是對不起。還有演唱會門票我也只要一張就好，我沒辦法處理好幾十張。」

「別擴充故事內容！我可是在講美術社學長的事情啦……真是的！」

「我們的聊天內容總是會脫軌呢。」

「喂，就是汝，都是汝的錯。」社長拍了拍我的肩。

這個舉動簡直就像老太婆蘿莉一樣可愛。雖然有瞬間讓我聯想到某搞笑藝人。

「首先……從和那位學長交換聯絡方式這一步開始試試吧。」

「老師，妳的話題切入方式也太隨便了，然後謝謝妳給出了沒有比這個還要更平庸的建議，一點參考價值也沒有。妳這不中用的東西！」

「囉唆！跟妳這個沒有他人建議就什麼都做不到的膽小鬼沒話好說！要是不甘心，就讓我看看妳悲慘的愛情啊！」

接著我們一路聊到包廂的電話響起為止。我們聊了學校的事、將來的事，也聊到男孩子的話題，講到藝人結婚的話題，接著轉到婚禮的話題。聊到彼此的便服，就扯到哪家店的衣服買起來比較划算；在我補了唇膏後，接著又換成化妝品的話題。然後，我們也聊到了未來。身為女高中生的我們不管聊多久，話題永遠聊不完。如果能把女高中生的話題抽取出來當作能量，我想世界能源短缺的問題大概能輕易解決吧。我挺認真的，既廉價又方便，我並不討厭。

我們並不老是在聊些小眾的話題喔！請各位注意。

就算是我，可也具備了不會迷失同年代性的平衡感。

「哎呀～聊了好多喔，說得可真滿足。和老師聊天果然很有趣，結果我們只有一開始在唱歌。」

「真的。哎呀呀，社長的吐嘈果然讓人身心舒暢。」

「我可不會手下留情。好了好了，那麼晚餐要怎麼辦呢？當然要吃完才散吧？」

「當然嘍。」

「我想也是，畢竟我也跟父母說不用準備我的份了。那要吃什麼好呢？機會難得，來吃點平常不會吃的東西……對了，要不要久違地塗塗油膩膩的唇膏啊？老師最喜歡的那家。」

濃厚的白色湯汁，和麵有關的那個啊。贊成，超級贊成。

「那就來點豚骨吧！好，來狠狠往乾癟的嘴唇上塗油吧！畢竟保濕可重要了。」

嗯？卡路里？誰理它！我現在就想吃拉麵！

「對吧、對吧！我要加很多蒜！」社長高舉拳頭大喊。

「蒜超級重要……雖然我想這麼說，不過老實坦白，我明天要去約會。」

「決戰？第三新東京市？」

「嗯，屋島作戰。」

「碇同學，你不會死的。」社長裝出神祕的表情，以澄澈的聲音模仿。

「「因為我會保護你。」」

我們的聲音暢快地重疊，接著相視而笑。路人什麼都全都是背景！

「明天要穿什麼去好呢？」

「穿千金大小姐風不就好了？妳很擅長駕馭那種服裝吧？穿條洋裝之類的裝清純如何？」

話雖如此，社長才是連身裙派，假日有很高的機率她都穿著細肩帶連身裙。社長身材嬌小，很適合那種打扮所以倒好──

「連身裙啊，要是不穿有腰身的那種，我看起來就會像水桶……話雖如此，要我穿著有腰身的設計到處走動，又讓我覺得有點彆屈。還有，裝清純是多餘的。」

雖然我確實是有幾件……什麼？我可不是因為胖了喔！說這種話的人，DATU……對不起，我比買的時候胖了。但那是我國中時期買的，也不能撇去可能是我有所成長了喔？嗯，這也沒辦法吧，畢竟我在發育期嘛。

「對妳真的是不得大意。真是的，妳就穿喜歡的服裝去吧，反正男人不怎麼會注意服裝，重要的只有性感內褲而已。身為淫亂老師的妳，感覺會有那種類型的內褲吧？」

「我差不多也開始感到悲傷了！還有，我沒有那種內衣！」

「虧我還覺得妳像是會有丁字褲之類的人。」

「那……倒是有。」有件我一鼓作氣在網路上買來的，當然選便利商店取貨。

「妳果然有嘛！應該說老師，妳前面到底想像了哪一種內褲？」

「……呃……胯下有開洞的那種。」

「出現了！淫亂蕩婦老師！妳的想法完全是情色漫畫！妳是情色漫畫老師！」

社長迅速後退一步，用手指著我。

「才不……都怪妳說了奇怪的話！」

「我看妳在買丁字褲的時候，也是抱著那種下流的想法吧——是這樣嗎？」

「這個……我只是想說穿褲子的時候看到內褲的線條很討厭……」

這是最正當的理由吧？沒有什麼毛病可挑吧？

「謝謝妳給了我一個像樣的理由！謝謝妳老是在穿裙子，還想拿這個當藉口！」

妳這個人小鬼大的臭黃毛丫頭！詛咒妳被山犬吃掉！

「窄裙也一樣啦！會展露出內褲的線條！而且我還一次都沒有穿過！雖然一鼓作氣買了，但我連拿去洗的勇氣也沒有，所以我根本沒在穿！」

我可了解我家媽媽了，她肯定會笑瞇瞇地向姊姊報告。

「好，晚餐我請客，明天妳就穿那件丁字褲吧！」

「……喂，妳有在聽我說話嗎？」

「我有在聽啊，反正妳只是裝乖才這麼說的吧？這對我可是沒用的。怎麼樣都好，明天記得要穿去！這可是命令，妳還要拍證明照片給我！」

「這可是色情照片耶？會變成小帳案件的！」

「既然都決定好了，今天就為了明天的挑戰大吃特吃吧！要好好儲存電力！」

「別無視我！」

「明天就用老師的肉暖被攻擊！」

「混帳東西！」

「哎呀，我不小心說溜嘴了，真是抱歉。我本來不打算說出來的，一個興奮就……話說回來，肉暖被老師，妳要放棄大蒜還太早了，喝蘋果汁或乳製品對於消除大蒜臭味很有效。也就是說，蘋果優格即是最強夥伴！也就是朗基努斯之槍！若只吃少量大蒜，用這招就能解決了！」

「謝謝妳給了我今天最有用的情報！吃完拉麵後進攻便利商店！」

「進攻便利商店！」

「還有，妳叫我肉暖被老師我絕對不會原諒妳！」

雖然我還是不吃大蒜，不過餐後的蘋果優格很有魅力！

嗯，我今天不會吃喔。

然後我也不穿丁字褲喔。

※　※　※

（白崎純）

「明天要去葛西的水族館，記得早點睡！」

昨晚那織傳了文字訊息給我。集合時間似乎是九點半。

反正集合時間比平日晚了一點，稍微熬一下夜大概也沒問題。正當我這麼想，她又捎來了追擊訊息：

「你敢睡過頭，回程我們就用走的。我要把你的錢包和交通IC卡全部沒收。」

真是魔鬼。那織很有可能真的會實行，這一點令人害怕。我回了「收到」兩個字。通訊到此結束。

這就算了，「葛西」這個詞引起了我的注意。沒想到她竟然偏偏選了這個地點——

那是三個人一起遠遊（雖然也不到遠的程度）的最後一個地點。

並且，也是我和琉實第一次接吻的地方。

嚮往老套約會的琉實總是會想去橫濱、御台場等等所謂的約會聖地。她會拉著我的手，帶著討厭人群的我到處逛。就在我們這樣四處出遊之間，漸漸有了各種發現也是事實。只要沉浸在自己眼前的事物，也能獲得相當的樂趣。

當時的我們關係僅止於牽手、擁抱而已。不過到了現在我能明白，琉實邀我到情侶約會的聖地，就代表她也期望有所進展。

結果第一次接吻的地點卻在葛西，這也實在很有我們的風格。

走出玄關，那織已經站在那裡了。

她身穿淺藍色上衣配上黑色傘狀迷你裙，圓圓的白色領口下面綁著一個小小的蝴蝶結，蝴蝶翅膀耳環搖曳在耳垂。她今天沒有綁頭髮，稍微捲曲的髮絲散落在胸口，看起來比平時還要性感一點。

為什麼會如此——唉，真是可愛到令人不甘心，適合她到令人覺得很作弊。

「怎麼樣？」那織微笑著詢問我。

「我覺得非常可愛吧。」

我也只能這樣說了吧。

「嘿嘿。嗳，你再說一次。還有『吧』是多餘的。」

「呃……我覺得非常可愛。」

超難為情。這是什麼酷刑？啊啊，可惡！

「呵呵，謝謝稱讚。好，滿足了，那我們走吧。」

那織淘氣地說著，心滿意足地笑了。

一直到抵達臨海公園之前，那織都維持著好心情。她笑瞇瞇的，用帶有些鼻音的聲音對我說話。如果沒有和琉實交往的話，我就能更單純地——我想到這裡，便停止了思緒。

不可以有這種想法。正因為和琉實交往過，才會存在現在的我。

在車站擦身而過的男生們，視線總會撇過那織；電車上坐在同個車廂的男生們，也時不時會瞄一眼那織。就我以外的人的角度來看，那織似乎也相當有吸引力，也能理解琉實為什麼會評價她可愛得像小惡魔。

黃金週假期期間，我也有和那織出門。我們去了市立圖書館，順道去趟咖啡廳等，在身為室內派的小小行動範圍內，實行了像是約會一樣的活動。

當時的那織當然也很可愛，不過那時候只是因為在家裡聊天聊膩了，才會出門走走，並不像現在這樣精心打扮過。

穿著短袖T恤加上卡其褲，並簡單套了一件七分袖襯衫的我，稍微感到有些畏縮。雖然這是我個人覺得不會有錯的安全牌搭配，不過要穿這身打扮走在這濃縮了可愛於一身的那織身旁，感覺幹勁似乎稍顯不足……雖然確實有這種感覺，不過我實在不是很懂怎麼鼓起幹勁。畢竟和琉實約會時也是穿這種服裝，就算現在在意也無濟於事。

這麼說起來，和琉實約會的時候——

你現在的約會對象是那織吧？

而且今天可能就是兩人最後一次約會，不是嗎？

沒錯。今天不要去想琉實，專心在與那織的約會吧。

從車站走到水族館的途中，右手邊方向可以看到摩天輪。那是在建設當時本是以世界第一名高為目標，卻在落成前被別人超越的摩天輪。若要搭乘的話應該要選傍晚——正當我這麼想的時候，那織搶先一步開口說：「等到傍晚我們再去搭那個吧！」

「以前我們三個人一起搭過吧？純還說什麼『唔哇，好高喔！要是這時候螺絲斷掉會怎麼樣？他們平時有好好在檢修吧？』，被姊姊狠狠教訓了來著？」

「……真虧妳記得。」

別讓我回想起來。我不會再說那種話了。

「有句俗語說，笨蛋和什麼的愛往高處跑呢。」

「喂！要糊弄過去的應該是笨蛋那邊才對吧！」

「抱歉抱歉，我不小心把笨蛋和煙搞混了，真是失敬。」

「妳完全不覺得自己不好吧？」

「真是的，別拘泥這種小細節了啦，愛計較的男人會被討厭喔。」

「囉唆。」

穿過入場大門，我們朝著建築物走去，前方的海映入了眼簾。

無論什麼時候來，這裡總是很舒適。穿過半圓形的入口，搭上手扶梯往下緩緩進入館內，室內充滿了家庭旅遊的人，十分熱鬧。正當我望著水箱時，小孩子們介入了我和那織之間。不過縱使如此，那織仍然死死盯著水箱——她用簡直像是孩子般閃閃發亮的眼神，著迷地望著壓克力製的水箱。魚兒在那織的眼前翻滾，光線打在鱗片上滑出線條，接著那織拚命地用視線追著魚跑。她大概根本看不見周遭了。

因為那織陷入全神貫注狀態，除了自己想看的水箱之外，我莫名站開距離，從一旁遠遠觀望。

光是從後面看著死死盯著水箱的那織，就讓我感到十分有趣。

我們一邊走在通道上，那織不禁低喃了一句：「可惜這裡沒有海獸呢。」

「海獸？妳是指海獅之類的？」

「對對對，我個人想看看小海牛（O Manatus）。」

「小……啊，海牛啊，就是像儒艮的動物……為什麼？」

「牠現在在我心中掀起了一陣熱潮。」

為何是海牛？有出現在什麼作品裡嗎？我不是很懂那織在想什喔。

「怎樣都行啦，不過妳別加個『小』在海牛前面，害我一瞬間有點不知道妳在講什麼。」

「這麼說起來，這裡也沒有小（O）……鬼蝠魟（Manta）呢。」

「就說妳別加『小』了！『小』的後面也不需要空檔！」

「為什麼？噯，為什麼我不能加『小』？」

「別問那麼多，閉上嘴巴！」

「噯，為什麼啦～～？為什麼不能叫小鬼蝠魟啊？噯噯噯，為什麼？」

別壞笑著靠近我，煩死人了。妳明知故犯。

「那麼……小翻車魚（Manbou）？小貓鼬（Mangusu）？小山魈（Mandrillus）？小阿拉伯狒狒（Mantohihi）？小長毛象（Mammoth）？英文的話還有個小螳螂（Mantis）呢。哪一個可以加小？（註：那織舉的所有名詞加上「小」後，均變成以「O＋Ma」開頭的詞語，和女性生殖器官俗稱的前兩個發音同音）」

那織一邊拉著我的袖子，用黃色笑話不斷攻擊我。這傢伙都不會在意旁人眼光嗎？應該說，光是用黃色笑話攻擊人就已經很糟糕了。鬼點子和教授同等級。

「喂，你為什麼什麼都不說？」

「啊啊，真是的，囉唆——」

「啊，有在辨什麼特別的展耶。」

這傢伙……實在自由過了頭。

那織手指的方向，正舉辦著可以觸碰深海生物的展覽，不過並不是活著的生物。我跟在那織身後，看見塑膠盒裡裝了冰塊，還有大王具足蟲等等沒有看過、有著奇怪形狀的生物。似乎只要問過導覽員就可以進行觸碰……不過我並不想碰。

我望向那織，她立刻向導覽員搭了話。我想也是。那織肯定會摸吧。

「純，是皺鰓鯊耶！哥吉拉的幼體！」

可以摸皺鰓鯊嗎！這樣我有點想摸……我的決心不禁動搖。不過太隨意產生好奇心，可是會誕生後悔的。好奇心可以殺死一隻貓。理由很簡單，那就是因為像鯊魚和鰩魚這類軟骨魚都很臭，牠們死後會散發出阿摩尼亞臭味。儘管如此那織仍蹲了下來，將頭髮梳到一側後一邊說著「喔喔，這就是鯊魚肌！可以磨白蘿蔔嗎？」一邊觸碰皺鰓鯊。

「純也來摸摸看嘛！」那織興奮地說，我走過去給她一個忠告：「小心妳摸太久，臭味會去不掉喔。」接著遠遠地到處觀望其他奇怪的生物。

接著，那織皺起整張小臉，靠向我的同時大聲嚷嚷：「我的手指超臭的！」

「我不是說了嗎？鯊魚和鰩魚類可是很臭的。」

「雖然我原本就知道，可是又沒有什麼機會可以摸皺鰓鯊！嗳，你聞一下看看嘛！」

我恭敬地拒絕了她。

不過不管我拒絕幾次，她都毫不氣餒地不斷要求我，於是我莫可奈何地讓鼻子靠近那織的手指——

她的指尖貼上我的鼻子。

「啊啊啊啊啊啊啊！妳這傢伙！妳在做什麼啊，笨蛋！真的好臭！」

「看你一臉事不關己。臭傢伙！給我多方反省吧！」

真的臭死了。不妙，簡直像是把腥味濃縮在一起似的。大家還是自己去體驗個一次比較好，不然不懂我這種痛苦。總而言之，唯有這件事我一定要說：皺鰓鯊，真的超級無敵臭。

我狂奔進入廁所，拚命洗了好幾次鼻子。雖然多少有好轉一些，卻還殘留著些許皺鰓鯊的存在。

我一走出廁所，便看到那織一邊大笑著戲弄我：「消臭了嗎？如何？還有氣味？很皺鰓鯊嗎？海邊的皺鰓鯊？（註：「海邊的皺鰓鯊」與村上春樹的著作《海邊的卡夫卡》音近）」

感到火大的我捏住了那織的鼻頭。

「竟……竟敢捏住少女的鼻子，太粗暴了！等著遭天譴！」

「是那織先把臭臭指貼到我鼻子上的吧！」

隨後那織擦著獲得解放的鼻子，一邊嘟起了嘴抱怨：「真是的，你這個缺乏幽默感的無趣男人。這是可愛女孩子做的一點可愛惡作劇嘛！」

「這種惡作劇太惡劣了，妳才應該要反省！」

我們持續了一段爭辯後，去看了鮪魚游動的水箱，接著那織學不乖地又去交流水缸摸了些海星類生物，然後拍了幾張企鵝的照片，享受了整場展覽。

午餐時間，我們來到館內的咖啡餐廳享用了炸鮪魚咖哩。

「看完鮪魚展覽後享用炸鮪魚……啊啊，這是何等悖德感。這正是站在食物鏈頂端才有的滋味。」那織高興地這麼說道……應該說，她相當歡騰。

那之後我們又順道去了淡水生物館，我陪著口中唸唸有詞的那織在禮品區逛街（我莫可奈何地買了皺鰓鯊的玩偶給她），又去了鳥園無神地看了看白鷺、山鶺、鸕鶿等鳥類，澈底逛遍了臨海公園。大致上看完設施後，我們前往用玻璃鋪張而成、最適合看海的觀景台。

因為觀景台就在海的旁邊，走在外頭時不時會吹來強風。也就是說那個……那織的裙子高頻率地差點被吹翻。不過那織自己似乎知道這一點，雙手拿著包包放在正後方，不著痕跡地壓著裙子。

「喔，看到了！」

那織走在我前方，伸手指向觀景台。

就在這個時候。

——呀啊！

無瑕的曲面肌膚衝進了我的眼中。

圓滑的拋物線描繪著兩個曲面，那正是臀部——簡單來說，我看到了那織的屁股。

我的思考停止，接著遲了一步浮現出疑問。

——她……有穿內褲吧？

就算是那織也不可能會不穿內褲才對，若沒有穿內褲，就是個變態女了。雖然那織也有稍微「那個」的一面，不過還不至於當暴露狂(不穿內褲)……我是這麼認為的。嗯。好像也稍微看到了一點水色的布料……不過，那個畫面幾乎被屁股占據。

「你看到了？你剛剛有看到嗎？」

那織淚眼汪汪、滿臉通紅地逼近我。

「……我受到無瑕肌膚壓倒性的暴力。雖然我想應該不至於，不過——」

「我有穿！我有好好穿內褲！啊啊，討厭！太慘了！都是社長的錯！我絕對不會原諒那傢伙！」那織打斷我的疑問，搶先一步大聲回答，並當場蹲了下來。

她說有穿，也就是說她穿的是丁字褲？真的假的，我第一次親眼看到。

雖然剛剛的畫面讓我幾乎只認知到屁股。

太壯觀了，幾乎讓屁股全裸露出來了嘛！畫面深深烙印在我眼中，而且後勁很強。

那織，今天發生的事我一輩子都不會忘。

「感想呢！」蹲在地上的那織從下方狠狠瞪視著我。真難以對上視線。

「嗯？」

「看到我內褲之後的感想！你可別以為可以看免費的！至少要講個感想——」

「抱歉，我只記得看到那織的屁股……不過我有自信這輩子絕對不會忘記今天的事。」

「——這……這是社長叫我穿的！你……你可別會錯意！」

呃……我到底要怎麼會錯什麼意？

總而言之，我學到了。丁字褲超級讚。嗯，很不錯。

（神宮寺那織）

我就說穿迷你裙還搭配丁字褲很不妙了！早知道應該要乖乖穿褲裙！

在離開家之前我確實有這麼想，但是我有點高興到忘乎其形、渾然忘我。確實有一點點啦，就是那個……想使美人計、惱殺他之類的。只有一點、一點點而已喔。

可是可是，在自己沒有意圖的情況下裸露出來……就算是我也會著急。

社長，我絕對要咒殺妳。我真的不原諒那傢伙。真想咒殺早上興致勃勃自拍的自己！還傳什麼「不妙！穿這個性感度直線上升，而且還渾身充滿了力量！現在的我最強！」啊！我這個笨蛋！

冷靜點。不過只是屁股被看到罷了，而且我可是有好好穿內褲的，又不是被看到裸體。不，事已至此，就算給他看裸體也沒關係，不過就算是這樣，剛剛那個狀況我還是沒有做好覺悟和準備。「展現給他看」和「被他看到」是不一樣的！

冷靜點，那織。不能在這種地方感到挫敗。好好向莎朗．史東看齊吧，她可是沒有穿內褲就在螢幕前開腿換腳翹——不，那我辦不到，無法看齊。

換個思考方式吧。既然都被看到了也於事無補，他都說一輩子不會忘記了，就解釋成我在他生命中留下烙印了，這某種意義上來說可以說是如我預期。沒錯，這在我計劃之中。

看到可愛女高中生沒有布料的屁屁，沒有男生會不因此感到高興。沒有錯，不可能會有這種人。

「來，站起來吧。」純向我伸手。

我一邊握住他的手一邊偷看他，接著就在四目相交的一瞬間純撇開了臉。

——贏了！這樣是我贏了沒錯吧？算我的回合可以吧？

他果然看到我的屁屁而感到亢奮！討厭！既然覺得開心，你就講清楚說明白嘛。

「嗳嗳。」

純落落大方地轉向我。

「你很亢奮嗎？有覺得心癢難耐嗎？感覺今晚會想起來？」

不要緊，我可是贏了。這個悶騷的呆頭鵝輸給了我！

「笨……笨蛋！妳在說什麼傻話！」

「你會一邊回想我的屁屁一邊做下流的行為——討厭啦，你別讓我說出來，色狼！」

「是……是妳自己——」

「你都已經看到了，沒有權利抱怨！所以呢？怎麼樣？來啊、來啊，說說看嘛！」

「……相當命中紅心。」

純滿臉通紅地低下頭。

超滿足！這是完全勝利！萬歲、萬歲！社長，我僅止於咒妳不殺妳了！我人也太好。

於是我狠狠緊抱住純的手臂，多給他一點福利並邁開步伐。

「妳……妳有點黏太緊了！」

「高興就老實說嘛，這麼害羞真是可愛。」

那之後，我們在觀景台好好地享受了海景，並一邊聊著天。聊天的內容和平常沒什麼兩樣，只有聊些電影、漫畫、小說之類的話題，縱使如此我也比平時還要更加雀躍。偶爾像這樣出遠門也不錯。偶爾的話。

雖然我們確實有三個人一起來過，不過我也知道這裡是他和姊姊約會時到訪的地點。姊姊會很有規矩地留下門票票根，是典型的寄情於物類型，而我則從小就對這類東西毫無執著。回想不起來的記憶，本質上就是不需要的記憶。清除腦中的快取記憶體吧。為了讓自己在需要時能立即想起，只要讓重要的記憶在腦內反覆運行，使其作為長期記憶固定在腦中就行了，這和背誦是一樣的道理。再更近一步說，記憶較容易和嗅覺有所連接。比起手邊的事物，氣味更強烈一點。鰍鯢鯊小弟，謝謝你那強烈的氣味。

而且——雖然這不是我刻意設計的，不過這次還有視覺性衝擊。我真的不是刻意的，麻煩不要誤會。正因為如此，要是我輸給鰍鯢鯊我可不饒牠。別輸給氣味啊。

夕陽漸漸西下，自太陽釋放而出的光線通過太空、穿過大氣層，接著光線被阻隔、吸收並經過散射後，削弱的可見光才會降臨大地。短波長透過散射，將天空染藍；然而慢慢地，當太陽光抵達地表的距離拉長，短波長的光線便會漸漸傳遞不到地表，唯有長波長的光才能存在於此。部分長波長的光會撞上空氣中的灰塵散射，剪下部分天空並染上橙紅。

我的戀愛是長波長的光，它以悠然的波長抵達，並於蒼穹變換成宵夜之前，將天空染上鮮明的朱紅。日西垂景在樹端，謂之桑榆。

我曾在字典上看過那些可以用來形容夕陽的詞語。雀色時分、日暮、點燈之刻。真是優美的詞語。

我希望能夠時時沐浴朱紅之中。

並且我也想去渲染他。我想將他染上朱紅。

「差不多該去搭摩天輪了吧？」純這麼提議，然而他的視線仍舊凝望著海洋。

「嗯。」

「還有……雖然現在講有點遲了，妳的指甲顏色很好看。」

真的。真的太晚說了啦，不過我喜歡你這一點，總比沒有說出口要來得好。只是你說什麼指甲？這種講法不對！要說美甲啦。

我拿這種突如其來的稱讚沒轍。真虧你了解這麼多呢。

今天的指甲油顏色名為「Afternoon」。做得好啊，ADDICTION，我這就好好表揚你一番。

「嗯，謝謝你。」

染紅吧，我的天空。染上我的朱紅吧。

（神宮寺琉實）

※　※　※

結束了社團練習後，我接受麗良的邀請來到了公園。

要是我沒有受傷或許就能參加的縣大賽，敝校在第二輪便戰敗。若我有出場或許就能改變什麼……雖然我當然不這麼認為，不過畢竟我多少添了一點麻煩，看著不甘心的學姊們，我的胸口也充滿了苦悶的心情。

但是段考結束後還有全國大賽。這還不是結束，我的士氣沒有下降。

只是大家果然還是把自己逼太緊，有種不從容的感覺。因為社員們需要點緩和運動，所以今天大家早早就結束了社團活動，也因此天空還沒有那麼昏暗。公園裡有幾組年輕家庭和孩子們在遊戲。

純和那織大概還在約會吧。我不知道他們去了哪裡。

「那織說今天也不在家吃晚餐。竟然連續兩天都不在家吃晚餐，妳說傷不傷腦筋？」今早媽媽遞便當給我的時候，還用責備的語氣這麼說，並尋求我的附和。

就媽媽的口吻來看，那織似乎並沒有告訴她自己今天是要去約會，我也不好告訴媽媽那織是和純去約會，只能含糊又逼真地回應：「不過那個家裡蹲要和別人去外面吃晚餐，不也是樁好事嗎？」

為什麼那織沒有如實以報呢？那織昨天頂著一顆濕漉的頭，頭上還披著一條毛巾來到我的房間，說了一句「我洗好澡了，換妳洗吧。還有，明天我要和純去約會，姑且告知妳一聲」並不等我回話便離開了房間。她明明不用專程過來向我報告的。我一邊聽著隔壁房傳來吹風機的聲音，一邊這麼想。

他們約會順利嗎？雖然那傢伙一點也不懂女人心，不過加油啊。

只不過那兩個人並不需要我操心吧。

他們肯定會很正常地出去玩、很正常地吃晚餐，最後一臉若無其事地回來。

我用手機看著時間一邊想著這些事，接著便看到麗良從廁所回來。

直到剛剛還束在腦後的一條馬尾此刻已解開。雖然運動過後解開頭髮會看起來很亂很不得了，不過套用在麗良身上，就算頭髮雜亂看起來也賞心悅目。這是高挑又擁有模特兒臉之人的特權。

看著在社團教室拚命整理髮型的社員們，不禁會讓我深切感受到還好自己剪了短頭髮。只要用手稍微梳理，再想辦法處理好被汗水浸濕而貼在額頭的瀏海，姑且還能見人。

「妳要哪個？」麗良手上拿著兩瓶運動飲料，朝著我舉起來。

「哪邊還不是都一樣？而且我會付我那份。」

「別在意，今天我請客。」

「謝謝。」接下運動飲料，冰涼的容器令人感到舒適。「今天怎麼會叫我出來？」

「我看妳的表情很舒爽，想說是不是有什麼心境上的變化。」麗良坐到我身邊，喝了一口運動飲料之後，貼心地問了我一句：「啊，要幫妳開瓶蓋嗎？」

「這點小事我可以的，不過還是謝謝妳。」

我小心地不動到左手腕，將寶特瓶往腹部壓，並轉開了瓶蓋。

大概也因為麗良的氣質讓人較難以親近，因此沒有男生公開繞在她身邊過，不過要我說的話，不過是那些人太不會看人了。這麼溫柔又可靠的女生可不多。麗良能毫無顧忌、若無其事做出體貼的舉動，我很能了解那些著迷於她的學妹們心情，甚至連我都曾有過小小怦然心動。如果麗良是男生，我有自信會迷上她。應該說大多的女生都會這麼說，她真的太帥氣了。

「也不是有發生什麼事，不過各方面都放下了。」

「白崎的事情已經無所謂了嗎？」

「我當然沒有討厭他之類的，不過我整理好心情了，所以不要緊。謝謝妳。」

「那就好。反正如果無論如何都很痛苦的話，就搶過來吧。」

「真是的，妳別說這種話啦！那才是真正的橫刀奪愛。」

「也是。不過就算妳客氣也沒好事啊，大多都是如此。把想說的話說出來，去做想做的事情，這樣絕對比較好。」麗良這麼說完後，還露出微笑加了一句：「對吧？」

「幸福的人果然就是從容不迫。分一點給我吧！」

我這麼說著並抱住麗良，她便摸了摸我的頭。

真的太帥了，我都要迷上她了。也太高規格了吧。

「其實我的幸福有點停滯中。」

「是這樣嗎？」我離開麗良後接著說：

「不用練習的時候妳不是都會和男友出門嗎？難道是吵架了？」

接著麗良一邊選擇用字遣詞，並緩緩地坦白：「每次見面的時候……那個……他都會想要做，我們為此稍微吵了起來。如果是那種氣氛倒是沒關係，但是他有一種很明顯以那檔事為目的的感覺——男生果然都是這樣嗎？」

太露骨了！這實在讓人歷歷在目啊，麗良小姐！這就是另一個世界的煩惱嗎？

「唔……嗯，那樣有點過分呢，我也覺得氣氛很重要。」

我只能做出這樣的回應。對不起我這麼不可靠。「我覺得這一點還是好好讓對方知道比較好。」我這麼說。

「我老實告訴對方一切的結果就是完美吵架中。」

「啊——」我想不到應該要對她說些什麼才好。想說的話語每個都只是逢場作戲，均帶著膚淺的感覺，但是沉默不語又讓我覺得愧疚。雖然想不到任何具體建議，不過又覺得自己得說點什麼才行，不禁脫口而出：「前陣子在我在樓梯間找妳商量的時候，妳怎麼不跟我說？光是傾訴給別人稍微就能分散點注意力吧？」

「看到那麼脆弱又支支吾吾的妳，我怎麼說得出口嘛，真是的。」

「也是，我自己也這麼想。」

「妳真的是笨蛋耶。」

「抱歉，我無可反駁。」

「振作點啊，隊長。」

「我是前隊長了。」

「不過對我來說，琉實還是隊長喔。」

「謝……謝謝妳……還有，關於妳剛剛說的……」

「嗯？」

「……那個啊，做了那檔事之後，男生果然就會變得滿腦子都是那檔事嗎？」

如果我沒有和純分手……如果當時我們就那樣——我的腦中有個角落浮現出這樣的想法，不過這就先擱置一旁，我很在意麗良要說的後續。

很讓人在意吧？一般來說都會想聽吧？這是很正常的吧？

「嗯，嚴重到甚至會覺得『你就只想要我的身體嗎？』，我實在不喜歡只做那種事。」

「原因會不會是因為這次大賽沒贏就得引退，或是本來就因為應試讀書的壓力之類的？周遭給與的期望等等？」

麗良的男友是別校籃球社的三年級生。他們兩人從國中時期就一直交往到現在，雖然以前很常聽麗良商量過這方面的煩惱，不過我沒什麼他們會吵架的印象。

「就算要考大學也還有一段時間，而且他現在滿腦子都是籃球吧，我想他至少也會想參加關東大賽。就算是因為壓力好了，我也希望他不要發洩在我身上。」

妳說的太對了。

「說得也是。嗯，麗良說的沒錯。不過……原來是這樣啊，原來就算比較年長的男生也是這種感覺。我以為年長者會更加沉穩、更有包容力，就算我們稍微犯了點錯，也會笑著原諒自己——類似這種印象。畢竟我對他就是這種印象。」

「在外面確實是這樣，那傢伙就會裝模作樣。不過兩人獨處的時候他毫無年長感，非常愛向我撒嬌。嗯，雖然那是沒關係，不過有時候我甚至會想真不知道到底誰比較年長。」

我想無論是誰，多多少少都有這樣的一面、吧。純也有類似的一面，而且我也是——我又是怎麼樣呢？呃……啊～嗯，或許是想撒嬌那一型的……吧。不，但是這樣很正常吧？這是非常普通的事，沒什麼好難為情的。

現在冷靜想想，好像有點後勁了。不，是後勁相當大。我一臉若無其事地說了挺讓人害羞的話呢。算了算了，還是不要自己揭自己的傷疤吧。來聊點麗良男友的事轉移注意力。

「嗳，順帶一問，那種時候對方會怎麼跟妳說啊？」

聽到我的問題，麗良低下頭稍微沉思了一下。

雖然這件事無關緊要，不過她的睫毛好長！

「嗯——首先是氛圍吧，會透過氣氛感覺到他好像想要做，不過我會先無視他，假裝自己沒有發現。這麼一來，他就會很露骨地來觸碰我——啊，不是一上來就色色的那種喔，是會癢癢的、類似在打鬧那種感覺。接著再問『可以嗎？』之類的。」

啊——不妙，超級真實的。這畢竟是麗良的經驗談，理所當然會很真實，不過……這樣啊，那個人會用這種感覺來暗示啊。哦～正因為我認識對方，所以也有心情複雜的部分……原來如此。我很單純地想多聽一點這方面的事，請告訴我吧，麗良小姐。

那之後我問了各式各樣的問題，比如他們做到什麼程度——那個啊，不是也有用嘴巴幫忙之類的嗎？也包含這類的事情在內，我簡直問了個飽。什麼？很色是怎樣？說我很悶騷也太讓人困擾了。在這種狀況下，一般來說都會問吧！

就全體來看，我周遭已經有經驗的人算少數，稀有的其中一人就是我的摯友，這樣的著急和心癢難耐包圍了我，讓我的心不禁感到騷動。更不用說今天還聽到了這麼多成人話題，很遺憾的這對於沒有對象的我來說，目前是無緣的事。也就是說，這是為了遙遠的未來僅供參考的話題。還有就是我單純好奇。

在和麗良聊完天時，人影漸漸變得零碎。來到天空漸漸要暗下來的時段，周遭已經變得昏暗了。

——這就是所謂的逢魔時刻，所以妳要小心妖魔鬼怪喔。

那傢伙總是像這樣說些裝模作樣的話呢。

「差不多該回家了。吐了這麼多苦水，我肚子也餓起來了。」

麗良稍微伸了伸懶腰，一邊摩擦肚子打趣地這麼說。

「說得也是，畢竟天色都暗了，這就是所謂的逢魔時刻喔。」

「什麼？縫模……？」

「就是容易發生不好事情的時段。相逢的『逢』和惡魔的『魔』，逢魔。」

「考試會考？」

「不會吧，上課又沒學到。」

「真虧妳知道這種詞呢，不過感覺好像沒有機會用。」麗良露出笑容。

「的確，我也是第一次用。」

說完，我也扯開笑容回應。

如果說些「遠方何人之時」或是「那人何貌之時」會不會比較好？畢竟時下流行的電影就曾提到過。

吃完晚餐時，我聽見玄關打開的聲響。才剛遠遠地聽到「我回來了」，緊接著又傳來上樓的聲音。媽媽說了一句「啊，她回來了。這麼說起來，我今天一次都沒見到那織呢」，爸爸便用似乎在哪聽過的話語回應：「身為母親，凡事都需雙重思量：一為自己，一為孩子。」

「你也好好動腦啊。」媽媽一邊讀著園藝雜誌，一邊提醒他。

「也是，妳說的沒錯，然而父親能為妙齡女兒做的，頂多只有叮嚀門禁時間，還有給與交往對象試煉而已……不然難道那織有那樣的對象嗎？」

爸爸也沒有把臉從書上移開。他們兩人雖然在對話，卻沒有看向彼此。

我越來越覺得那織像爸爸了。她遺傳到爸爸愛諷刺人的講話方式，簡直像爸爸像到無可救藥。在一旁看著兩人你一言我一語的，我走上了二樓，敲了敲那織的房門，然而她沒有回應。我再次敲門，她還是沒有回應。

她不在房間裡嗎？我這麼想著，一邊說著「我要進去了喔」便打開門。雖然房內的燈沒有開，不過我隱約看見床上有個模糊的人影。我一邊唸著「連個燈都不開，妳是怎麼了啊？」，一邊打開了房間的燈，照亮了散落在地面的書本，還有她的身影。

我擔心她是不是遇到什麼討厭的事，便穿過書本之間崎嶇的彎道，坐到了床邊，手放在趴著的那織頭上。

「發生了什麼事嗎？」

我撥起她難得沒有綁起來的長髮，晃動了她夾在耳朵上的小小蝴蝶翅膀耳環。這是我在去年生日送給她的禮物，原來她會在像今天這樣的日子配戴。

「沒有，沒有發生任何需要擔心的事情。」

悶悶的聲音自埋在枕頭裡的臉傳來。雖然有點聽不清楚，不過沒有奇怪的情緒在其中。

「那妳為什麼連燈都不開，甚至沒有換衣服就——」

「今天很開心。非常、非常開心。」

什麼啊？原來是沉浸在餘韻裡。老是挖苦人的那織竟然會有這種情況，讓我感到既奇特又可愛，不禁也壓到了那織身上，「妳這個小彆扭！」

「很～重～啦～」

「才不重呢！」我喝斥抱怨的那織，並在她耳邊說道：「這麼開心啊？」

「嗯，所以我開始感到害怕。」

那織轉了過來，露出難得一見的傷腦筋眼神。雖然她是我妹，卻也讓我覺得有點楚楚可憐。

「我有點明白妳那種心情。」

「擺出前輩的態度真煩，我才不追求廉價的共鳴。」

「真不可愛。」

「我和妳不一樣，很可愛。」

「是是是，妳說得對，小那織很可愛呢～」

「妳那種講話方式真令人火大。而且好重喔，走開。」

那織動起腳掙扎。

「好好好，我這就讓開。真是的，妳都把灰塵弄飛起來了。」

我撐起身子，拍了拍這可恨又不坦率的妹妹屁股。我明明是隔著裙子拍的，卻有種拍到裸露肌膚、響亮而清脆的聲響。嗯？我感到疑惑地轉過視線，因掙扎而凌亂的裙襬露出的不只是大腿。我不禁將這防禦力感覺很低的裙子向上掀起——

那織快速地拍開了我的手，並將裙襬往下壓。

「喂，那織妳這是——」

那織撐起身子並轉過來，一臉認真逼近我，「妳看到了吧？」

「看到了，一清二楚，」

腰間綴著蕾絲，那是條淺藍色的……被稱為「丁字褲」類型的內褲。

我第一次看到。高一就會穿這種內褲？會不會太早了？而且好煽情！

「既然被看到那也沒辦法，與其隨便隱瞞反而添增羞恥感，我寧願不隱瞞。妳好好見識吧，這就是女人的覺悟。」

那織張開雙臂，露出一臉彷彿在說「隨妳處置」的表情。

聽到她這麼說，我好像突然失去了興趣……不過，我還是稍微掀起了裙子。前面意外地很普通，不過鬆緊帶上方還有一條細帶，那條細繩勒進腰骨一帶，看起來好下流、好色情。看到雙胞胎妹妹竟然穿著這種內褲，這股衝擊使我有點退縮，尤其又是在聽到麗良說了那些話之後，就更加……應該說，該不會她……是有那種目的才穿的？

「妳穿這件該不會是為了讓他看……？」

「我也不會做到這種程度啦，只是和社長聊一聊就演變成得穿它的局面。不過穿這件讓我有種鼓起幹勁的感覺，產生了一股湧現力量的感覺，我好像也不討厭。只不過穿迷你裙超級驚險，在移動的時候簡直讓我心不在焉。」

畢竟是迷你裙，當然會這樣吧。

「有點像是穿上喜歡的衣服或是配戴首飾那種感覺的再加強版嗎？」

「對對對，就是類似那種感覺的最高級別感，甚至會有種無敵感……不過這不重要，這個我不方便拿去洗耶，妳有沒有什麼好方案？媽媽看到肯定會說話。」

為了獲得無敵感的代價實在太過現實又孩子氣，看到她這樣的反差讓我不禁捧腹大笑。誰教她露出這麼困擾的表情說這種話嘛！那織這種表情很少見，超級稀奇。

「妳……妳也沒必要笑成這樣吧？都流眼淚了！我可是很認真的！」

「誰教妳……啊哈哈……說要拿去洗很難為情……！」

「小心我說這是妳的喔。」

雖然我也不想點明，不過我還是這麼說道：「看罩杯的尺寸一下就曝光了。」

「——我到底該怎麼辦才好？是不是只能拿來當二手內褲賣掉啊……」

「別這樣！」

「反正上下成套，感覺能賣個好價錢。若附上遮臉照片，大概可以賣到高價——」

「笨蛋！」從那織口中說出來，聽起來就不像在開玩笑，很令我傷腦筋。

接著我突然想到了某件事。

「我還沒洗澡，要不要久違地一起洗？」

「可以啊，不過在那之前內褲——」

我無視那織的聲音，一邊推著她的背一起離開了房間。

真是個要人照顧的妹妹。

※　※　※

（白崎純）

距離葛西約會後過了幾天，和那織一起乘坐摩天輪的事情，至今仍舊在腦海中揮之不去。摩天輪車廂中，沐浴在夕陽下的那織，比我喜歡上她時更加漂亮而夢幻，十分美麗。在我眼前的是一名出色女性，我配不上的女性。

「比起小時候看的景色，現在的光景更打動人心呢。」那織這麼說道。她說得太好了，真的如她說的一樣。而且不只是那織——她們兩人真的比小時候還要更加有魅力。

小時候，在家附近開心打鬧的女孩已經不復存在。

「我啊，一直很喜歡你喔。我之前曾說，考試的時候比任何人還要快解開題目看起來很帥氣，雖然這也是原因之一，不過那其實算是我的許願條件。小學的時候偶爾——真的只是偶爾，你不是有贏過我幾次嗎？雖然我說什麼下次我一定不會輸，不過其實我並沒有那麼不甘心。雖然不能說完全沒有不甘心，但是喜悅的成分要比不甘心來得更多。看著贏過我而面露喜色的你，讓我感到你很在意我。很孩子氣吧？如此幼稚又膽小的我，很害怕傳達自己的心意，也畏懼產生改變，才會選了許願這種拐彎抹角的方式。我訂下要在不認真的狀態下獲勝的條件，如果我贏了，就要傳達我的心意。很像傻瓜吧？」那織一邊望著窗外，一邊這麼說的側臉，莫名有種豁出去的感覺。我們現在明明處於正在進行式的交往，她卻彷彿在闡述一段無法實現的戀愛一般。為什麼她要露出這種充滿孤獨的表情呢？說不定那織察覺到我的心思了。她臉上的憂慮濃厚到甚至讓我產生這種臆測。

接著，那織從袋子裡拿出鱇鮟鯊的玩偶，摸了摸它的頭把玩了一陣子之後，對著玩偶再次說道：「真的，簡直像個傻瓜呢。」

我要和那織分手，先重置這一切。然後，我要確實地直面自己的情感。

我在心裡下定決心。

那織在摩天輪車廂中的那段話，狠狠地動搖了我的決心。我不禁產生「繼續維持這樣不也很好嗎？」的心情。和那織互相戲弄很有趣，在聊興趣相關話題時，也不需要一一做說明，我們就是如此了解彼此。

就算撇除她是我的初戀這些附加價值，那織也有十足的魅力。

只是當我和那織待在一起，我無論如何都會不禁想起琉實。我和她們的交情明明沒有淺到會認錯人，然而在她不經意的動作、側臉、那雙眼眸的色彩之間，卻仍然會望見琉實的影子。

而那織呢喃的聲音——也混進了琉實的聲色。

我覺得那織很美，然而另一方面，我明明已經多次警告也決定別再去想琉實，心裡卻仍然會不禁響起：當時在這個摩天輪上，我和琉實——這種聲音。所以，我沒有資格和那織交往。

那麼只要不會想起琉實，就這樣交往也可以嗎？

或許是這樣沒錯，也或許不是如此。就算提出假設也無濟於事。

在我得知了琉實心情的現在、在我和那織交往的現在，我果然還是覺得她們兩人都很重要，沒有辦法選擇其中一方。這份情感分不出高低。

我望著寫了「1mol=6.02×1023個」的板書，一邊想著這些事。

如果好感有常數的話就好計算了。將琉實設為x，那織設為y，代入公式進行計算，獲得較大數值的會是哪一方？若能像這樣數值化的話——我很清楚這是做不到的。既然得不出答案，那就應該要面對問題，一直到得出答案為止。明明不知道正確解答，我沒有辦法憑當下的直覺將其中一方寫在作答卷上。人生可不是答案卡。

當我這麼對教授碎唸時，他說了什麼：「你去讀讀《試證明理科生已墜入情網。》之後，再去嘗試數值化吧。」

不過我在考慮結束與那織的關係，這件事情我沒有告訴他。

我認為這個想法應該要暫時藏在心中。

於是我做好的覺悟，每次在看見一如既往和教授聊著無謂話題的那織時，總會出現產生動搖的感覺，使我無法熱衷於聊天。那織越是一如既往，越是像引頸翹望出門散步而歡喜的小狗一樣親近我，就讓我心中積蓄的沉澱越來越凝結成塊，並變得愈加沉重。

不知道是不是察覺到我的心思，星期三回程的電車中，那織試探我道：「你最近有點奇怪耶？有什麼煩惱嗎？」

「很奇怪嗎？沒什麼啊。」

「是嗎？那是我多慮了吧。」

那織將有氣無力，可說是空虛的雙眼投向窗戶。我則將視線移開了那織。

第四章　染紅吧，我的天空。染上我的朱紅吧。

或許她對我有什麼怨言。這段互動讓我產生這個想法。儘管如此，在這個時機，而且還是電車上，我也實在無法把自己現在的想法告訴她。

所以，我為了說出我的想法、為了向那織告別，脫口這麼說道：「這個星期六要不要來我家看電影？就是今天教授說的那部。」

「不錯耶，我也想看看你們讚不絕口的電影。」

「那麼星期六就決定來我家看電影了。」

為了傳達別離之意，我邀請初戀女孩來家裡約會。

星期六——我必須要向那織提出分手的日子。

我看向坐在我身旁的那織。

我們正好看完了《盜夢偵探》。一臉艱深地維持著同樣姿勢並一直盯著螢幕的那織，稍微動了動手臂，伸了懶腰後嘀咕了一句：

「這是什麼？根本是《全面啟動》嘛。」

「順帶一提，《盜夢偵探》在《全面啟動》上映四年前就有了。」

「真假？不妙。這部電影好厲害。無論是畫面還是平澤進的音樂，一切都好棒！」

興奮露出笑容的那織簡直要跳起來似的。

說不定她真的飛離了沙發一點。

今天的那織穿得很輕薄。老實說，我希望她不要有太大的動作。她穿著胸前有鈕釦的上衣。呃……簡單來說，那溝壑不管怎麼樣都會跳進我的視線中。

迷你裙就當正常發揮——她為什麼要做如此裸露的打扮啊？

在葛西看見的光景瞬間閃回。為了將那段記憶和在意那織溝壑的心情趕跑，我擺出了張撲克臉，佯裝平靜。別去想。

「對吧？這下妳理解今敏和平澤進的好了吧？」

我要專注於電影的話題。這是最好的對應法。

「我懂了，我理解得澈澈底底。甚至讓我感到懊悔，我至今竟然都沒有看過能量這麼龐大的電影。這可不是什麼動畫片之類的了！這不是動漫電影這個類別的，它就是真真實實的電影，只是借助了動漫的自由表現法罷了！那個夢與現實融合、界線漸漸變曖昧的畫面實在太出色了。正因為運用了動畫，才能描繪得如此沒有異樣感。」

「沒有錯。今導演無論是出道作《藍色恐懼》還是《千年女優》，都會描繪出現實與別的世界界線融合，讓人搞不清楚哪邊是哪邊的情境。今導演在採訪中說過，他之所以會喜歡描繪出夢與現實、幻想與現實、記憶與現實蕩漾暈染的模樣，就是因為想要塑造出像筒井康隆《盜夢偵探》這樣的感覺。所以這部《盜夢偵探》，才是今導演的精華。」

「原來如此，想要描繪那種晃蕩感這一點，感覺押井守也是這樣吧？像是網路和現實或是夢中世界之類的。這是影像作家的天性嗎？你喜歡押井守對吧？」

「超級喜歡他，雖然主要以《攻殼機動隊》和《福星小子》聞名，不過他的原創作品《歡迎光臨虛擬天堂》，也是以遊戲事件和現實為主題。在押井作品中，我個人比較喜歡有他本人參與原作的作品。我覺得押井作品還是原創作品更能深化。」

「說到參與原作，森博嗣的小說是不是也有被拍成電影來著？雖然我沒有看過。」

「《空中殺手》對吧。那部作品也很棒，雖然畫面固然優秀，不過最棒的還是聲音。影片中真的有出現飛機飛行的聲響，如果我再早點出生就能在電影院裡觀賞了，真是遺憾。」

「你說到這種程度，害我也想看那部！不過……我首先要看今敏的所有作品。他已故著實令人感到萬分遺憾，這真是日本動畫界不得了的巨大損失。」

「沒辦法看到如此厲害的導演有新作品，真的是悲劇呢。」

這之後我們也像這樣聊了個過癮。我還沒有吃午餐，不過我甚至忘記了這一點暢談甚歡。順帶一提，那織來我家之前已經稍微吃過了。這薄情的傢伙。

不過這先擱置一旁。

——你什麼時候要提？

我知道。

——你越拖可就會越難以說出口喔。

我很清楚。

我在心中不斷重複著這不知道進行過幾次的問答。

「嗳，我們去你房間吧。」

「不待這裡？」

今天父母都不在，因此我本來打算一直待在客廳。所以才會沒有使用房間裡的電腦，而是像這樣專程跑到客廳來用電視觀賞電影。

「有什麼關係？我們去房間吧。我也得讀一讀筒井康隆才行！你有原作吧？」

在那織的催促下，我爬上階梯。算了，房間也行。我這麼想著便走進房間，正當想要坐到椅子上時，差一點就坐到床上的那織拉了我的手臂。我失去平衡倒上了床，將那織壓在身下。

「妳幹嘛突然拉我？」

「嘿嘿，我被推倒了。」

那織淘氣地說著。然而和她的話語相反，那織的表情十分柔和。她的雙頰有些許紅潤，雙眼波光瀲灩，微微張開那光澤迷人的唇瓣裡面，隱約露出皎潔的皓齒。

——別露出那種表情！太卑鄙了吧！

「……還不是妳拉我。」

我努力用冷淡的語氣說。

我想盡辦法讓自己的視線移開那織散發的魅力，並努力想起身。

感覺自己的思考彷彿要被她看透。我似乎要無法保全理性一般。

引力與斥力。加油啊，斥力。我的意志。要和電荷的乘積成正比，距離的平方成反比。庫侖定律是$F=k(q_1q_2/r^2)$對吧？冷靜點，再這樣下去可不妙。這個氣氛很不妙。

得先重整姿勢才行。我這麼想著——

「等等。」

正當我要撐起上半身，那織抓住了我的手臂。接著她緊緊抱住了我，將我拉到她的胸前。於是我的臉就這麼埋在了那織的胸口。

萬有引力！

我輕輕點了點那織的手，但她完全沒有減輕力道。不僅如此，那織還把我的頭緊緊壓往自己，接著就這樣滾了一圈。

脖子好痛！好像要脫臼了！

呃……也就是說，我現在被迫仰躺，還被那織的胸部壓著，縱使隔著胸罩我也感受得到那壓倒性的肉感，那經過擠壓而改變形狀的柔軟度。

教授，照這情況來看她不可能是墊出來的，我感覺得到質量。我敢保證。

像我這種優柔寡斷的男人，或許還是就此窒息而亡比較好……

死前我理解了所謂和平的真意。此處不會誕生爭執。不過——

……抱歉，果然還是好難受。我不敢死。

和琉實一樣的衣料氣味，混雜著那織胸口汗水散發的芳醇香氣，充斥我的鼻腔。

我感到一陣暈眩。這陣頭昏眼花或許是源自缺氧？我想這麼相信。

「……那織，好難受。」

神說要有光，於是就有了光。

光終於回到了我的視線中，氧氣透過血紅素供給到我的全身。

「這就是騎態壓制！」

以膝蓋施力撐起身體的那織俯視著我。她的衣服被胸部撐起，露出了肚臍。

我慌張地移開視線，接著那織裸露的大腿映入我的眼簾。我根本無計可施。

我轉頭看向側邊，把注意力轉移到書桌。我還是第一次這麼認真看木材的紋路。雖然天板是無垢材，不過桌邊櫃的部分卻是密迪板。這麼說起來膠合板不知道是怎麼做的。

接著那織坐到了我的腰上，我感覺得到人的重量以及人的溫熱。

算我拜託妳，別坐在那麼危險的地方……而且妳還穿裙子。

隔著薄薄的布料——別去想、別去想、別去想。

「……我剛剛真的快窒息了……」

「不過我倒是覺得你還享受了一段時間呢，不是嗎？」

「沒……沒有不是……但那個……我是腿派的……」

雖然說這話的人是我，但我自己也覺得這種躲球方式太差勁了。我的眼前浮現教授壞笑的表情。

才不是！我並不想被踩！我絕對不是那個意思！

「那要我用大腿夾住你嗎？」

那樣的話——等等等等等。冷靜點，別去看那織，快看木紋。

快去思考密迪板的製作方法是什麼！中密度纖維板，是混合了木屑和纖維等物——

「嗯？該不會你猶豫了一下？」

用那織聽來不滿的聲音說了聲「喂」，於是我將視線——移回她身上。

然而，我的視線瞬間在那織的……那雙腳的根部一帶停了下來。

因為那織抓著裙子的裙襬往上撩起。

我的眼前有條淺粉色的布。

我看見她的右腿根部有顆痣。

「笨蛋，妳……妳在做什麼啊！」

「你的視線果然停滯了一下耶。」

那織的手放開了裙襬，簾幕輕輕下墜，覆蓋住一切。

「當……當然會啊。」

「我想說為了腿控，就讓你看看我大腿根部的肌肉……我的股薄肌呢。我右腳大腿的根部正好還有一顆痣，你有發現嗎？還是要再看一次？」

我發現了！我有看到啦——

「不用做那種事！而且……這個舉動的主要目的應該是露內褲吧？明明前陣子那麼害羞，今天的那織很奇怪耶，妳是怎麼了……」

那織再次倒到了我身上。

「我不說你就不懂？不可以這樣嗎？」她還湊近了臉，近到幾乎就要碰到彼此的鼻尖。她露出賭氣的神情，摻雜著吐息說完了話——堵上了我的嘴。她不單單只是堵住我的嘴，彷彿在啃食我的雙唇般，她不斷重複分離又吸吮的過程。每當那織吻我，耳邊便會迴盪著溼潤的接吻聲，讓我幾近瘋狂。

不，我確實瘋了。我拚了命維持形狀的自制力，被名為陶醉的火點燃，變得宛如黏稠濃密的蜂蜜一般。

那織的舌頭伸了進來。

至少不能……我這麼想，閉緊了嘴表示拒絕。那織雙手捧著我的臉頰，暫時離開了我的臉後，靜靜地注視著我的雙眼，並瞇起水汪的眼眸再次貼上了唇。

深深被那織吸引的我很沒面子地，完全被奪去了拒絕的氣力。於是我接受了這個吻。我還是接受了她。

自和琉實分手那天之後，我就再也沒有這樣接吻過。

——抱歉，身體好像嚇到了……

琉實露出了悲傷眼神這麼說著的臉，浮現在我眼瞼底下。

瞬間——

我壓著那織的肩，硬是拉開了她。唾液牽起了細絲，接著靜靜斷裂。

「虧你剛剛明明露出了雄性眼神，現在眼中卻充滿了後悔。你真的死板到讓人不甘心耶……噯，只要你想要，我願意就這樣繼續下去喔。我不在意。我的胸、我的腰還有屁股也是，你可以恣意擺布一切。」

那織嬌豔地說著，她的唇邊殘留著光澤，我難以分辨那究竟是我們哪一人的唾液。她垂落的瀏海勾勒出臉的輪廓，那織的雙唇帶著水氣，並用成熟的神情俯視著我。

「……抱歉，我做不到……雖然我們或許確實是在交往——」

「對不起喔，我並沒有當作我們在交往。」

那織確確實實地這麼說了。她的說話方式並不是要矇混些什麼，也並沒有開玩笑的意涵。

她用十分清晰的聲音……這麼說了。

（神宮寺那織）

若這是推理小說的話，在這一章大概就是解決篇了吧。

雖然我完全沒有這個意思。

好了，我要不要賣個關子呢？算了吧，要不然太拐彎抹角了。

純和姊姊一直深深地認定「我和純在交往」這件事。他們兩人的錯誤就出在他們完全相信我不會拒絕純的交往邀約。

而我則放任了他們的誤會和自以為，因此才會造成現在的局面。

再加上做出讓他們產生這種想法舉動的人，就是我自己。

黃金週假期第二天，純對我說提出交往時，先是用耍寶方式拒絕他的我，最後也只有說

「我怎麼可能會因為這種理由拒絕你？」而已。這句話的意思是，我不可能會用那種理由拒絕他，但若是別的理由就有其可能性。我只是沒有提及別的理由罷了。

就連「請多多關照」這類型的話，我也完完全全沒有說。

不僅如此，聽到純說「今後請妳多多關照」時，我則是用「還麻煩你繼續陪我嘍」回應他。我故意避開接受關係變化的回答，並選擇了曖昧不清、想怎麼解釋都行的回答。我沒有說出簡單明瞭的回應，在一瞬之間，決定幫自己留了保險。

那時候我這麼想：為什麼純會在這個時機說出這種話呢？當時我感到一絲可疑，因而這麼回應他。我想知道純會出什麼招，才會故意做出這種回答。

回到家後我冷靜了腦袋，測試了一下姊姊的反應後，我很慶幸沒有老實率直地回應，並稱讚了自己的嗅覺。這才是真相。

到頭來在揭露了事實真相後，甚至連細節推測都完全符合我的猜想，也不過是證實了我的疑慮。

所以說，我既沒有說過我在和純交往，也沒有說過純是我的男友。我只是做出應和他提議的舉動，只是這麼演戲而已。

什麼敘述性詭計之類的，我可不是要炫耀自己用了類似這種招數，各位大可放心。我不認為自己做了那麼高深的事情，也不覺得自己有做，不然偉大的前輩們可是會生氣的。只是我當初做出了曖昧的回應，而後就那樣直接利用了這一點。

「咦？妳那是什麼意思……」

「聽到你的告白，我可沒有說什麼『請多指教』等答應你的回覆喔？也就是說，對我來說這件事情，單純是你單方面提出想我交往而已。」

「……什麼？」

「你的表情呆到簡直讓人無法想像，剛剛還露出具侵略性的表情，啃食著我的雙唇呢。」

「不不不不不……咦？這樣也太奇怪了吧……我有點無法理解妳說的話。」

「我不講明你果然不懂嗎？虧我還以為剛剛我們心意相通了。還是你想讓女生產生羞恥感，並很喜歡看到女生因恥辱而痛苦的模樣呀？」

討厭，露出這麼飄渺的表情，那張臉真令人欲罷不能。我的身體深處本來就激發了熱情，看到你那種表情我簡直要無法忍耐。

激昂的情慾難以遏制。真是的，看來或許是我比較有施虐癖呢。

我把頭靠上純的胸膛，貼在他的左胸膛。再一次重置吧。要來幾次都可以。

直到實現為止……直到得手為止。

因為一切正要開始。

「無論是純還對姊姊懷抱著依戀，還是姊姊為了我和你分手，這一切我全都知道。你擅自來照顧我，還被那義務感壓得喘不過氣，甚至於動彈不得，這一切我全都知道。還有純的初戀是我這件事，我也知道。」

「……那織……所以連同剛剛那一切也全都是演戲……嗎？」

別用那種撕心裂肺的聲音呼喚我的名字。我比較希望能在不同情境下聽到你這種聲音。

「你真是傻耶，我之前不是說過我喜歡你了嗎？所以就算做下去也可以的，剛剛我不也說『我願意就這樣繼續下去』嗎？我不是說了我不會介意？那是我的真心話。就算你對姊姊還有依戀，只要你願意看著我的話這樣也夠了。可沒有像我這麼順你心的女人了吧？你真是糟蹋了個機會。」

我早就知道他不會做這種事。打從一開始就知道了。

所以，我才會把整件事情塑造成現在這個樣子。

因為再那樣下去，他感覺就要提出分手了啊。明明我們又沒有在交往。

我唯一想避開的就是這種情形，我想要握有主導權。雖然這當然也攸關我的面子，不過我更加厭惡沒有辦法在揭開真相時達到效果。

而且，我也想要先了解我在他心中的可能性。

我想知道純心中是否有忘卻姊姊的瞬間。

可能是姊姊初吻的地點……之所以會選擇和他去這種地方約會，一切都是為了試探可能性。我想知道純那所謂的初戀，是否還在持續冒著可能會燃燒的煙。雖然也發生了預料之外的事件，不過就結論來看，一切都導向了好的方向。

哎呀，這真是出色到對我有利的賭局。

而且畢竟我們沒有交往，所以要怎麼狡辯都行得通。退路很完美。

再加上若他真的出手，也依然是我勝利。

雖然就這一層面來說，因為他沒有出手，所以我並非獲得了完全勝利，不過可以說我向上天祈求的願望達成了。應該說，我獲得了超越所想的成果。嗯，我很滿足。所以是我贏了。

因為——我完全有十足的可能性（機會）嘛！

不過話說回來，我沒想到他竟然會如此熱情地回應我。這是意料之外的收穫。

嘿嘿。

啊——超級舒坦的。不行，我都快偷笑了。

直到現在，我的耳朵深處似乎仍然迴盪著唾液下流的聲響。

剛剛的純完完全全只注視著我一人呢。

「我……我怎麼可能做出那種事……唉，我開始有點怕妳了。」

「虧你還來交纏我的舌頭。」

「呃……那個……那是……該說是被氣氛牽著走了嗎？」

「舒服到讓你忘我？」

滿臉通紅的純移開了視線後默默點頭。那動作細微到若是沒有仔細觀察，便會輕易漏看。

啊啊，真是的，竟然這麼害羞，真是可愛。

而且除了舌頭之外的地方也有了一點反應呢。不過因為我人很好，所以就不提出來了。

「是嗎？這樣啊……唉，我該拿這被熱情所困、幾乎令人要窒息般的激情怎麼辦好呢？噯，你說我該怎麼辦？你很會讀書吧？沒有什麼好點子？你該不會都點了火，卻還要我自己撫慰自己吧？」

「誰……誰理妳啊……」

「真是過分的男人。這裡有個超級無敵過分的男人！」

「就算妳這麼問我——」

「你要摸摸看嗎？確認一下我的身體是不是在發燙。現在的話可以喔？」

形狀記憶合金。嗯，我只是想講講看而已。

「別……別說蠢話了！別開那種玩笑。」純把手臂靠在額頭上，閉上眼睛繼續說著：「結果只有那織一個人了解一切……事情的全貌啊。」

「所有一切全被我看穿了。應該說你們太愚蠢了，就算青春期的心思再怎麼複雜好了，難道你們沒有更好一點的做法了嗎？你們難道沒學過當一致性出現漏洞時，要一鼓作氣彌補或用演技來矇混過去？」

我對自己十分扭曲這一點有自覺。

「那是要去哪裡才學得到啊？」

「你從那麼多故事中到底都學了些什麼啊……不過太好了，你還是黃金單身漢喔。接下來要怎麼做，全部都看你的造化。就像我剛剛說的那樣，要就此和我從頭再來也可以，就算是這樣我也完全沒問題。」

我再次看向他的眼，雖然說老實話我並不想說出口，不過我依然特地提出了別的選項給他——「也有和姊姊復合這個選項。」

我只是為了讓他知道，我也理解還存在這一個可能性。

哎呀真是的，我越來越覺得我是個濫好人了。

「對我來說，為了不讓你忘記我……我本來想要讓你墮落到沒有我的身體就活不下去，再解放你的……不過，就算現在實行也不遲吧？啊，那就這麼辦吧？如何？雖然氣氛有點不到位，不過要就這樣一鼓作氣完事嗎？反正這種事情靠的就是時機和氣勢吧？還是說你現在面對我，卻還要拿姊姊怎麼樣的來當藉口逃避？嗳，你要怎麼辦？」

我今天穿的內衣褲當然是最高檔的貨色，肌膚也保持在完美的狀態。

「那織，妳這樣說也太可怕了。而且事到如今，我才沒辦法和琉實復合……」

「為什麼？」

哦？意思就是我有希望？

我終於也要承受破瓜之痛——不對，他這哀嘆聲(聲色)不是那種感覺呢。

「其實我原本打算和妳分手，和妳分手後也不和琉實復合，我決定要好好思考今後該怎麼做。因為我覺得用這麼半吊子的心情和妳交往，對妳實在太失禮了。」純嘆了一口氣。「我還忘不了琉實是事實，不過妳對我來說是初戀……老實說……我也有過好幾個瞬間，覺得就算不和妳提分手或許也沒關係……那個……儘管到了現在，妳依然十分迷人，是我很重要的人。」

我不禁死死盯著純的臉。我沒有想到他會這麼說我。

別撇開臉！喂，我正看得入迷呢。

順帶一提，你就算撇開了臉，也藏不了通紅的耳根子！

啊～不過，我或許也是這樣吧。

真是的，你快想辦法處理我這份熱情啦……你這傢伙，DATURA！

「渣男、混帳東西、性慾處男！」

我一邊戳著純的臉頰，一邊碎唸。我一定要狠狠痛罵這個猶豫不決的傢伙。

「妳！明明是妳先主動……呃，雖然被挑逗的我也不對——」

「不過我很開心。你再說一次。」

「我絕對不再說了。」

「為什麼？小心我告訴姊姊喔。跟她說你給了我一個熱情如火的深吻。你享受了我的胸部、看了我的內褲，因為太過亢奮——」

「我知道了！我知道了啦！」

「那你趕快說。」

「那織直到現在也魅力依舊，是我很重要的人。」

接著，我狠狠地緊緊抱住了他。

「我就說別做……這種事情……那個——」

純的話語讓我的身體有些退縮。不過他噴灑在我脖頸的氣息，讓我覺得有些搔癢。

「——我要忍耐可辛苦了。」

嘿嘿嘿。不錯，很不錯喔，白崎純。

我的心情棒到了極點。我從沒有像今天如此慶幸自己生為女生。

你確實地染上了朱紅色呢，很棒，棒到可說沒有比這更好的成品了。

這麼一來，我們就能重置一切。雖然和以前相比，舞台稍微有了改變；雖然我們依舊各自懷抱著不同的心思，不過我們之間沒有擁有特定關係，退回了以前的三人。

我們成了常見的戀愛喜劇三角關係，回到了自己應該存在的位置。

以往的我們沒有餘力享受這樣的關係，老是在牽制著彼此，就算感到膽怯也無濟於事。懦弱是不好的，我痛切了解了這一點。

所以這次，我想要盡全力去享受一切。

一切終於開始轉動了起來。哨箭已放，無法回頭，這就是開始的徵兆，嚆矢濫觴，吹響開戰的號角！

這就是我的做法、我的取勝方式。《紅色收穫（達許·漢密特）》，大陸偵探社！

這麼一來就能公平競爭了吧？可以重頭來過吧？可以好好享受了吧，姊姊？

已經不用再忍耐了喔，可以不用繼續邊把自己投射到俗氣的歌詞中，一邊悔悟自我了喔。

啊啊，我真是出類拔萃的妹妹。我簡直讓人反胃般地是個好妹妹呢。

不過我得向妳道歉。姊姊，對不起喔。

我這邊可能比較有利一點，這也是莫可奈何的吧，畢竟我很努力。我的身體可不廉價。

好了，收拾掉這愚鈍的男人，接下來輪到愚鈍的女人了。給我等著。

她會生氣嗎？大概會生氣吧。不知道她會露出什麼樣的表情呢？嘿嘿。

（神宮寺琉實）

完全不知所云。

妹妹的話語模糊地飄蕩在我的房間裡，接著在聲音竄入我耳中後，我才終於察覺她好像說了些什麼話，沒有辦法好好抓住話語的含義。

「抱歉，我不是很懂妳在說什麼。」

「我說——我和純沒有在交往。」

那織背靠在牆上，一雙短褲伸出來的長腿擺放在床上。看到她雙腳的指尖閉合又張開的動作，讓我有種她在瞧不起我的感覺，讓我感到不悅。

「也就是說……妳騙了我和純？」

「雖然妳所謂的『欺騙』在意思上，和我背負的一切意義有細微的不同，不過就客觀角度來看，也能用這種說法歸納吧。總歸就是視角的問題，所以我不否認。」

「妳想表達什麼？」

那織終於停下了亂動的腳。她拖著屁股移動，坐到了床的邊緣。她直直注視著坐在椅子上的我，那雙眼望進我的眼裡。

「我沒有辦法容忍妳覺得我會乖乖接受交往的提議，也無法忍受妳認為我會傻傻地感到開心，而且前提還是妳用這麼拙劣又充滿了破綻的方法。這種詭計應該要做得更加巧妙才對。要在事前確實埋種子，灌溉許多水，拚命忍耐、用力忍耐，看準了時機再收割，若不這麼做是不可能會成功的。在妳腦中描繪不出這種路線圖的當下，就已經不可能成功。實在太不像樣了。就我的角度來看，只覺得妳多管閒事，妳懂嗎？」

——！

我瞬間什麼話都說不出來。就算想要反駁些什麼，張開口卻仍說不出任何話。

要說我多管閒事的話，確實是如此沒錯。關於這一點我實在無可反駁。

我很想為自己瞞著那織向純告白的事情贖罪。

為了那織我必須忍耐——但是我第一次沒有辦法忍耐。我對不起那織。積蓄的情感遮蔽了我身為姊姊的職責，其結果就是給純增添了負擔。我一直以為純是不情不願地配合我才和我交往，光是知道這是我自己會錯意，我就已經十分滿足。

我確實覺得這個做法有些太強硬。若她要說我自以為是，或許真是如此沒錯。

但是對我來說，只要純和那織可以幸福就好了。只要這樣我就滿意了。

結果——為什麼？我不懂那織在想什麼。

「我大概知道妳在想什麼，所以也不會過於苛責妳。妳大概就是覺得自己先偷跑很對不起我啊、因為純的初戀是我啊、自己是不是勉強純和自己交往等等……反正妳肯定就是在想這些事情而躊躇不前吧？」

「……因為就是如此吧！畢竟我本來就知道妳喜歡純，也知道純喜歡妳啊！而且純和我在一起的時候又不能聊興趣方面的話題，我才會覺得自己是不是在勉強他！也因此我才決定要抽身——」

「妳真的很笨耶。就是因為這樣，妳才會和他交往了一年後就分手吧？還說什麼『該說是有種異樣感嗎？我有種好像不太對的感覺，我們果然適合當普通的青梅竹馬』這種恬不知恥的話，妳的話裡面沒有一點真實感，充滿了刻意事先準備好的虛假。」

「那時候我是認真這麼想的，我以為純根本不把我當女生看待。我可也是煩惱了很多事情啊！我想過好幾次，自己應該要更早點和他分手，可是每當我擺出有點冷淡的態度，或是有些失落的樣子，純就會很擔心我——這一點又讓我更加感到愧疚。聽到他說『我做了什麼嗎？』，我也沒辦法就那樣向他提出分手……雖然我也很清楚繼續拖著也不對。我覺得這樣實在太對不起妳，也想過早知道就不要告白了。就算是我，也像這樣煩惱過啊！別將我這一切煩惱，用什麼沒有真實感來評價！」

什麼嘛！到底是怎樣？

為什麼我非得說這些話不可！

妳肯定不知道我當時是用什麼心情下決斷的吧！

「因為妳感到愧疚就沒辦法找我商量？獨自一人背負一切，想盡辦法要解決這個問題，逕自裝出接受了一切的樣子，不惜欺騙自己後狠狠拽出來的結果，就在妳眼前。不過至少比《愛的饑渴》要好多了。」

「妳老是像這樣擺出不關己事的臉，然後還完全不在意我的感受——都只有妳自己總是和純那麼親暱地聊天，讓我一邊覺得不好打擾你們，又覺得很羨慕妳……」

所以那個時候，我實在忍無可忍而向純告了白。

早知道會如此，我果然不應該告白的。

「應該說我到底什麼時候說希望你們分手了？我沒有說過吧？是妳自己擅自這麼想的吧？而且我最討厭有人施捨我了，我才不要什麼同情。我沒有那麼脆弱，沒有那麼愚笨。自己該怎麼做、有什麼方法，我至少還是知道的。而且妳是什麼意思？『這樣太對不起妳了』？妳那是以什麼心態說的？所謂的自我犧牲嗎？拜託別這樣，開什麼玩笑啊，真令人反胃。」

「啊啊，真是的！為什麼我非得被妳批評成這樣不可！好啊，我知道了，為了重要的妹妹著想，是我太愚蠢了。我已經受夠了。什麼嘛，都不知道我的心情……我不管妳了。妳再也不是我妹也不是我的誰，隨便妳吧！」

我幾近尖叫地說道，連我自己都知道自己說的話簡直狗屁不通。

掐入掌心的指甲實在太痛，我不禁放鬆了緊握的拳頭，情感宛如決堤般崩塌而落。化為巨大浪濤的情感變為濁流，我已經無法遏止，便不顧一切地一吐為快，並委身於這股氣勢，狠狠地拒絕了眼前的妹妹。

「我知道了，就這麼辦吧。畢竟我也一直都很想和不是我姊姊的神宮寺琉實談談。」

那織用平淡的表情這麼回應我，接著她緩緩站了起來，蹲到了我的腳邊。

「……咦？」

我沒能理解那織的話語。

我的妹妹在說什麼？

「只不過早了幾分鐘多呼吸幾口外界的空氣，我們也差不多該拋開這點差距了吧？雖然妳似乎從小就對『姊姊』這個稱呼抱有優越感，而我對這類事情也不怎麼在意，所以才會一直叫妳姊姊，然而妳卻因此而感到那麼痛苦，未免也太傻了吧？如果妳同意，我也要拋去『妹妹』這個角色了。怎麼樣，姊姊？」

我作夢都沒有想過，那織原來是這麼想的。

我沉醉在「姊姊」這個角色中是事實。

因為妳是姊姊嘛。姊姊學會忍耐，很棒喔。姊姊真是堅強的孩子。

大人們的言語填滿了我年幼的自尊心。

那織從小就很懂事，她的腦筋動得很快，並且不受拘束而任性。

我在課業上贏不了那織，簡直一敗塗地，唯一能勝過她的只有運動而已。

儘管如此，我仍然有訓斥那織的資格。

因為我是那織的姊姊。

講白了，唯有姊姊這個立場和運動是屬於我的領域。

這樣的話，再也不是妳姊姊的我，究竟是什麼人？

「妳不喜歡……當我妹妹？也就是說，這麼不可靠又自以為是的我……是個失職的姊姊吧？這也是當然的，畢竟我剛剛講了很過分的話。對不起喔，那織……對不起。」

喉嚨一陣難受，簡直像是被蓋上蓋子般疼痛。

「就是妳這一點不對。妳真的很傻耶，妳是有什麼特殊能力嗎？總會把字字句句都想得很負面，我明明就沒有這麼說。啊，不過好像有點失職的地方沒錯。但是硬要說的話，其實我也沒有資格講別人，所以妳也別在意。這就算了——

我之前說過，我們若是作為兩個陌生人認識，是絕對不會變要好的，對吧？但是我們卻像這樣被同樣的父母養育，住在同樣的家裡，去同樣的學校上學，喜歡上同一個男孩。我們相處得很好。所以我們被『姊妹』這種框架捆綁住，實在太可惜了。因為是妳姊姊、因為我是妹妹……我們忘了這種社會的分類吧。親緣關係什麼的根本就無所謂，不過是戶籍謄本上記載的項目罷了。沒錯，稱呼這種東西無關緊要，只是符合他人意思又方便的稱呼罷了。雖然要拿來利用是無所謂，不過若只是被此束縛，那就是不幸。

我就幫不擅長用功的姊姊簡單整理吧。我的意思就是，我們捨去『因為是姊姊』、『因為是妹妹』這種無聊的職責吧。我們可是在媽媽的肚子裡一起長大的，我們忘了來到外界的順序吧。好嗎，琉實？」

我的妹妹從小就聰明伶俐，是個怪人又不受拘束。

聽到她這麼說，我根本無地自容。

「如果我和妳是不相干的人，然後假如我們又同班，我……完全沒有能和妳好好相處的自信。妳總認為自己是對的，老是直言不諱地說出自己的想法，充滿過多的自信，還會一臉若無其事地說什麼『因為我很可愛』這種話，也會一臉冷淡地說『考試什麼的，只要平常有好好在讀書，根本沒什麼大不了的』，像這些地方真的是我會感到棘手的類型，而且又是御宅族，老是說些不明所以的話。就算我們能當熟人，也當不了摯友。」

「我也非常不擅長和像妳這樣不分男女都能融洽相處，在教室裡大吵大鬧，甚至讓人懷疑大腦皮質是不是沒發育完成，聊天時的詞彙量簡直像是沒有語言中樞般的人。放在超市之類地方的爆米花機是不是詞彙量還比較多？你們這種人乾脆乖乖一直轉著把手不就得了。還有只有在體育課的時候才生龍活虎的傢伙，真希望這些人滅絕。嘴巴上講什麼『嘿！傳球！』啊、『投得好！』之類的話，散發出專業選手感沉浸在其中的模樣實在令人痛心。嘿嘿嘿的吵死了，你們是龍蝦小兵嗎？」

「喂，妳會不會嘴巴太毒了點？我沒有講得這麼惡毒吧？而且妳講的不是我個人，而是想和特定團體為敵吧？既然妳這麼說……那妳小學的時候──抱歉，剛剛的當我沒說，我有點說過頭了。」

我不小心說了多餘的話。

「又要講令人懷念的事了。可以啊，我又不在意。」

「嗯，抱歉。」

「我不是說我不在意了嗎？是妳先說的耶，說什麼沒有信心能和我好好相處什麼的，而且還是對親妹妹這麼說。很過分吧？這方面妳又如何辯解？」

「我不是說對不起了嗎？為什麼我們總是會這樣啊，明明是雙胞胎。」

「因為是異卵的吧？就算是同卵雙胞胎，在長大的過程中基因也會產生差異。雖然大家常說同卵雙胞胎的DNA是一樣的，不過隨著成長胞嘧啶出現甲基──」

「妳那個會講很久，停了吧。我一點興趣也沒有。」

「虧我還想向妳解說一番，怎麼樣以科學方式否定同卵雙胞胎從遺傳基因觀點進行交換的詭計呢。這明明是生物知識可以派上用場的話題，妳可真是沒有求知慾。」

「我前面抱怨的就是妳這一點。」

「彼此彼此吧。就算澈底了解基因，也完全無法幫助我們向前邁進。」

那織說了句「蹲久了腳很痛」，一邊伸懶腰後躺向了床鋪。

「彼此彼此啊……確實，事到如今也無濟於事。」

「是啊，又不是說這樣我們就能分開。所以說，妳也沒必要勉強自己放棄純吧？」

「那件事已經無所謂了。我已經整理好我的心情。」

那織挺起上半身，微微低著頭露出神祕的表情。

「我啊，今天和純有了初體驗喔。老實說，身上還留著異樣感。」

那織一邊撫著下腹，一邊這麼說著。

「……咦？」

……是……這樣嗎？會不會太早了？他們也才交往……應該說，他們根本沒有交往……

等等。真的嗎？純和……那織──

「妳那是什麼表情？妳不是已經整理好心情了嗎？但是妳卻露出『真不敢相信～令人大受打擊～太扯了吧～』的表情呢。」

「我……我才沒有！我的講話方式也沒有那麼傻里傻氣的！而且那種事情怎麼樣都好……呃，你們真的做了？」

我沒能跨越的界線。我本想跨越，卻沒能跨越的高牆。

純不願跨越，而我造就了那個原因的未知領域。麗良的等級。

「我是說笑的啦。」

這傢伙——！到底要戲弄人到什麼程度——

真的當不了朋友！

我絕對不要和她當朋友！開什麼玩笑！

「我說妳啊……把人當白痴耍也該有個限度！」

「妳還喜歡他吧？」

「誰理妳！我受夠了！不想跟妳說話！」

「今天的吻感覺會出現在夢裡呢。」

那織的纖指摩挲著唇瓣，視線帶有深意地落下。

「誰會被妳騙！」

「一開始明明還有些抗拒，不過被他那麼熱情地索求……甚至還伸了舌頭……」

「伸……伸了舌頭？」

笨蛋！我真是笨蛋！幹嘛被她的話吸引！

「妳就別再硬撐了吧，琉實。不過妳真的像變臉一樣，表情千變萬化呢。很會自拍的人表情肌果然很柔軟嗎？畢竟妳老是動不動就愛找朋友拍照嘛，還老是上傳些閃亮耀眼的貼文呢。哪像我，都只能拍自己的胸部和腿。」

「等等等……等一下下！最後那句話我可不能當沒聽見！雖然前面的話我也不能置若罔聞，不過最後這句話不管怎麼想都很奇怪！胸部和腿的照片是什麼？妳該不會有在經營小帳吧？」

「討厭啦～人家才沒有呢～」那織拉長尾音地說。

「妳的講話方式！有更果斷的否定方式吧！為什麼講得這麼心虛？」

「沒事啦，我沒有上傳ＩＧ那邊喔，妳也知道我的ＩＧ是閱覽用的吧？」

「妳剛剛是不是說『那邊』？這段話的結局，應該不是什麼有上傳×之類的吧？而且如果妳有在用×，就要告訴我帳號啊！」

「怎麼可能～妳太愛操心了～」

「好隨便！妳的反應太輕浮了！妳應該真的沒幹這種事吧？」

確實，面對這樣的妹妹，我大概沒辦法當好她的姊姊吧……

「這不重要，我可不會再手下留情了喔。」

「嗯？」

「我在說純的事情。」

「這……這件事，我剛剛也說過了吧。」

「明明心裡還牽掛著他，真虧妳敢這麼說。反正分手前天妳肯定也為了想留下紀念，鼓起幹勁想要做到最後一步，結果最後卻沒能做到，反而又更加牽掛……一定是這種套路吧？」

難道說，純他……說出來了？

我明明沒有告訴任何人這件事情……他卻告訴了那織？

這個背叛者——

「既然妳沉默不語就表示果真如此，妳的想法完全曝光了喔。不過話說回來，妳也真是膚淺啊。」

「那——織——！妳這個小鬼，竟然設計我！！！」

那織說的沒錯。那天，我本來打算那麼做。

我本來想要以此畫下一切的句點。

當時也確實有那樣的氣氛。我們彼此之間瀰漫著那種空氣。

只是，本來該在隔週才會來的那個不小心來了。偏偏在這種時候──

雖然他體貼我讓我感到很高興，不過……啊啊，算了吧，我甚至不想回想起來。

「妳實在太單純了。畢竟那天妳的抽泣聲都傳出來了嘛，雖然分手那天也是，然後惡夢般的泰勒絲歌曲循環祭典就此展開。我都以為自己都要得憂鬱症了。泰勒絲一開始是結合了青少年流行樂和鄉村音樂，並不是說歌詞寫得好之類才紅的吧？要是妳把自己投射到無論是國家還是立場都不同的上流階層歌詞中，那可讓人無法苟同。該不會妳是會把自己投射到庸俗失戀歌曲並沉浸其中的那一類型人嗎？是那種說著『我感同身受～』之後邊哭的類型？啊──我很不擅長應付那種人。」

「我……我才沒有哭！還有妳不准瞧不起泰勒絲！」

「是是是，我說過頭了，真是對不起啊。對了，我順便再說一件事。前陣子妳躺在客廳沙發上睡覺的時候，用嬌豔的聲音說了『純……那裡……不可以』的夢話喔。朝雲暮雨之夢呢，還好爸爸不在。順帶一提，媽媽當時假裝沒有聽見，面無表情地看著電視喔，不過我想她肯定是聽到了，畢竟她還側眼瞥了妳一下。」

「我……我才沒說！」

咦？我說了嗎？我說了那種話？

說的是夢話……我還真沒自信……既然是夢話，我就不能否認了嘛！

如果我真的有說，那真的太丟人了！

不只是那織，連媽媽都聽到了嗎？

也太煎熬了，真的煎熬。無法忍受。會死，我要去死。

應該說妳乾脆點殺了我吧。

「總之事情就是這樣，妳不用客氣喔。不過我先聲明，之後才後悔可就太遲了。有時候去做自己想做的事情，坦率地生活才比較賺。」

「……我會考慮。」妳幹嘛說跟麗良一樣的話。

「對了，剛剛有件事我本來要告訴妳，古古——啊，我是在說古瀨，那傢伙現在好像在加拿大留學喔。她奮發向上地說要交個外國人男友。」

「咦？是這樣嗎？這樣啊，千夏在留學啊，我都不知道。不過妳為什麼知道這件事？」

「ＩＧ看到的。我們至少會很正常地和對方愛心。」

嗯嗯？什麼時候交換的？那織有這種社交性嗎？因為她和千夏——

古瀨千夏。我久違地脫口說出這個名字。

小學五年級的時候，那織曾被班上同學孤立。這就是我剛剛本來要講，最後決定不說出口的話。

現在的那織雖然不會在外頭——應該說，除了在感情要好的人面前以外——直言不諱，不過以前她會若無其事地這麼對待他人。其結果就是身邊的女生曾和她保持過一段距離，而那群體則是以古瀨千夏為中心。

經過在班上屬於領導型的千夏事先疏通，班上的女生幾乎都會無視那織。雖然我在別的班級，不過這方面的事情傳得很快。

「那些傢伙真的太幼稚，讓我都傻眼了。和那種傢伙說話，感覺連我的腦袋都會退化成幼兒。看我主動無視她們。」雖然那織當時這麼逞強，不過看著她有事沒事頻頻嘆氣的身影，我想她應該也相當難受。

「我說了多餘的話，這是事實吧……」過了一段時間後，愛逞強的那織便懦弱地說出這一番話。所以我才會給出「我覺得妳看準時機道個歉比較好，畢竟會變成這樣的契機出在妳身上」這種建議。然而那一天卻沒有到來。

現在仔細想想，對方大概甚至沒有給她可以搭話的空隙吧。

接著，我便忍無可忍了。

刻意不談那織話題的友人；說著「感覺好像不得了呢」跑來看那織的情況，實質上卻沒怎麼說過話的女生們；喧嘩譏笑著「妳妹也太慘了吧？」這種話的男生。

——雖然我知道是那織不好，但是妳這樣也太惡劣了。

兩班一起上體育課的時候，我對千夏這麼說。

現在再次仔細思考，我認為我的講法也相當嚴厲。

從那天開始，我也淪落成那個群體的目標了。

不過畢竟班級不同，所以頂多只是路過的時候會被人說閒話的程度。

很值得感謝的是，我有很多朋友願意幫助我，其中也有男生，甚至有千夏抱持好感的男生。周遭的朋友去幫我到處詢問的結果，才知道雖然原因確實也是因為那織嘴巴太壞，不過似乎是那個男生向那織告白遭拒才是起因。

之後就是經典套路，類似「那個女生，是不是有點自大？」這種模式。

接著對千夏來說，和那個男生相處融洽的我，她當然也看不順眼，而且我又對她說了讓她不悅的話——簡單來說就是個司空見慣的事件，不過對小學生來說，確實是相當嚴重的問題。

就在我煩惱該怎麼解決這件事的某天，朋友慌張地推著我到那織的班級，正好撞見那織被純拉著手低頭的一幕。

——接下來換古瀨了。

看起來似乎是純硬是讓那織道了歉，然後接下來他也要千夏道歉。原來如此。

雖然千夏一開始口中還唸唸有詞，不過聽到純冷淡地說了一聲「我聽不到」後，她這才終於小聲地說了一聲：「對不起。」

抬起頭的純看到了我。他鬆開那織的手走向我，接著抓起我的手，把我拉到千夏面前。

「妳也有話要對琉實說吧？」不顧困惑的我，純這麼對千夏說道。

千夏依然低著頭，小聲嘀咕了一聲：「對不起。」

「那個……我才是，抱歉說了嚴厲的話。」對突如其來的發展感到困惑的我這麼回應。

見此，純大概是感到滿意了吧，拋下了一句「剩下的交給妳們」之後，把我和那織留在現場，就這樣離開了教室。

咦？把我們丟在這裡？等等，純，你至少也圓個場啊——雖然我想這麼說，雖然想要大聲這麼叫喊……不過我光是為了隱藏自己快揚起的唇角，就拚盡了全力。

那傢伙很行嘛。啊啊，真是的，好狡猾喔。他做這種事情會害我更喜歡他的。

我偷看了那織一眼，她和我有相同的反應。

當聽到騷動趕來教室的老師抵達，一切都已經結束了。

小學時期的這場騷動，對我來說是其中一個重要的回憶。我想對那織來說應該也是。

因為自這件事情之後，那織變得比以前還要更黏純，更常和他聊天了。

「算了，這不重要——」

我用一種彷彿久違見到親戚孩子般的——感覺有些不可思議的心境，認真地盯著那織瞧。

這樣啊，那織也有屬於她自己的變化，我逕自誤以為她很笨拙。我的妹妹有能夠與千夏和好的能力，我連這種事情都不知道呢。

嗳，純知道嗎？我想給了她契機的人就是你喔。

「總之無論何事都要把心裡想的說出口，並用行動來實踐言語，不然對方是不會接收到的。」那織留下了意味深長的話語，不等我開口便離開了房間。

真是臭屁——不過，我對她刮目相看了。雖然我還是看不慣她擺出那種只有自己最了解一切的態度，但被那織這樣說我也莫可奈何。嗯，我很直率地覺得她很厲害。

真的值得尊敬。那織，妳還真是厲害。

然後也謝謝妳。

謝謝妳為我擔任了惡角，如果那織沒有為了我做到這種程度，我大概心裡會一直惦記著姊姊這個角色。

什麼叫拋開妹妹的職責啊。

這根本就是彆扭、愛講道理、毒舌，卻又非常溫柔、很為姊姊著想的妹妹嘛。

我很慶幸自己是那織的姊姊。真的很慶幸。

那織，妳一輩子都是我最重要的妹妹喔。我才不會讓妳退出這個角色。

尾聲

EPILOGUE

TITLE

KOI WA FUTACO DE WARIKIRENAI

（白崎純）

我想要解除與那織的關係。不過原來沒有那個必要，也沒有造成那織難過，因此這可說是圓滿收場。明明事情成了我期望的狀態，我又為什麼會如此——這樣啊。原來是這麼一回事。

我的初戀被輸送了十足的氧氣，它並沒有化為灰燼。

我喜歡琉實的心意。

我喜歡那織的心意。

就結果來看，兩者之間已經不再有差距，呈現無子可動（Stalemate）的局面。

連我都覺得自己優柔寡斷也該有個限度，這令我感到自我厭惡。我要和那織分手並整頓自己的心意……抱著這般動機振奮向前，然而我原本到底是想要整理些什麼？又該怎麼整理？這麼一來我不就只是接受了她給與我既舒適，又順我意的話語而已，不是嗎？

到頭來，我心底某處還是存在面向琉實的情感。這對兩人的情感變成相同重量的心意，以及無法在這兩個情感之間評斷高下的心情，使我感到混亂。

聽到那織說「我並沒有當作我們在交往」的隔天，也就是星期日，我跟教授說我有事情想找他商量，他沒有過問理由一下就答應了我。我在速食店一五一十地全說了出來。若不這麼做，我便無法整理我的思緒、我的心情。

「為什麼你那時候不做下去啊！你是不是瘋了？竟然讓女人蒙羞，實在太差勁了！還是你不舉？」聽我說了一段時間的教授說出了這番話。

「你說蒙羞，但那種狀況下怎麼可能做得出那種事情？我當時可是準備要和那織解除關係。」

「正因為如此，致力於創造最後的紀念回憶，才是健全的思考模式吧？」

這個男人真是的，我就知道他會這麼說。

最後的紀念……啊。我和琉實之前會有那種氣氛，正是為了這一點。不過那個時候我根本沒想過，隔天竟然會被提分手。交往過了一年大概都是這樣的吧，我只以這點程度的心思猜想琉實的意圖。

畢竟實際上作為健全的國中生，我對那方面的事情也有興趣，那天琉實又比平常還要積極——別回憶那天的事了吧。現在可不是要談這件事。

「怎麼能做那麼不負責任的事。」

「你做不到吧？大概正因為你是這樣的男生，神宮寺也才會下定決心。不過這就算了，你接下來想怎麼做？」

「就算你問我想怎麼做，我也……不用提想怎麼做了，我什麼也不做。」

「什麼？你腦袋長蛆了嗎？都讓神宮寺做到這種程度，你卻說什麼也不做是怎麼回事？意思是那傢伙的行動都付諸東流了嗎？那傢伙可是給了你選項，這點小事你應該明白吧？」

我知道，我很清楚，所以我這不是做出不選擇任何一方的選擇了嗎？

「是啊，多虧了那織我終於懂了。現在的我無法從她們兩人中定出優劣。」

「什麼？優劣？你以為你是誰？你根本什麼都不懂。你要是以為你自己可以一直持球，那你就錯了。聽好了白崎，你並不是選擇了不做選擇這個選項，只是放棄了選擇這個行動本身，這一點你可別會錯意。若只是單單抱著球，那根本比不了賽。不管是神宮寺還是姊姊，她們不是都有確實做出行動嗎？沒有做任何事的人就只有你而已，你只是自以為自己有參加這場比賽罷了。」

教授這麼說著，露出受不了我的表情啜飲一口咖啡。

看到他的舉動我跟著也喝了一口，擴算在口腔中的苦澀刺激了咽喉。

被說到痛處了。教授說的沒錯，我只是利用場面話逃避罷了。

我知道，這點小事我很清楚。但是——不管我怎麼思考，都得不出答案。

「我並不是不理解教授說的話，但是……」

「但是什麼？」

「……老實說，我不知道自己該怎麼辦才好。」

「啊？什麼跟什麼？這不就是喜歡哪一邊的問題而已嗎？」

「所以說……該說是兩邊都一樣喜歡嗎……啊啊，反正我就是不知道啦！」

到頭來，這才是我貨真價實的真心話。

「欸，白崎，你把事情想得太困難了。聽好了，我們更單純地來思考這件事吧。也就是說——你想和誰做？拿來當發洩用配菜的比例大概是怎麼分配？」

「你這傢伙，虧我還認真跟你商量煩惱——」

「我可也是很認真的！來啊！到底是哪邊！給我從實招來！」

「啊——夠了。是找教授商量的我太笨了。」

「為什麼啊？沒有比這個還要更簡單的判斷方式了吧……還有，偷偷跟你說，我有用神宮寺DIY過。你可不准說喔。不過我沒有用過姊姊那邊，以防萬一說一下。」

「誰理你啊！應該說在看到那個蠢翻天的A片當下，我就推敲出來了。」

「不過這也只是說笑罷了——雖然現在你這個做法或許還行得通，但要是你一直這麼優柔寡斷，小心會失去一切喔。我想表達的是，你也該傻個一回。」

搞了半天是開玩笑啊！我一邊忍住想吐嘈的慾望，並聽著他的話語。原來如此，真是符合教授的作風。但是打從一開始這麼說不就得了？很令人費解耶。

「確實，再稍微輕鬆點思考或許比較好。」

以後我就一如既往地和她們相處吧。不，我要更認真去面對她們兩人。

然後必須要找出我自己的結論才行。

「不過這可真是傑作，神宮寺真是厲害，無上感慨到登峰造極。那種女人可是難得一見，不管怎麼想直接和她繼續交往都比較——」

「就說我們原本沒有在交往了。」

「話是這樣沒錯，不過你本來不也打算要分手？我就是在說你那個想法太離譜了。換作是我，肯定言聽計從地做下去。我沒有信心能拒絕，應該說我連拒絕的意義在哪都不懂……」

教授說到這裡停了下來。

「……果然很浪費機會嗎？」

那織是好女人這一點我當然知道，所以我才會喜歡上她。

「是啊，至少也應該好好享受一下那胸部。」

「那我倒是……也並非全然不這麼想。那肉團的暴力都讓我以為我要死了。」

「你！你這個說法，我看你稍微嚐到甜頭了吧？」

教授一陣狂吠，店裡的視線瞬間集中過來。

「笨蛋！你太大聲了。」

「我絕對不原諒你！你以為我懷抱了多麼宏大的……下次你給我去問詳細的尺寸！」

「為什麼我非問不可啊！以教授的人設來看比較符合做那種事情吧？」

「吵死了，別囉哩囉嗦的，給我去問……所以怎麼樣？觸感如何？」

如何？那還用問嗎？當然是很柔軟啊。

雖然我沒告訴他。

下週開始要段考。

因此從這週開始，社團活動和委員會等所有活動都會暫停。也就是說，從今天開始要三人一起上學。我本來還擔心要用什麼表情去見她們兩人，不過那只是杞人憂天。

見面後一如往常，沒有特別奇怪的狀況發生。

我小心翼翼地偷瞄了一眼走在我身旁的那織，想起了教授的話。

我才問不出口咧，怎麼可能問她尺寸！

不過依照那織的性格，感覺她會說「哦？你終於對我的身體產生了非同小可的情慾和興趣了嗎？真拿你沒轍，就破例告訴你吧」並很正常地告訴我尺寸，但這一點也讓我感到困擾。

實際上到底有多大呢？就連琉實的罩杯我也不是很清楚——

「這次的考試我會認真考，做好覺悟喔。」

那織突然轉了過來，完全對上了我的視線。

此時星期六的各種事閃過我的腦海。我一邊將回憶趕到腦袋角落，一邊回應她：「畢竟課程因班級而異，所以上次的考試和我們沒什麼關聯呢。不過拜託妳別認真起來，要是妳認真考試，我的地位真的會被威脅到。」

「不要。我就要你臣服在我面前，讓你歸順於我。你就好好品味黑暗面的力量吧。」

「你們倒好了，這麼悠哉。哪像我，光想到下週就憂鬱。」

琉實小小地嘆了口氣後說道。

她的眼睛下面隱約透出黑眼圈。恐怕是熬夜念書了吧。

「我才不悠哉，我可是很認真的！我已經決定這次要拿第一名了。我要拿下第一，一切重來！不過先不提我，要說的話是琉實妳從平常就不讀書，才會到了最後關頭著急，根本是自作自受。要怨就怨妳自己懶惰的性格吧！」

我感到了一絲小小的異樣感。

「什麼？妳什麼意思！」

「我就說了～考試前突然塞那麼多知識進腦袋，這個舉動很愚蠢。妳就養成像我這樣時時用功的好習慣吧，這麼一來在考試前，只要確認有沒有漏掉什麼地方，再針對那個地方補強就好了。而且段考考卷是由老師出的，只要有在聽課，大概都猜得出來，考卷的哪些題目是為了讓學生拿到分數而出，哪裡又是為了展現出學力差異的內容吧？誰教妳要勉強自己進升學班才會這樣。反正妳肯定是因為要和我跟純分開，覺得寂寞了吧？」

「我不是問這個，我是在問妳『拿下第一，一切重來』是什麼意思？還有，我又沒什麼奇怪的想法，才不是因為寂寞才想進升學班！」

「我在意的點也是那裡……」

「啊？我不是說我沒有奇怪的想法了嗎！你不是坐我隔壁，應該知道我上課都很認真在做筆記吧！而且，覺得寂寞而進升學班——」

「不是、我不是在說妳……我是說那個『一切重來』——」

「啊，是那邊啊。」被說到痛處的琉實僅有瞬間面無表情，隨後再次露出嚴峻的表情逼問：「好了，那織！快回答我，剛剛妳說的究竟是什麼意思？該不會是要對純——」

「嗯，我想對純提出交往邀約，反正也沒什麼好藏的了。我們三人都已經揭開了一切喔？無論是琉實的心意、我的情感，再加上搖擺在對前女友的依戀以及初戀之間，優柔寡斷的次文化臭混蛋，這不是簡單明瞭的三角關係嗎？一切都已經總結成愚蠢的姊妹和愚蠢的男人之間，無可救藥的陳腔濫調（戀愛喜劇）了。首先得要接受這一點才行。」

「……純，你覺得這個女的如何？可以如此豪爽地切換角度，讓人有點火大。」

「真巧，我也這麼想。」唯有這一點我同意琉實。

「就算妳向我提出交往，我也感到傷腦筋。我已經決定暫時不碰這方面的事了。」

「暫時不碰啊……不過你就算嘴上說那麼多雜七雜八的理由，卻有時候還是很容易被牽著鼻子走呢，簡直像是需要藉口的女生似的。那麼十幾歲蓬勃的情慾究竟能壓抑到什麼時候，真是值得一看，畢竟前陣子……對吧？」

那織歪了歪頭，由下往上地看著我。她的眼睛深處蘊藏著不安穩的情愫。

「別……別用那種眼神看我！」

快住手，別提到這件事。而且琉實到底知道多少？

「……喂，那織，妳又在想些不正經的事了吧？而且什麼交往邀約？妳也替──」

「囉唆，悶騷色狼，雖然我貼心假裝不曉得，不過我可是知道妳偷偷從我房間拿走了《格雷的五十道陰影》喔！」

聽到了沒聽過的作品名，我沒多想便詢問：「那是什麼？小說嗎？」

「那個……那是外國戀愛小說……呃……我覺得你大概不會有興趣！」琉實擺了擺雙手，明顯很慌張地這麼說完後，壓著那織的後頸開始小聲地竊竊私語。我好像看到她的拳頭陷進那織的側腹，那是錯覺嗎？

看她那麼慌張，絕對不是普通的戀愛小說。是有情色內容的吧？哦──琉實竟然會看這種類型的作品。

我的視線轉到穿著同樣制服並走在前方的人群上，視野的邊角突然闖進淺淺紫色。我將注意力轉到那邊，只見住戶的草牆上開著紫丁花。小小的花朵們組成一串花珠，並排著幾串豔紫在草牆上。明明每天早上都會路過這裡，我卻沒有注意到。

感覺今年的五月比平時還要濃縮，也過得很漫長。

接著我這才注意到，我方才懷抱的異樣感究竟是什麼。

「那織，妳為什麼要稱呼琉實為『琉實』啊？」

琉實聽到我的聲音，力氣有瞬間的鬆脫——接著那織便像貓一樣扭身逃出，轉到了我背後。琉實對她投射冷冷的視線，然後短短地嘆出一口氣。

那織只有在吵架的時候才會用名字稱呼琉實，但是就我觀察，今早的她們感覺不到有吵架的氛圍。嗯？你說她們剛剛明明就在吵架？這對雙胞胎從以前就是這種感覺。

亙古不變，一如往常。噢——是從不間斷才對。（註：原文正確成語是「常住不斷」，意思是永不止息；純故意說成同音「常住普段」，後兩個字「普段」有平時、日常之意）

「我不當妹妹了。」

「什麼意思？」

「那是那織自顧自說的而已。那織會一直都是我的妹妹喔。」

「煩！愛擺出姊姊態度真的煩！」從背後罵了琉實一聲後，那織來到我的身旁嗆我：「而且你會不會太晚發現了？離開家的時候我就一直這樣叫她呢。該不會是我的聲音傳不到你耳裡？這惹人疼惜小貓般的聲音耶。」

「既然這樣，就代表我也有惹人疼惜小貓般的聲音，對吧？」

琉實回過頭倒退著前進，笑得一臉壞心眼。

我時常聽到學校的人說，琉實和那織臉長得很像。如果她們留了相同的髮型，感覺難以分辨。

雖然她們兩人的五官固然像，不過仔細一看就看得出差異。比如說，琉實看起來有點內雙眼皮，那織則是清楚明瞭的雙眼皮；痣的位置也不一樣，琉實的嘴角有顆淺淺的痣，相對的那織則是左眼角有顆痣。其他也還有兩人的不同之處，不過這並不重要。

因為我就算不一一找出這些不同之處，也有自信能夠分辨她們兩人。

就連這樣的我都會搞錯的只有——聲音。

琉實言下之意就是這樣。小時候在講電話時，她們兩人曾這樣交換著惡作劇過。明明從小就聽著她們的聲音長大，但要是透過電話，再加上她們模仿彼此的語氣，我真的分辨不出來。就算考量到隔著機器等因素，兩人的聲音仍然像到令人難以辨別。

擇妻用耳莫用眼，這是誰說的話來著？我真想去問那傢伙，那如果聲音都一樣要怎麼選？

雖然我也不是在選妻。

第三節英語會話課，琉實遞了一張筆記本剪下的邊角紙條。

「要不要去那個地方一起吃午餐？」

圓潤的字描繪出這樣的訊息。我沒有在學校裡和琉實一起吃過午餐，就連交往時期也是，從沒這麼做過，但是——我轉向琉實，為了不被老師發現，她托著腮幫子微微側向我。

我的視線和琉實相交。琉實看著我的雙眼，似乎隱約蘊含著從前的神色。

我點了點頭，琉實在眨眼的同時將視線移回黑板。

她打算做什麼？

自那之後一直到午休開始為止，琉實別說是說話了，視線甚至都沒有跟我對上。宣告課程結束的鐘聲響起，教師一離開教室，琉實走去同學身邊，單手比出「抱歉」的手勢一邊和對方講了句話，接著快速離開了教室。我無神地望著那身影，教授一如往常地單手拎著便利商店的袋子走到我旁邊。

「抱歉，今天有人先約我了，所以中午我沒辦法和你一起吃。」

「真假？順帶一問是男生？女生？若是女生——」

「雙胞胎其中一位。」

「那就沒辦法了。」教授說完退後——轉向我比出中指邊說「去死」之後便離去。他真的是讓人哭泣的好友呢。

爬上了階梯，我看到琉實坐在那裡。

「太慢了。」

「抱歉。」我坐到琉實左邊，把便當放在大腿上打開。

「這還是第一次兩人單獨吃便當呢。怎麼了？」

「經你這麼一說，確實是第一次。」琉實拉開放在大腿上的便當袋拉鍊，從裡面拿出了便當盒。「我聽那織說了。我們兩個好像一直被那孩子操弄於掌心呢。」

「她簡直像是一開始就看透了一切，果然敵不過那織。」

「課業也是？」

琉實把幾塊塞入口中，看向了我。

「或許吧。我想那織要是認真起來，應該能輕易超越我。畢竟她之前考試可是從不檢查，速戰速決還能有那種排名喔？哪像我就算花時間解題，還是會失個幾分。」

「雖說是失分，但是不過也才幾分啊，而且你也有幾科都拿了一百分，要有自信一點。說這麼多，畢竟你可是從國中時期就一直保持在全年級第一名，再加上要是你輸了——」

我想起早上的聊天內容。那織說要「提出交往邀約」。

「關於那件事就和我早上說的一樣，我不打算接受。我覺得有點累了。」

琉實雙手覆住臉向下。她的雙肩顫抖，笑聲流瀉而出。

「什麼啊？我有說什麼奇怪的話嗎？」

「有點累了……呵呵……我只是覺得真有你的作風。」琉實抬起頭來，一邊不開心地用譴責的眼光看著我，「這就先撇一邊不管，聽說你和那織接吻了。她還說你『容易被牽著鼻子走』……來著？」

「……抱歉，不過那是——」

我沒多想就道了歉，但是我明明……沒有必要向琉實道歉。

「你為什麼要道歉？我和你已經沒有關係了吧？不過——」

琉實垂下眼，支支吾吾地問道：「那……那個……甚至到伸舌頭，讓人頗有微詞喔？」

她的話語漸漸充滿力道，到了語尾簡直像是平時生氣的語氣。

琉實直直望進了我的眼裡。

「——！那織她……說得這麼詳細……」

那傢伙！竟然說出來了！

「真看不起你，結果只要像那樣多央求幾次，你就什麼都會接受呢。雖說你誤以為你們在交往，不過明明都還沒交往一個月，竟然就做這種事情。明明花了那麼多時間和我才到那一步……明明花了五個月耶。但是對象換成那織，你一下子就破防了？哦～心情真是複雜——」

她很生氣呢。她相當氣憤啊。隱約可見那面無表情的臉真的令人害怕。

「中途就停下來了！我及時煞車了！」

「哦——這樣啊。」

別用平平的聲調說話！這種強調自己在生氣的語氣是最可怕的！

為什麼我非得被命令我去和那織交往的本人責備啊！

好啊，那我就說！我老實招來就行了吧！

就是因為我沒說老實話，所以才會被罵吧！

「因……因為……我腦中浮現出妳的臉……那個……所以才停下來的！」

（神宮寺琉實）

他……他剛剛說什麼？

因為浮現出我的臉，所以停下來？

真的？這不是客套話？

不妙。

不不不，不可以這樣啦，這是犯規。

等等，我超開心的。

討厭！會害我想嘴角忍不住上揚，就說不可以了！

真虧你能毫不害臊地——轉過頭，純撇開了臉低著頭，我看不清他的表情。不過從髮間露出來的耳朵一片通紅。

該不會……我蹲下身子探頭一看，便看到他潮紅的雙頰。

哈啊啊啊啊啊啊啊啊啊，超級無敵可愛————！

這樣真的很犯規！不行不行不行不行，害我小鹿瘋狂亂撞！

甚至連語言能力都要崩壞了！

只要肯做就做得到嘛！如果你都會這樣對待我的話，我也沒什麼怨言了。

要是你說希望我和你交往，我根本秒答，一秒被攻陷。

「……你是因為想起了我……才停下來的？」

我因為太開心，不禁又確認了一次。要我聽幾次都好。

「……我不是已經說了嗎？妳們姊妹難道都重聽？」

純的拳頭抵在鼻子邊緣，低著頭這麼說。

我繼續吃著便當。今天的便當非常好吃，超級好吃。

「好啦，你別害羞了，快吃飯吧！」

我這麼說著，拍了拍純的後背——

好、痛喔啊啊啊啊啊啊——！！！

純坐在我的旁邊，而且是我的左側。也就是說，我用貼著止痛貼的扭傷左手拍了他。雖說疼痛已經漸漸減緩，但還是會痛。好丟臉！

應該說超級無敵痛！根本沒有顧及顏面的餘力了！

「很痛耶！妳突然做什麼……呃，喂……妳沒事吧？」

看到我淚眼汪汪地按著左手，純露出慌張的神情擔心著我。

「不行了，快哭出來了。啊————超痛的！」

痛到我不禁跺了幾下腳，拚命忍耐。只能等疼痛漸漸散去這一點著實令人難受。

「我去保健室拿冰敷袋或藥——」

等等。我叫住了準備站起來的純。

「反正過一陣子疼痛就會退了——那個……餵我吃便當吧。」

不過是這點程度，稍微撒嬌一下也沒關係吧？反正已經不用再忍耐了。

「為什麼我要做到這種……是說，妳的右手能用吧！」

「右手得搓搓左手沒辦法吃飯，也就是說我的雙手都沒空，完全無計可施。」

純誇張地大大嘆了一口氣，接著拿走我放在腿上的便當，粗魯地問道：「妳想從哪個開始吃？肉嗎？還是飯？」

感覺簡直像是在作夢似的。就算我沒有搓左手，純也繼續餵著我。但是在餵我的期間，純就沒有辦法吃自己的便當，這實在讓我開始感到愧疚。「……謝謝你，我可以自己吃了。」

「換作是平常，我絕對不會做這種事。而且本來就是妳自己來打我，結果手吃痛竟然還要我餵妳吃，也太霸道了。」

「……真要追溯起來，這可是你不好。」

「啊？為什麼？」

誰教你要和那織深吻，然後又說了那種話。

「沒什麼。抱歉打了你！還有，謝、謝、你！」

「別帶著怒氣又把賠罪和感謝放在同句話裡！」

「囉唆！你這個沒節操的！」

「我剛剛不是說過——」

我也要從實招來！

「我超級無敵開心！非常非常開心！所以、所以——就不小心用力拍了你。」

「妳……！既然這樣……既然是這樣妳就老實說啊！頭腦到底是……有多簡單啊。」

「不准說我頭腦簡單！虧我對你刮目相看了說！」

「唉，為什麼當時我會回想起這種麻煩傢伙的臉啊？」

「這就代表你喜歡我吧？」

「妳也真敢說。不過這就算了——」純穩穩捕捉住我的眼神，透露出不讓我逃跑的神情。

這是在打鬼主意的表情。我感覺到有人身安全。有不祥的預感。

「《格雷的五十道陰影》是什麼樣的小說？」

純笑瞇瞇地看著我，銳利的眼神中閃著壞心眼的光。

——這傢伙！我看他去查過了吧！

「不知道！你去問那織啊。」

「我可以問，是吧？」

「……唔……對啦！我讀過了！從你的表情看得出來，反正你已經知道內容了吧？性格真的好惡劣，真的太離譜了，而且那本來就是那織的——」

「我們偶爾也像這樣吃午餐吧。」

過去曾和我交往過的人，帶著有別於方才的認真表情這麼說道。

若換作是平常，我會用諷刺的語氣回答「真拿你沒辦法，既然你都這麼說了」這種話，但是我真的完全沒有想過純竟然會主動對我說這種話——

「嗯，偶爾這樣也不錯。」

我們大概……已經不要緊了。

我可以再次夢想吧？可以重頭來過吧？

畢竟這可是那織給我的機會，我要好好把握。謝謝妳，那織。

不過那織，要是這次若我得手，就再也不會拱手讓人了喔。

「不過，我還真沒想到琉實竟然對ＳＭ小說有興趣啊——」

我果然還是不要這種男人了！少嬉皮笑臉的！去死！

（神宮寺那織）

※　※　※

「妳說誰是敗北女角？」

吃完午餐的我和社長跑到了空教室消磨時間。

「我聽了妳的話，覺得很明顯就是這樣啊。賭在白崎同學的初戀之人是自己，並成功推進自己的計畫一直到最後，這一點確實很有妳的作風，不過不管怎麼想都是琉實比較有利吧？別說是雪中送炭了，我覺得妳根本還做了滿漢全席給人家。到了這一步，別說是喪家犬，妳根本超有誘餌犬感。」

社長還是老樣子，開頭就竭盡毒舌之力。

「別犬犬犬的一直唸。」

「比起小狗，妳比較像海牛來著？」

「這邊應該要講貓！」

「偷腥貓？」

「不管我怎麼掙扎，妳似乎都想講我不是主角呢。」

「海牛老師是屬於大鬧特鬧、到處招惹他們之後，就結論來看卻加強了曾有過關係的兩人羈絆那種定位吧？妳是為他們量身打造的舞台機關？也就是小丑吧？」

「就算是這樣！就算是這樣好了！我也成功給了純不小的衝擊！就算是小丑，總有一天也能成為ＪＯＫＥＲ的！」

「簡單來說，妳只是給了他震撼罷了。這不過是轉瞬即逝的事物，要期望能有持續性比較困難吧？在驚濤駭浪之後海水也只會退去喔。而且ＪＯＫＥＲ最後還不是被打敗了。」

社長若無其事地這麼回應，使得我強而有力的論辯也變得空虛。

「妳很敢說嘛。不過他可是被本大小姐追求喔?被我給吻了喔?怎麼可能心無波瀾。言下之意就是,儘管看起來風平浪靜也要小心我這個離岸流。他肯定每晚都會回憶起那件事並心醉於此,我真是罪孽深重的女人啊!」

「妳滿溢而出的自信,簡直多到讓我想要分一半呢。」

「以客觀角度來判斷,也會獲得一樣的結果吧?我這麼可愛,又是他的初戀,胸部還比琉實大,肯定也是我抱起來比較舒服。看看琉實,她只有骨頭和肌肉,感覺抱起來就很硬。而且肌肉意外地很重喔,若要說到體重的話,搞不好琉實還有可能比我重呢。」

「是啊,畢竟體重和外貌有時候不成正比,脫離數字至上主義是我們的使命呢。來場意識改革、宗教改革!路德老師在不在這兒啊?不過若就體脂肪率來看的話,絕對是海師比較高這一點準不會有錯。」

「……妳想表達什麼?還有,別叫我海師。」

「沒有啊~」社長遠目,嘟起了嘴看起來簡直要吹起口哨。

喂,別小聲喃喃著大肚子晃動的狀聲詞!我聽得一清二楚!

「我的體脂肪率當然比較高嘍。我承認。不過希望妳別忘記我在胸前養了兩隻公雞。別看我這樣,上圍可是有九十二喔?」

「我的英文分數以些微之差獲勝了!撇開這句玩笑話,雖然妳總是會這麼炫耀,對我來說根本不痛不癢，不過沒想到妳這麼大。我不久前才在內衣店裡量過胸圍呢。這樣啊……也就是說，我這一年幾乎沒有成長。託妳的福，我對令人厭惡的事實有了實感。」

啊啊，社長露出了讓我感到麻煩的表情。這讓我抹不去踩到她地雷的感覺。

「不過妳還有成長空間啦，畢竟還年輕。」

「多虧於此，我的體重和體脂肪率完全沒變就是了。和妳不同。」

「我的體脂肪率大半都是來自胸部。」這是我的免罪符，路德老師麻煩了。

「就算妳姊胸部和妳一樣大，體脂肪率大概也還是妳比較高吧。」

「……對啦，沒錯啦！因為我都不運動！我才不會做那種像倉鼠一直跑在滾輪上的事情呢！不過……我可沒有胖喔？」

雖然最近感覺穿衣服有點緊，內衣的釦子也扣在最外側……不過這方面畢竟是發育期，也不能完全說不是罩杯尺寸又往上升了。

嗯，肯定是因為罩杯，畢竟我有好好在培育並幫它們按摩，就當作是這麼回事吧！

嗯？我前陣子胖了三公斤？啊——有人說話嗎？抱歉，我有點聽不清楚。

「是啊，我是沒有覺得妳胖了。硬要說的話，妳重的是在下半身吧？腿和屁股之類的，不過也只是圓潤Q彈，我覺得恰到好處喔。」

「別一直稱讚我啦，會害我得意忘形的。」

「我看妳根本都得寸進尺了。而且我其實有點在挖苦妳，結果妳卻還照字面全盤接收。唔……我想說的是，妳這種將錯就錯、能馬上切換角度的態度很令人火大。換作是我，我無論是身高還是胸部，摻點水大概也只會落在平均值，話雖如此我也並無多大的不滿，不過我仍會和一般人一樣，產生『如果我能那樣的話』、『如果我能這樣就好了』的想法。」

我「嗯」地回應一聲，等待她繼續說下去。

「也就是說，我很羨慕妳有寬宏的自尊心，完全不會產生這種情感。」

「我要好好學習妳那宛如中島敦一樣的挖苦法。不過話說回來，社長也沒資格針對這一點說什麼吧？說什麼『想要拿我身體的照片來當作畫資料』、『算我拜託妳傳自拍照給我』，提出一堆要求的人不就是社長嗎？虧我還忍辱負重地拍給妳看。」

「關於這一點我很感謝妳啦，我真的覺得很謝謝妳，託妳的福我才能畫出好插畫。雖然張數也沒有多到足以堪稱忍辱負重，而且不管怎麼看妳都興致勃勃就是了，關於這部分就不多提了。不過……沒有丁字褲的照片真的是我的遺憾。虧我想要畫背影的說～～虧我想畫屁屁的說～不行嗎？」

「……那種照片我實在是沒辦法傳給妳。」

偷偷說，那場約會過後我還上網訂購了吊襪帶。反正我已經沒什麼好失去的了，那就澈底打扮一番吧，我要追尋自己的理想。打扮要為了自己！不需要客氣！可愛是沒有上限的！

要是大家忘記我可會很傷腦筋，我的腦袋可是很聰慧的。母親的眼神根本不足為懼，這個世界上還有投幣式洗衣店的存在！上次帶著一臉厭煩的琉實跑去家附近的投幣式洗衣店，一下子就解決了我的丁字褲洗滌問題。因此我得出了答案，今後只要說我想洗玩偶之類的，隨便找個理由再去投幣式洗衣店就行了。

從大型滾筒式洗衣機的玻璃門往內看去，酷洛米和餅乾怪獸在裡面滾滾滾地轉圈，再加上其他各種衣物。我的小被被們，它們是小孩的象徵；然後就是我的丁字褲。這真是前衛的光景，或許能匹敵杜象的《噴泉》一作。說笑的。不過不過，像這種處於少女與大人界線的氛圍，有種正好吻合我年齡的感覺，這正是所謂的物哀美學。正當我沉浸在這之中時，在一旁以冷淡目光守望的琉實說了句「把內褲和玩偶混在一起洗感覺真噁心」，唯有這件事我絕對不會忘記。臭下僕，妳就去翻翻死人的頭髮吧！

「唔～好想用在資料上喔！我現在就是在叫妳給我照片！要不然我就創個小帳，到處散布那張自拍！」我伸手覆上寶特瓶的瓶蓋，準備要扭開蓋子大飲紅茶時聽見社長這麼說，於是我沒有飲用任何一口紅茶，將飲料放了回去。這對紅茶來說還太早了。

「妳那叫勒索！完全是反社會勢力的手段！」

「吵死了，妳這個小鬼♪快把照片給我拿出來，妳這蠢傢伙♪」

社長一邊晃著身體，並用帶著鼻音的蘿莉音說出宛如北野武（極惡非道）的台詞。

「別這麼可愛地恐嚇別人！」

「妳太頑固了吧！妳這個獨裁者！」

「別講得自己好像是中原中也一樣……好，我知道了，如果是用交換的話我同意。我現在就在這裡拍攝社長的內褲，若妳接受的話我就交出我的照片。我們這就馬上來交換。」

「心領了，不需要。我可沒有受這種不知羞恥的教育，還給別人看自己的內褲。請不要低估我的羞恥心。不提玩笑話了，妳怎麼看今後的走向？有什麼妙計嗎？」

「妳導回話題的方式太爛了！算了，反正這都家常便飯。關於這方面，船到橋頭自然直吧。反正最慘只要製造既成事實，接下來再強行推進就好，感覺這種套路也不錯。」

「妳這個發言充滿了主動挑逗且不會成功的典型敗北女角氣味，這方面妳有自知之明嗎？」

「不是有句話說『逆風而上的風箏能夠飛的最高，而不是順風飛的風箏』嗎？」

「若是照妳那句話來看的話，被逆來的風吹跑的可能性比較大吧？我想說的就是這一點，那麼這方面妳又覺得如何？」

「他對我說『那織直到現在也魅力依舊，是我很重要的人』！光是這樣我就——」

「這種講法真像是要挽留外遇對象呢。而且妳還避開了明白反駁我指出的弊端，妳果然心裡也有數吧？畢竟妳都努力用自己自傲的身體誘惑，對方卻不願出手。妳喜歡的錢德勒曾說過：對女人——對善良的女人來說亦是，理解世上存在能夠抵抗自己肉體誘惑的男人這件事，是非常令人難受的事實……來著？」

別說了，妳別說這句話。雖然我剛剛逞強，不過對此我也有擔憂。

「可是……他說要忍住很辛苦喔？」

「唔——只有我覺得你們這段互動之中不存在心意相通嗎？他那句話是針對妳美人計的感想吧？老師妳想當的是炮友嗎？雖然我不認為白崎同學會配合妳。」

討厭！真是的！不要說那種話啦！

「……社長～～！怎麼辦啦～～！果然行不通嗎？我搞砸了嗎？」

聽見社長不偏不倚、命中紅心的話語，我實在無法不吐露真心話。那時候我因為完成了目的感到太高興，便忽略了重點部分。我實在太得意忘形了，雖然純說我很重要、說要忍住很辛苦，但是他並沒有說直搗黃龍的話。他不願意對我說。

所以今天早上也是，我想盡辦法想要吸引他的注意力，才會逞強著說了那種話。

「我的綽號尾音拖長，聽起來就更有巡查部長的感覺了呢。不過不是《砂之器》，比較像《烏龍派出所》吧。我的姓氏是大原嗎？」社長這麼說著一邊安撫地摸著我的頭。「真是的，妳真的很不坦率。一開始表明自己非常、非常不安就好了，老是一下子就愛逞強。不過放心吧，這裡交給我！」

「哦？妳有妙計嗎？什麼什麼？」

我姑且一聽吧，不過肯定是無可救藥的提議……但我現在飢不擇食了！

「妳就傳個性感自拍給他吧！反正男生都是些下半身思考的生物！」

妳這提議連食物都不是！真的一點用處都沒有！

「好差勁。含蓄點評價都只能說真的超級差勁。為了不讓妳再說些無聊的話，堵個口塞到妳嘴裡吧。」

「竹筒可以嗎？」社長歪著頭，嬉戲著裝可愛。

真的是只有動作可取！妳這傢伙！適合到令人不甘心。好可愛。

「這樣就是角色扮演了，不可以。只能用球形口塞。」

只要拿掉眼鏡再戴個假髮感覺就會很像，所以駁回！

「是會讓人口水流不停的下流道具！妳腦袋裡好淫亂！」

「實在讓人難以苟同妳有資格批判別人的眾多發言，妳全都送到遺忘的彼方了嗎？」

「我說笑的啦。講認真的，妳乾脆讓自己再更可愛一點，散發出很會照顧別人的感覺怎麼樣？比如每天早上都去叫他起床之類的。這就不是說到青梅竹馬，都會提起的經典互動嗎？」

「好懶。硬要說的話我比較想要他叫醒我。而且既然要做的話，我要他吻醒我，我差不多也受夠媽媽的怒吼當鬧鐘聲了。再加上這種事情，像個老太婆一樣興趣是早起的琉實比較

——」我突然想到了妙計。「只要琉實去叫醒純，純再來叫醒我不就好了！我是不是天才啊？然後……啊，要是我有流口水就不好了，所以吻的話就留到洗過臉之後再親吧。」

「妳會不會太貪心了？而且洗過臉也都醒了。我才受夠妳那種發言！妳要這樣說，也有可能發生琉實吻醒白崎同學的套路——」

「不可能不可能。那個女人才做不出那種事呢，因此揪著她這個弱點比較有效率——」

「妳還是放棄吧，抱歉說了奇怪的話。妳放棄一切吧，這對老師來說是不可能的任務。」

「這麼冷淡。應該說就算不做這種事情，我也是很受歡迎的喔？我可也有被告白過呢，男生來向我搭話可是家常便飯。但是——」

「不過大多男生在向妳告白之前就遠離妳了呢。」

「畢竟要是真的被告白不是很麻煩嗎？正常都會想在那之前先留好退路嘛！距離感可是很重要的，拒絕人很麻煩。小學的時候，甚至有人淚眼汪汪地求過我……啊，我還收過幾封情書喔，大概因為不是面對面難度就會下降吧。」

「情書很風雅，感覺不錯，如果再綴上和歌就完美了。畢竟若班級群組不算，妳很少會告訴男生ＩＤ，所以被妳的外貌和披了好幾層虛假羊皮欺騙的人，就只能寫情書了嘛。那麼當面向妳告白的大概有幾人？三人左右？」

社長邊看著手指，一邊用左手屈指數著。

「對，三個人。現在才剛升上高一，目前是以一年一次的頻率在過關斬將。」

「明明並非《勸進帳》那種寬鬆簡單的關卡，真不知道他們是無所畏懼，還是很想見識恐怖世界，總之這個年級至少有三個勇猛果斷的弁慶一行人同伴啊。第一個是文藝社的人來著？」

「不，第一個是個難纏的御宅族，那是在國一的時候。不過仔細想想，那是最正經的告白呢。文藝社那個接在他後面。文藝社的動畫宅對我說：『我想要以妳為女主角寫一部小說。』我想他是受到了《不起眼女主角培育法》的影響吧。」

「最後一個呢？」

「我忘記是攝影社還是漫研的人，專拍角色扮演者的照相小子。那傢伙來拜託我扮演《五等分的新娘》中的角色。他到底想叫我扮誰啊？」

若是琉實的話，畢竟她是短髮——啊，但她罩杯不足，真遺憾。

「真是出色的公主啊，御宅社團的公主。」

「御宅社團的公主，不是指至今為止都沒被吹捧過的人，在不受歡迎的社團裡被人吹捧進而會錯意的那種人嗎……咦？該不會我不受一般人歡迎……嗎？我明明這麼可愛耶？對象不是以上這些類型的人，我就沒辦法百分百活用我這個外貌了嗎？」

「就～說～了～我承認妳很可愛，外貌在全年級也足夠頂級，不過是不受陽光型男生歡迎的類型呢，畢竟妳又不喜歡團體行動那類活動。果然是邊緣人公主啊。」

竟……竟敢說本小姐是邊……邊緣人！

「……可……可是我的性格不陰沉！也會和社長之外的女生聊天呀！很有社交性！」

「嗯……不過，妳的待遇有點那個呢。而且妳也都不會想去靠近琉實的朋友……比如淺野同學之類的人。」

親愛的萊拉啊……硬要說的話，是對方會避開我呢。

「……反正打籃球的女生都很強勢，認知需求又強，想被捧上天性格又惡劣嘛，肯定一言不合動不動就會丟球過來。」

「強勢、性格又惡劣的人是妳啦。妳這完全是在找碴吧？除了琉實和淺野同學之外，我也認識幾個籃球社的人，完全沒有妳說的那種人在喔。我看妳好像沒有自覺，不過妳這種發言就很陰沉。」

「是是是，是我不好，反正我就是個躲在陰影下的人。不過至少讓我辯解一句，琉實絕對是會拿球砸人的類型。她在心裡猛砸我。」

「為什麼妳會這麼扭曲啊？這樣讓我擔心妳今後的人生。要不要乾脆加入運動社團？現在想加入也來得及吧？」

「妳別老是一下子就像這樣講出極端發言。若要加入社團，御宅系的社團還好一點。」

「妳的話靠外貌和知識確實混得下去……不過到最後一定會慢慢就不去了吧？國中的時候就連烹飪社妳都沒好好參加。」

「畢竟我又不是有目標才參加的嘛。只是因為強制規定我才進去的嘛。」

「嘛嘛嘛的吵死了。煩悶，最後妳去選擇一死吧！（註：前一句那織的語尾原文是「もん」，「もんもん」為煩悶、苦惱之意，再連接到藤村操遺書內容的其中一句話）」

「那是什麼來著？」

雖然我有聽過這句話，不過我一時想不起來。啊啊，真令人不甘心！

「藤村操。」

「華嚴瀑布投水自殺的人啊。」社長露出了些許得意的表情。這個臭黃毛丫頭。

「對。我們就先別管這位一高（註：藤村操為舊制第一高等學校的學生，簡稱「一高」）的學生了，既然這樣妳要不要進美術社看看？」

「不要。反正我肯定會被人戲稱畫伯，然後遭受社長嘲笑。」

「妳也不是真的畫得那麼糟糕啊……不過算了。好，妳就在御宅社團建造帝國吧！」

「我果然注定要誘惑御宅（書呆子）族才能倖存下來啊……」

啊啊，像我這樣的女生只有這種生存之道了嗎？真是無情。

「那麼更要成為白卜庭老師啊！上吧，白卜師！開始狩獵處男（絕地）吧！斷頭谷！無頭騎士！」

「……既然都要選宅宅，那還是純比較好。還有我不喜歡沒有頭，麻煩選個魅魔吧。」

「虧我還想說要讓妳自傲的可愛臉蛋消失呢，真遺憾。話說回來，已經六月了喔。升上高中部之後，已經過了兩個月喔。也太快了吧？」

「時間過很快吧，再這樣下去一下子就到暑假了……能不能快點到暑假啊——」

可是我討厭炎熱。我不想流汗。要是沒冷氣我會死。

「在放假之前還有段考，然後是梅雨季！換季！說到梅雨，我得去買髮油了，好像差不多快要用完了。回去路上順便去藥妝店喔。」

「收到。髮油啊，很重要呢，畢竟濕氣會讓頭髮毛躁。然後說到梅雨季，無意間透出的內衣會吸引男生們的注意，那真的讓人覺得視線很煩人。」

「畢竟就算有確實做應對措施，要是淋濕還是會透。應該說我之前也說過，妳本來就應該要做應對措施啦！我可是連內衣的顏色都有好好考慮到喔。比如白色和粉色很容易透出來。妳也別嫌熱了，好好穿個小可愛之類的內搭吧。和雨無關，制服本來就很容易透內衣。」

「妳是想說還能吸汗——對吧？」是是是，我知道啦。「還是說防備心薄弱的我乾脆就假裝忘記帶傘，跑去和純共撐一把傘？若是下起驟雨，或許還會發生內衣透出來的突發事件……不過這實在也太老套了，自己邊說都邊皺眉。」

而且事到如今，我不認為那個呆頭鵝會因為內衣透出來這點程度感到驚慌。

畢竟星期六我才剛展現過我鍾意的內褲給他看，而且丁字褲也被看過了。

我將視線投注到窗外。距離鐵灰色還有好一段時間。

「就是說啊，妳不適合少女式思考。這種時候，若妳不來個無罩ＯＫ繃等級的挑逗，作為敗北女角可就失職了吧？」

「愚蠢的東西。」

我才不做呢。

（待續）

後記

有位名叫小津安二郎的著名電影導演。聽說他在撰寫電影劇本時，會帶著一瓶名為鑽石菊的日本酒，閉關在長野的旅館裡。因此正當我也打算借助酒的力量，也就是鑽石菊的時候，健康檢查結果卻威脅著我，肝臟即將淪落成鵝肝醬因而作罷。藉著鋼鐵般的意志，不只是鑽石菊，所有酒類我全部不碰……不，其實我喝了一點。我說謊，我很正常地喝酒了。再見了，我的肝臟。寫這部小說酒是必備品，拜託你為我犧牲吧。簡單來說，這部小說是用我死亡的肝細胞煉成的。

學生時期我曾隸屬於文學社。那裡棲息著各式各樣的御宅族，是個令人身心舒適的場所。小說、電影、漫畫、動畫、音樂，大家在那裡樂此不疲地暢聊這些主題。我們還會在專題課結束後，到常去的居酒屋狠狠聊到打烊。淡薄的高球調酒、被麵衣和滿滿的油脂包覆的炸豬串、香菸焦油染色的牆、無法完全閉合的入口拉門、因酒醉而大聲吵鬧的大學生及上班族、毫無顧忌發出相撞聲的玻璃杯、坐起來不舒適的椅子、打烊後跑去朋友家借宿的狹窄單人房、穿著和前一天一樣衣服前往的大學……當時太宰治和涼宮春日甚至會同台登場。

後記

大學畢業後，由於每天忙於工作，漸漸地也不再閱讀。無論是電影、動畫、漫畫還是音樂，接觸新事物的次數明顯地減少，也和暢聊的夥伴們變得疏遠。自那之後過了幾年的某天，我突然莫名懷念那家居酒屋。

所以我揮灑自己過去喜歡的東西與朋友喜歡的事物，完成了這本小說。雖然現在還無法實現，不過希望未來某天還能與過去的夥伴們暢談，並且這次再加上這本小說當配菜。好吧，我老實說，我把整件事總結得有些過於美化了。

簡直是大灌水。

就是這麼回事。不要完全相信寫書人的話語，這是文學社的鐵則。

我相信聰明的各位讀者已經發現了，這和克里特島民（埃庇米尼得斯）談論自我是一樣的。（註：埃庇米尼得斯曾說過「所有克里特人都說謊」，但是他自己也是克里特人，因此產生「說謊者悖論」）

就是這樣，既然我用了感覺很有意義的話語做了結尾，那麼後記就寫到這裡吧。

購買本書的各位讀者，真的很謝謝大家閱讀至此。

我會一邊祈禱能再次見到各位。還請各位「生生不息，繁榮昌盛」。（註：美劇《Star Trek》中瓦肯星人的舉手禮招呼語）

【特別感謝】

責任編輯大人，真的非常感謝您帶我到這個境界，我作夢都沒有想過作品竟然能夠化為實體書。あるみっく大人，非常感謝您繪製美好的插畫。這幾位棘手的女孩們實在可愛到超乎常理！還有包含編輯部在內，所有參與本書出版的人員，以及購買本書的各位讀者——我要對所有人致上感謝。也要對我的肝臟說聲：永別了。

接著，我要對以致敬形式出現在開頭的《人間失格》、《痴人之愛》、《夜鷹之星》等許多作品致上我的敬意，並藉這個機會在此表示我的歉意。

惡魔紋章 1 待續

Kadokawa Fantastic Novels

作者：川原 礫　插畫：堀口悠紀子

《SAO刀劍神域》、《加速世界》後的完全新作！
在遊戲與現實融合的新世界挑戰複合實境的死亡遊戲!!

蘆原佑馬在玩VRMMORPG「Actual Magic」時，一腳踏進了遊戲與現實融合的「新世界」。當佑馬無法理解事態而陷入混亂時，出現在他眼前的是班上最漂亮的美少女——綿卷澄香。但是她的容貌看起來就跟遊戲裡的「怪物」沒有兩樣……

NT$240/HK$80

三角的距離無限趨近零 1~9 (完)

Kadokawa Fantastic Novels

作者：岬鷺宮　插畫：Hiten

我愛上的那個女孩體內住著兩個靈魂——
與雙重人格少女譜出的三角戀愛故事。

奇妙的三角關係結束後過了一段時間。等著我和她的是理所當然，卻又是我們最期盼的日常生活。情侶間尋常的互動；跟同學一起度過高中生活最後的夏天；各自的將來，然後畢業——令人心痛又愛憐的戀愛故事，鮮明地描繪兩人「現況」的續篇。

各 **NT$200~240/HK$67~80**

命定之人是妻子的妹妹。 1~2 待續

Kadokawa Fantastic Novels

作者：緣逢奇演　插畫：ちひろ綺華

與妻子和其妹展開的三角戀愛喜劇，
朝令人意想不到的方向大失控！

回想起前世的記憶，導致我情不自禁地當著妻子兔羽的面，與她的妹妹獅子乃接吻……在寒冬中被趕出家門。然而就在此時，兔羽被帶回老家了！我究竟能不能從兔羽那裡取回失去的信任呢？能不能卸除膽小的她心中的銅牆鐵壁，順利迎來有夫妻樣的生活呢？

各 **NT$240/HK$73**

男女之間存在純友情嗎？（不，不存在！） 1~7 待續

作者：七菜なな　插畫：Parum

即將迎來成為戀人的第一次聖誕節
——兩人隱藏在心中的真實想法是？

曾經立下友情誓言的摯友，悠宇跟日葵現在成了最愛的戀人。凜音重返「you」的團隊，並活用自己的經驗讓飾品販售會大為成功。日葵為了讓自己依然是最懂悠宇的人決定退出「you」……不久後就是聖誕節，又有怎樣的未來等著這對滿心期待的戀人——

各 **NT$200~280 / HK$67~93**

背離冬日

Kadokawa Fantastic Novels

作者：石川博品　插畫：syo5

我們在永無止境的「冬天」世界裡，
依然墜入了愛河。

世界已經天翻地覆，九月下了雪，發現「冬天」將會持續到永久的人們日復一日愈來愈絕望。就讀高中的天城幸久在小鎮長大，他與同學真瀨美波正在交往，但是沒有同學知曉。面對惡劣的氣候兩人將何去何從……青春小說的最高峰！

NT$240/HK$80

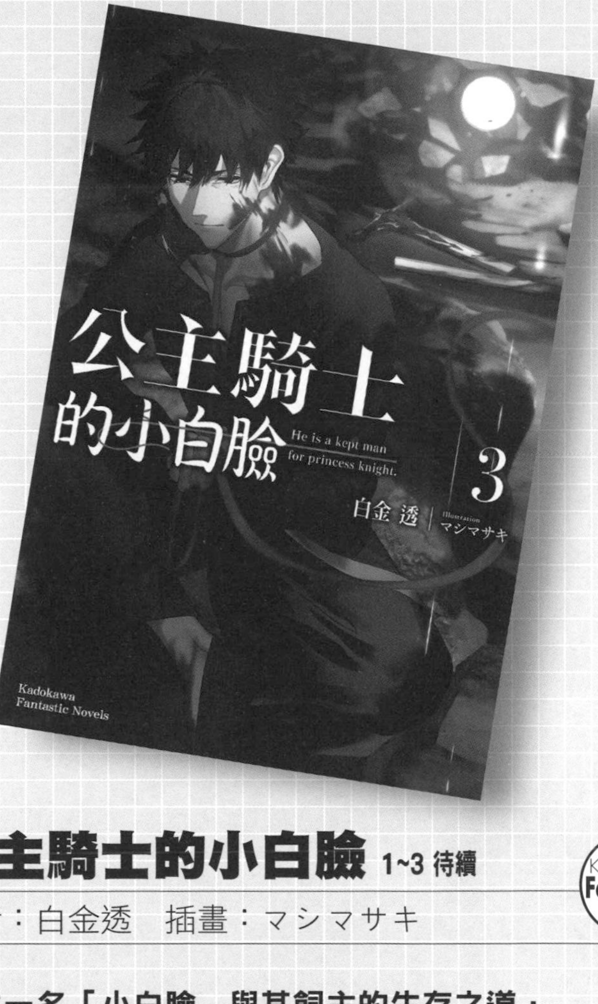

公主騎士的小白臉 1~3 待續

Kadokawa Fantastic Novels

作者：白金透　插畫：マシマサキ

描述一名「小白臉」與其飼主的生存之道，充滿震撼力的黑暗系異世界故事第三集！

「大進擊」即將發生的徵兆，撼動了這個萬惡的城市。為了救出被困在「千年白夜」裡的艾爾玟，馬修抱著必死的決心，踏進那個陽光照不到的地方。無數危機擋住他的去路，這位身懷詛咒的最弱小白臉，到底該如何跨越這個前所未有的難關！

各 **NT$260~280/HK$87~93**

國家圖書館出版品預行編目資料

雙生戀情密不可分/高村資本作；都雪譯. -- 初版. --
臺北市：臺灣角川股份有限公司, 2023.11-
冊；　公分. -- (Kadokawa fantastic novels)

譯自：恋は双子で割り切れない
ISBN 978-626-400-092-5(第1冊：平裝)

861.57　　113005079

Kadokawa
Fantastic
Novels

雙生戀情密不可分 1

（原著名：恋は双子で割り切れない 1）

2024年6月11日 初版第1刷發行

作　　者：髙村資本
插　　畫：あるみっく
譯　　者：都雪
發 行 人：台灣角川股份有限公司
總 編 輯：蔡佩芬、朱哲成
主　　編：林秀儒
設計指導：陳晞叡
美術設計：郭虹吟
印　　務：李明修（主任）、張加恩（主任）、張凱棋、潘尚琪
發 行 所：台灣角川股份有限公司
地　　址：104台北市中山區松江路223號3樓
電　　話：（02）2515-3000
傳　　真：（02）2515-0033
網　　址：www.kadokawa.com.tw
劃撥帳戶：台灣角川股份有限公司
劃撥帳號：19487412
法律顧問：有澤法律事務所
製　　版：巨茂科技印刷有限公司
ISBN：978-986-325-896-4